Quiches et fantômes butés

LIZ E. MYERS

Quiches et fantômes butés

LIZ E. MYERS

Ce livre est une fiction. Toute référence à des événements historiques, des comportements de personnes ou des lieux réels serait utilisée de façon fictive. Les autres noms, personnages, lieux et évènements sont issus de l'imagination de l'auteur, et toute ressemblance avec des personnages vivants ou ayant existé serait totalement fortuite.

Le piratage prive l'auteur ainsi que les personnes ayant travaillé sur ce livre de leur droit.

Crédits

Correction @editionsplumesetpetillances
Design de couverture @editionsplumesetpetillances
Mise en page @editionsplumesetpetillances

ISBN : 978-24-887850-8-2

Édition : avril 2026

Éditions Plumes et Pétillances
75 Paris - France

Dépôt légal : avril 2026
Première édition : août 2024

1. Flowers

Assise sur la chaise à bascule où j'ai vu ma mère s'égarer tant de fois dans ses pensées insaisissables, je m'accorde une seconde de contemplation de la nature encore en phase de réveil timide. Il est tôt et les premiers rayons de soleil du jour naissant semblent exploser à travers les nuages épars qui filent déjà à la dérobée, comme s'ils craignaient de déranger. Demain, ce sera officiellement le début du festival des fleurs; alors je les comprends : moi non plus, je n'aimerais pas me faire remonter les bretelles par Linda Dunham, l'ancienne directrice de l'école primaire reconvertie en mairesse despotique.

Il faut dire que la période faste met tout le monde sous pression, à *Flowers*. Je sais d'ores et déjà que, comme chaque année, elle va être intense. C'est d'ailleurs pour cette raison que je suis venue faire un petit coucou rapide ici avant le top départ, vérifier que tout va bien pour ma mère, plus par habitude qu'autre chose. Le calme règne dans la maison de mon enfance située au bout d'un petit chemin sinueux à peine visible, en bord de la nationale qui relie le village à une bourgade pas bien plus conséquente appelée Kesling Mill.

Pour venir s'échouer dans ce bout de forêt, au fin fond de la Virginie-Occidentale, il faut soit être perdu, soit vraiment aimer les fleurs. Ou alors, troisième option, la préférée d'Hortense Chevalier, ma mère : que le destin vous ait envoyé à elle...

Sous les mobiles colorés, les carillons de bambou, les girouettes représentant des animaux de toutes sortes – existants ou imaginaires –, et les bouquets de fleurs en train de sécher sur une corde tendue entre deux colonnes, je recharge un peu mes batteries avant de me jeter dans l'arène.

Flowers, c'est cinq mille âmes vieillissantes qui se regardent en chiens de faïence à l'année. Cent quatre-vingt mille personnes qui s'entassent dans les campings et hôtels pendant les trois semaines de festivités printanières qui transforment le village en parc d'attraction. Autant dire qu'en ce lundi de mai qui prépare l'ouverture de la saison, c'est le branle-bas de combat.

Je me lève à cette pensée, bien décidée à entamer cette nouvelle aventure avec panache. Depuis que je suis revenue dans le bled qui m'a vue grandir, après quelque errance en France sur les traces de mon père fantôme, je me bats pour faire vivre mon rêve : le « Cap ou pas cap ? »[1]. Mon petit café-librairie qui prône l'amour des choses simples. Si les clients ne se bousculent pas en période hivernale, je sais que ce sera tout le contraire pendant les trois prochaines semaines. C'est le moment de sortir le grand jeu.

Je quitte la terrasse pour contourner à nouveau la maison en direction du sentier de gravillons par lequel on arrive sur la propriété de ma mère, bien loin du village. Je passe sur le côté de la bâtisse centenaire dont la façade de bois, peinte dans un violine clair agrémenté de fresques végétales, lui donne une allure de chalet de montagne. Là, j'entends le grincement du panneau de ferraille que mes yeux évitent par réflexe depuis des années.

Hortense Chevalier, médium.

Je n'ai pas besoin de lever la tête vers la pancarte pour que les petits poils de ma nuque se hérissent. Ma mère est aussi voyante que je suis astrophysicienne. Pourtant, elle s'entête à tirer les cartes de son vieux jeu de tarot de Marseille à tous les gens assez désespérés pour faire le déplacement jusqu'à son antre. Elle dit à qui veut l'entendre que si elle s'appelle Chevalier, c'est pour une bonne raison, celle qui l'engage dans une croisade personnelle visant à rendre ce monde meilleur – en toute humilité. Ne me demandez pas comment quelques généralités déguisées en bonnes nouvelles, saupoudrées d'un peu d'encens et

---

[1] Cap est une abréviation de capable. En français sur la devanture.

d'un sourire de travers, peuvent améliorer des vies. Je n'en ai aucune foutue idée.

Dans l'allée menant à son porche d'entrée, je récupère mon vélo posé contre l'une des colonnes de bois blanc et l'enfourche en chassant mes prémices de mauvaise humeur.

— Aujourd'hui est un grand jour, pas question de le gâcher avec mes affres familiales, marmonné-je pour moi-même.

D'un coup de pédale plein d'entrain, je propulse mon destrier de métal sur le sentier de gravier, et souris en croisant les chênes magistraux qui marquent la fin de la propriété. Depuis que je ne vis plus ici, ces arbres n'ont plus, dans ma tête, valeur de garde-chiourmes ce qui les rend d'autant plus beaux. Je bifurque ensuite à droite et inspire d'aise en engageant mon vélo d'un bleu aussi clair que le ciel sur la longue pente enfin goudronnée qui me fera serpenter jusqu'à *Flowers*.

Depuis quelques années, le festival attire tant de touristes que l'État a fini par se souvenir de cette localité à l'abandon. Alors, des subventions se débloquent de temps à autre, pour le bonheur des habitants.

Entre les allées d'arbres dont la cime monte si haut vers le ciel que je me sens minuscule, les parfums végétaux emplissent mon nez autant qu'ils gonflent mon humeur, à la façon d'un bon vent iodé dans les voiles d'un trois-mâts. La rosée du matin avive le caractère terreux des mousses et champignons. Les fleurs sauvages distillent leur pollen à foison, épaississant l'atmosphère d'une ambiance dorée presque féerique.

Comme si j'avais toujours sept ans, je laisse aller mon pédalier et lève la tête bien haut afin d'accueillir de plein fouet le courant d'air produit par la rapidité de ma bicyclette. Cette dernière file à toute allure, à peine ralentie par son petit panier en osier frontal chargé des bougies et bouquets imposés par ma mère.

À mesure que je dégringole la colline avec joie pour m'enfoncer dans le vallon, le village apparaît en contrebas. Avec ses maisons aux lambris colorés, ses balcons chargés de décoration, ses placettes fleuries, ses allées taillées et ses lampions installés avec passion par l'équipe communale, *Flowers*

ressemble à s'y méprendre à un petit coin de paradis. Bien sûr, dès lors que l'on reste assez longtemps dans la bourgade, on comprend qu'à l'instar de chaque organisme vivant, elle a son petit caractère, ses particularités, son fonctionnement un peu spécial.

On pourrait s'imaginer que s'intégrer dans un village aussi réduit serait aisé, surtout en y étant né. Pourtant, je suis bien placée pour savoir qu'il faut se méfier des apparences.

Lorsque je dépasse l'immense panneau annonçant la localité, je cite : « mondialement connue pour ses nombreux titres de village fleuri », la grande rue m'accueille avec les notes d'une musique des années cinquante crachotées par des haut-parleurs qui m'ont l'air de dater de la même époque.

— Ils ont laissé Bob à la sono... maugréé-je.

C'est le plus gros avantage, mais aussi le plus gros inconvénient des petites communautés : on connaît tout le monde, si bien que l'on sait exactement comment les événements les plus anodins peuvent vite tourner à l'enfer. Robert Brown, ancien pigiste du seul journal de la ville - fermé depuis des lustres - nourrit une véritable passion pour les moyens de communication, quels qu'ils soient. Malheureusement, il n'est doué ni pour la technique, ni pour la rhétorique, et encore moins pour la conception de *playlists* musicales. Cela dit, avec son choix du matin, Bob offre à la journée une thématique « voyage dans le temps » qui a le mérite d'être raccord avec l'architecture locale.

Dès mes premiers tours de roues sur l'asphalte de *Flowers*, les bras se lèvent à la chaîne sur mon passage, devant les échoppes du centre-ville dont les grilles s'ouvrent une à une.

— Bonjour, Capucine ! me hèle June, la coiffeuse survoltée.

— Bonjour !

Un peu plus loin, face à la seule supérette du bourg, sa propriétaire, Beatrix, réagence un présentoir sur pied saturé de foulards aux couleurs de la municipalité. Elle ne se tourne pas pour me saluer. J'en profite pour accélérer la cadence avant qu'elle ne change d'avis. Comme tous les habitants du coin, elle n'est pas méchante, mais fort prolixe. Or, je ne suis pas de ceux qui aiment s'entendre raconter tous les potins de la vallée avant leur café du matin. Ni après, d'ailleurs. On me dit parfois que ce n'est pas très bon pour les affaires quand on tient un café, mais j'avoue ne pas raffoler des ragots. Les histoires des autres ne me passionnent pas plus que les miennes.

Sur le parterre moucheté de pétales roses, blancs, jaunes et orange de l'hôtel de ville, la silhouette débordante de Linda Dunham s'agite tandis que la mairesse crie des ordres à ses agents municipaux affairés à recentrer les banderoles d'accueil. Je ris en voyant la mine rougeaude de Louis, l'ancien responsable du service d'entretien qui passe son temps à pester d'avoir accepté le seul emploi de la ville lui permettant d'expérimenter l'esclavage.

Partout ailleurs, les visages affichent le sourire radieux des bonnes semaines, celles durant lesquelles les commerçants de *Flowers* vont faire le plus gros de leur chiffre d'affaires de l'année.

Quand j'arrive à proximité du Cap ou pas cap, la devanture à l'ancienne de mon café m'inspire un sourire. Sa peinture bleu roi, ses moulures blanches sculptées, ses larges vitres, sa porte au heurtoir orfévré, ses tables rondes visibles depuis l'extérieur et son enseigne stylisée à la police dorée tout en courbes sont un bonheur pour les yeux.

Malheureusement, un mouvement du côté du poste de police, en face de mon enseigne, me fait tourner la tête dans un réflexe idiot. Mes zygomatiques se crispent alors en un instant, à la vue de l'uniforme qui se fige en m'apercevant.

Je souffle et pivote vers ma boutique, faisant fi du signe de la main hésitant de mon voisin d'en face : Timothy Prescott, ou le plus insupportable m'as-tu-vu du continent nord-américain. S'il croit que je vais entacher cette journée en le saluant, il se fourre le doigt dans l'œil jusqu'au coude.

Surtout qu'aujourd'hui, je suis excitée comme ça arrive rarement. Pourquoi ? Tout simplement parce que, dans une commune où la moyenne d'âge atteint des sommets, la perspective d'accueillir un mâle jeune et vigoureux a tendance à vite mettre les hormones des femmes en ébullition. En particulier les miennes, qui vivent assez mal le cap de la trentaine.

Alors que je termine à peine de descendre les chaises des tables afin de préparer la salle avant d'aller allumer les fours, la machine à café et la caisse, la clochette de l'entrée carillonne déjà dans mon dos. Je fais volte-face, prête à affronter un destin tragique. Mais au lieu d'un voleur, d'un témoin de Jéhovah, ou pire encore, du flic d'en face, je trouve une petite femme rondelette aux cheveux peroxydés.

— Mademoiselle Lewis ? m'étonné-je.

L'une des dernières institutrices de l'école en voie de fermeture s'agite nerveusement, ses paupières papillonnant à un rythme effréné.

— Jessica, je t'en prie. On a à peu près le même âge, non ?

Je ne pense pas, mais je le garde pour moi. Elle approche à pas lents, comme si elle craignait une explosion. Ses doigts s'entortillent entre eux et j'opte pour la sécurité en passant derrière le comptoir.

Puisque Jessica est, de toute évidence, là pour papoter, je me mets au travail. Il n'y a rien de mieux pour mettre un timide à l'aise que de l'installer dans une routine. Je décroche donc mon tablier de son crochet au mur et l'enfile en sifflotant, puis je procède à tous mes allumages. Le stratagème fonctionne à merveille: en effet, ma cliente matinale se déride aussitôt.

— Il fait beau aujourd'hui ! lance-t-elle. C'est de bon augure pour le festival !

Son empressement et son ton un peu haut perché trahissent embarras, toutefois je fais comme si je n'avais rien remarqué.

— Je n'ai pas encore fait cuire quoi que ce soit, mais j'ai du quatre-quarts d'hier, si tu veux ? proposé-je. Chocolat noisette, ou pécan miel amande. Tu veux un thé ?

— Euh...

On dirait qu'elle se souvient soudain qu'elle se trouve dans un café.

— Oui, non, si. Un thé, ce sera très bien, dit-elle en s'accoudant au comptoir. Et du coup... ça se prépare bien pour toi, le festival ? ajoute-t-elle, l'air de rien.

Je note que ses yeux s'attardent sur l'affiche que j'ai conçue dans le but d'annoncer mes soirées « *Paint & sip* »[2] animées par un artiste, ce qui me fait sourire à ma machine à café. Elle et moi avons bien compris pourquoi l'institutrice célibataire est là... et je me félicite en silence d'avoir intégré à mon montage commercial la silhouette masculine d'un homme barbu et musclé. Un coup de génie. Si tout se passe bien, je devrais avoir toute la population féminine de la ville dans le café dès vendredi soir. Je pose une tasse de thé vert devant ma cliente qui n'en peut plus de retenir la question qui lui brûle les lèvres.

— J'ai avancé toutes mes préparations, lui indiqué-je même si ce n'est pas l'information qu'elle attend.

Je profite de sa curiosité pour me soulager de ma charge mentale encombrante.

— Les frigos sont pleins à craquer mais comme ça j'aurai un peu de marge le soir, pour réapprovisionner. J'ai fait toutes mes courses en prévoyant large, alors j'espère bien que les touristes seront nombreux. Ce serait un péché de jeter de la marchandise de première qualité.

Face à la moue embêtée de la pauvre femme, je décide d'abréger ses souffrances en abordant le sujet qui l'a conduite chez moi de si bonne heure.

— La bonne nouvelle, c'est que mon saisonnier ne devrait plus tarder.

Ma visiteuse bondit si bien que je crains une seconde qu'elle ne se perche sur le comptoir telle une chouette en chasse et ne renverse sa tasse fumante.

— Ah oui ? hulule-t-elle.

Qu'est-ce que je disais ?

— Oui... hésité-je, un peu apeurée par son comportement.

— Il arrive quand ?

---

[2] Peindre et siroter. Concept de soirée où les clients suivent un cours de peinture en consommant des boissons.

— Il ne devrait pas tarder, répété-je.

Elle sautille à nouveau et tourne sur elle-même, comme si elle avait le feu aux fesses. Il m'apparaît clair que mon plan de recrutement portera ses fruits, mais je réalise aussi que, du même coup, je risque de devoir faire face à une sacrée concurrence en ce qui concerne l'autre facette de mon projet, la phase « amourette printanière ».

— Il est comment ? craque-t-elle.

Je soupire malgré moi. Il est très beau, puisque je l'ai choisi principalement pour son physique. Bon, je l'ai tout de même recruté sur un site d'emploi, pas de rencontres, mais je le soupçonne d'avoir confondu les deux. Il m'a quand même demandé ma photo en échange de la sienne…

— Il est… cherché-je mes mots en scrutant l'horizon, comme si ça pouvait m'aider d'une façon ou d'une autre à dissimuler mes intentions inavouables.

C'est alors que je glapis en tombant sur une scène que mon cerveau refuse de décoder. Sur le trottoir d'en face, à quelques mètres de ma vitrine, un grand homme aux cheveux blonds coiffés sur le côté et à la barbe taillée, courbe l'échine face au policier qui lève sur lui un index accusateur. Tout à coup, mes épaules s'affaissent dans la même débandade où sont entraînées mes paupières et mes lèvres. Puis, la colère prend le dessus et je serre les poings.

— Jessica, tu m'excuses une minute ? dis-je pour la forme en retirant mon tablier avant de soulever le battant amovible du comptoir pour m'extraire de mon café et traverser la route, sur les dents.

— Prescott ! apostrophé-je le représentant de l'ordre en uniforme. Qu'est-ce que tu fous ?

Au lieu de répondre, l'intéressé lève les yeux au ciel et souffle. Non mais je rêve ?!

— Mon boulot, Chevalier, mais laisse-moi deviner, tu penses sûrement que tu le ferais mieux que moi ?

Et voilà, j'ai envie de lui enfoncer mon genou dans les parties, comme je l'ai fait en classe de cinquième, le jour où lui et moi nous sommes officiellement déclarés comme des ennemis mortels aux yeux de tous.

— Ce ne doit pas être bien compliqué, confirmé-je.

— Bien sûr... ricane-t-il alors que ses cheveux bruns, figés dans une vague de laque, me le font voir comme un bonhomme Lego. Ça m'étonnerait que l'idée plaise aux habitants.

Pour une raison qui m'échappe, cet abruti pense que je suis une harpie qui effraie la moitié de la ville. Ce qui est archifaux. Je suis peut-être un peu casanière et sanguine, rien de plus.

— Personnellement, je trouve que les femmes en uniforme... ça a son charme, intervient Asher Lewton, mon employé visiblement plus beau que subtil.

Vu d'aussi près, je ne peux pas m'empêcher de me dire que je me suis peut-être un peu emballée sur la marchandise. OK, je suis en manque de sexe torride, mais de là à recruter un cliché ambulant qui pourrait poser pour des couvertures de romances - motards, *hipsters*, bûcherons, ou même Noël... J'ai un peu abusé. Il scrute mes cuisses serrées dans un jean blanc court en avance sur la saison comme s'il consultait une carte des desserts. Finalement, il m'aura fallu moins de quinze secondes pour comprendre que ce type allait m'énerver au lieu de m'affoler. Adieu les parties de jambes en l'air après le réassort du soir. Snif.

— On ne vous a rien demandé, grogne Prescott.

Ma frustration se reporte alors sur le flic.

— Qu'est-ce qu'il y a ? Tu as un problème avec le charme féminin ? l'agressé-je.

Mouché, il fait la carpe une seconde, ce qui a le mérite de reposer mes oreilles. Du moins jusqu'à ce qu'Asher enchaîne avec un clin d'œil aguicheur :

— En tous cas, tu es encore plus belle que sur les photos, Boss.

Alerte générale. Je sens la peau de mes joues brûler. Est-ce que ça existe vraiment, la combustion spontanée ? Pourquoi il a dit ça, ce con ? Maintenant, Prescott me lorgne avec son regard outré de premier de la classe. J'ai l'impression de me retrouver au concours de science de fin d'année de troisième, quand ma mère a dit devant tout le monde qu'elle m'avait aidée à ficeler les planètes de mon mobile animé – ce qui était faux. Je me sens prise la main dans le sac, en somme, sauf que ce coup-ci, le « sac » est chaud bouillant.

— Bon ! paniqué-je. Qu'est-ce qui se passe, exactement ?

— Oui, bonne question... plussoie Prescott tandis qu'il croise ses bras sur son torse tout en élevant un sourcil interrogateur.

— Oh, rien de bien méchant, Boss, fait Asher. La police ne doit pas avoir grand-chose à faire, dans le coin. Monsieur l'agent m'a aimablement signalé que l'un de mes feux arrière ne fonctionne pas.

Ledit policier se fend du rire contenu qu'il réserve habituellement aux mauvaises nouvelles du genre « non, Capucine, tu ne seras pas exposée au conservatoire, puisque que c'est mon devoir qui a été choisi ».

— Il me semble que vous oubliez le défaut d'assurance, le permis périmé et la plaque illisible, triomphe-t-il.

Mon employé hausse les épaules, comme si ce n'était rien du tout. Mon estomac se rétracte en position fœtale dans un coin et je sens la migraine me guetter. J'ai embauché un boulet. J'expire lentement par le nez afin de m'éviter la honte que provoquerait une crise d'hystérie matinale.

— Comme je vous le disais avant que mademoiselle Chevalier ne nous interrompe, vous allez devoir me suivre au poste pour que je vérifie votre identité et l'immatriculation de votre Jeep.

Tout à coup, les implications de la nouvelle me frappent comme l'aurait fait une bonne gifle.

— Quoi ?! Mais, je dois former Asher aujourd'hui pour le *rush* qui commence demain ! déraillé-je.

— Alors tu ferais mieux de me laisser faire mon travail pour que ton employé sorte aussi vite que possible, glousse cette vipère de Prescott.

Pas le genre de sourire qui lance des étoiles ceci dit, plutôt l'un de ceux qui dévoilent juste les dents, histoire de dire qu'ils ont fait le job. D'une main, l'agent invite mon Apollon à se diriger vers les portes vitrées du poste de police alors que de l'autre, il se masse la mâchoire comme s'il venait de terminer un combat.

— Combien de temps ça va prendre ? m'affolé-je encore.

— Le temps qu'il faudra.

— Ne t'inquiète pas, Boss, on fera des heures sup' ce soir s'il le faut, me balance ma recrue avec un vrai sourire cette fois, mais voilà, ces paillettes-là ne me disent déjà plus rien.

Merde !

2. Edelweiss

La fleur d'édelweiss pousse en altitude. Elle est blanche, et symbolise la pureté, la beauté et la résilience.

La moitié de la journée. C'est le temps qu'il a fallu à Prescott pour parvenir à joindre le service des immatriculations du Kentucky, l'État où cette espèce d'andouille d'Asher a emprunté la voiture de son cousin pour venir ici sans vérifier qu'elle était assurée. Le même État où ce débile n'a pas renouvelé son permis de conduire depuis deux ans, parce qu'il a « oublié ». Oui, au fil de mes découvertes sur mon employé, les qualificatifs le concernant se sont dramatiquement éloignés de « canon ».

À l'heure qu'il est, soit vingt et une heures vingt, le bilan de cette journée est on ne peut plus mitigé : en sus d'avoir un employé piéton, j'ai un assistant quasiment pas formé qui devra pourtant m'épauler demain, faute de mieux, face aux premières hordes de touristes. J'en pleurerais bien si j'avais le temps, ou même l'énergie.

Avec toutes les interruptions que nous avons essuyées au cours de l'après-midi, pendant que j'essayais vainement d'instruire mon apprenti, il lui a été impossible de se concentrer sur quoi que ce soit. Le défilé des fans en petits tops décolletés m'a épuisée bien plus qu'il ne l'a ravi.

— Alors... me glisse-t-il pendant qu'il me regarde ranger les ustensiles que j'ai sortis plus tôt afin de lui en montrer le fonctionnement. Pour l'hébergement, ça marche toujours ?

Je me raidis. Comment j'ai pu être aussi sotte ? Pendant nos échanges de recrutement, qui ressemblaient à s'y méprendre à de la drague par Internet, je lui ai laissé entendre qu'il pourrait dormir avec moi. Oui, vous avez bien lu. « Chez moi » aurait été vraiment très sympathique, mais je suis presque sûre que la conclusion de nos courriels nocturnes – et avinés – était sans équivoque : mon appartement, mon lit, mon vagin visiblement trop esseulé pour penser correctement. Oui bon, OK, le problème vient peut-être du fait que je ne suis pas censée réfléchir avec cette partie de mon anatomie. Je vous ai dit qu'à *Flowers*, la moyenne d'âge est celle d'une maison de retraite qui n'a pas accueilli de nouveau pensionnaire depuis une décennie ?

J'aimerais pouvoir prétendre que cette situation grotesque n'est pas de ma faute, mais ce serait un affreux mensonge. J'avais envie d'un peu de folie, me voilà servie. Comment redresser la barre, maintenant que le mal est fait ?

Dans la rue, sous le peuplier qui cache en partie la devanture du commissariat, le regard benêt de Prescott m'envoie une petite décharge de courage.

— Bien sûr ! débité-je avec beaucoup trop d'enthousiasme pour ne pas aggraver mon cas.

Dans les yeux bruns de mon employé, une lueur s'allume, et j'y lis des promesses salaces qui pourraient, à elles seules, constituer une atteinte à la pudeur. J'ai chaud, tout à coup. Pourtant, dès qu'il a ouvert la bouche, le bellâtre a tué mon attirance dans l'œuf, alors qu'est-ce qui me prend ? Bien malgré moi, j'ai si chaud que je suis prise d'un vertige. Avant que je ne puisse étudier plus sérieusement le phénomène, je sens mes jambes me lâcher.

La seconde suivante, les bras musclés de mon apprenti m'enlacent et la clochette de l'entrée carillonne avec violence dans mes tympans vacillants d'une faiblesse que je reconnais enfin. Avec tout ça, je n'ai rien mangé de la journée. C'est ce qui arrive en général, quand je suis nerveuse : je me mure dans un silence grincheux et un rythme de travail effréné.

— Capucine ? m'appelle-t-on.

L'une des poignes autour de ma taille se déporte sur ma hanche.

— Capucine ?

Quand la main baladeuse s'approche un peu trop de mes fesses, je reviens tout à fait à moi pour me dégager avec la grâce d'une ivrogne qui tente de ne pas rater l'assise de sa chaise.

— Lâchez-la. Et puis poussez-vous, laissez-la respirer.

Je réalise que la voix sexy que je prenais pour celle d'un sauveur venu d'un pays lointain – et pas du Kentucky, du coup – , n'est autre que celle de Prescott, le flic qui semble être partout.

— T'as rien d'autre à faire ? grogné-je à son encontre.

Il se fige en plein milieu du geste avec lequel il prévoyait apparemment de me tapoter la joue. Non, mais il croyait vraiment pouvoir profiter du moment pour m'en coller une ?

— Je t'ai vue t'évanouir quand je quittais le poste pour aller à l'Édelweiss, alors... se justifie-t-il d'abord, avant de se redresser, agacé.

Il croise les bras sur son torse.

— J'y crois pas ! Tu faisais semblant pour obtenir de l'attention de monsieur « à quoi ça sert les dates de validité ? » ! m'accuse-t-il. J'ai interrompu quelque chose, peut-être ?

— Pas du tout !

Il fait non de la tête en émettant un rire narquois qui ne me plaît pas.

— C'est pathétique, juge-t-il.

— Mais pas du tout ! je répète.

— Je crois que tu devrais manger un truc, Boss, intervient mon employé qui affiche le sourire le plus satisfait que j'aie vu de ma vie.

— Mais je n'ai pas du tout fait semblant de m'évanouir ! lui adressé-je afin que tout soit bien clair.

La sonnette retentit de nouveau et Blake, l'une des collègues du policier, introduit son buste à travers l'embrasure de la porte.

— On y va, Tim ? Le doc va bientôt arriver, je voudrais voir sa tête quand il comprendra qu'on lui a carrément acheté une nouvelle grange.

Je me souviens alors de l'évènement que la moitié du village attend avec autant d'impatience que le festival depuis des semaines. C'est le jour du grand retour d'Ed Price, l'un des hommes les plus controversés de la vallée. Médecin destitué par une commission d'enquête après une triste histoire d'avortement sauvage dans lequel il aurait accepté d'intervenir pour sauver une adolescente, il est parti il y a trois mois rejoindre un groupe de missionnaires humanitaires en Amazonie. Depuis, tout le monde a suivi son périple au rythme des nouvelles distillées par sa seconde épouse, Debra. Il a construit une école, donné des cours de biologie, aidé à concevoir un réseau d'eau potable. C'est devenu un vrai héros. La moitié du village a participé à une cagnotte pour le remercier de son altruisme.

— Il n'est pas encore arrivé ? ne puis-je m'empêcher d'espérer.

Blake jette un coup d'œil à sa montre connectée dernier cri et ultraplate avant de se remettre à mater les pectoraux qui pointent sous le tee-shirt léger de mon employé.

— Non, son avion arrivait à Pittsburg en début de soirée, dit-elle. Debra conduit plus lentement que ma grand-mère, alors... Mais là je pense qu'ils ne devraient plus tarder. Vous venez avec nous ? propose-t-elle. Ce sera l'occasion de présenter ton saisonnier à tout le monde.

Entre elle et moi, je vois les yeux de Prescott faire un aller-retour au plafond. Sur ce coup, je serais presque d'accord avec lui. En réalité, un bon quart de la ville est déjà venu reluquer le beau gosse au café, pendant les quelques heures que j'aurais dû passer à lui apprendre son job.

— Asher Lewton, se présente l'intéressé avec un sourire de pub pour dentifrice.

— Enchantée, minaude la très grande brunette. Blake Dennis.

D'un coup d'épaule, elle bouscule son binôme pour finir par entrer complètement et vient serrer la main de mon renfort.

— Quelle occasion, au juste ? demande ce dernier.

— L'un des habitants revient d'une mission humanitaire, explique-t-elle. Tout le monde se rassemble dans le meilleur bar de la ville, l'Édelweiss, pour fêter son retour.

— Pas tout le monde, non, la corrige Prescott.

Je revois sans le vouloir les nombreuses scènes gênantes où, en effet, les détracteurs du médecin radié s'en sont pris à lui publiquement au fil des années.

— Ben, les gens les plus intéressants, au moins, rétorque-t-elle.

Sur ma droite, Asher me fait sursauter en me prenant la main pour y déposer un morceau de moelleux au chocolat miraculeusement rescapé de l'affluence de l'après-midi. Mon air ahuri le fait sourire. Il m'adresse un clin d'œil avant d'ôter son tablier dans une gestuelle encore plus appétissante que le bout de gâteau dans ma paume. Je me demande fugacement si j'ai pu rater une qualification de *stripteaseur* sur son CV.

— On ne va pas rater ça ! me dit-il.

Quand il se penche vers moi dans l'intention limpide de me retirer mon tablier, je bondis sur mes pieds pour me soustraire à sa proximité et rougis aussitôt d'avoir affiché si ouvertement mon trouble. Il s'amuse de ma réaction.

— C'est bien la première fois qu'une femme ne me laisse pas la déshabiller, plaisante-t-il.

Blake glousse tandis que Prescott retrousse sa lèvre supérieure dans une expression de dédain sans équivoque.

— On y va ? insiste la policière.

— Vous pouvez partir devant, m'agacé-je. Il faut encore qu'on ferme.

À la mine boudeuse qui se dessine sur les lèvres pleines de l'agente en civil, je devine que maintenant qu'elle a approché « le mâle », elle rechigne à s'en éloigner. Elle ne veut probablement

pas courir le risque de me le laisser. Si elle savait ! Je le lui refourguerais volontiers ; tout ce que je veux, là, c'est me débarrasser de l'aura maléfique de Prescott et de ses regards assassins.

— Je croyais qu'on avait tout fait et qu'il ne nous restait plus qu'à éteindre les lumières et verrouiller les portes ? me trahit mon apprenti.

Un échange entendu entre les policiers me fait comprendre mon erreur : ils s'imaginent que j'essaie de me retrouver seule avec Kentucky. Ô misère ! J'ai soudain envie d'aller à l'Édelweiss en courant et d'y commander un fût entier de bière. Faute de pouvoir réaliser ce tout nouveau rêve, j'engouffre le carré de moelleux au chocolat et jette mon tablier dans un coin, vaincue.

Quand je donne le dernier tour de clé dans la serrure inférieure de la porte de mon échoppe, je constate que Blake et Asher ont déjà pris de l'avance.

Ils marchent bras dessus bras dessous sous les réverbères de l'avenue principale, slalomant entre les arbres, dans le prolongement du parapet de pierre.

— Je ne l'aime pas, souffle Prescott - qui essaie sans doute de me tuer.

Je n'avais pas remarqué qu'il m'attendait dans l'ombre du peuplier sur mon trottoir. Mon cœur a si bien dérapé que je dois me tenir la poitrine une seconde.

— Bordel... grogné-je pour moi-même. Tu m'as fait peur !

Il hausse les épaules.

— Je n'ai pas bougé de là depuis tout à l'heure.

On s'en fout ! pensé-je. Pourquoi est-ce qu'il m'a attendue ? Moi qui nourrissais de grands espoirs le matin même, voilà que je me surprends à lever les yeux vers la voûte céleste avec l'idée fugace de prier ma bonne étoile de mettre fin à cette journée épuisante.

— Tu ne le trouves pas louche ?

Il me faut quelques secondes pour comprendre que le sujet en question n'est autre que ma nouvelle recrue dont le fessier moulé dans son jean est quasi hypnotique, de là où je me trouve. Ma bonne humeur revient alors en force et un sourire étire mes lèvres.

— Parce qu'il est beau, tu veux dire ? m'amusé-je. C'est vrai que dans le coin, c'est inhabituel, mais de là à le taxer de « louche »... tu y vas un peu fort.

Mon ton est badin, mais Prescott me pratique depuis trop longtemps pour ne pas voir la pique. Il se renfrogne. Cependant, au lieu de me renvoyer dans mes buts, je suis un peu déçue de le voir abandonner la joute au premier contact ; il presse le pas afin de mettre de la distance entre nous, m'offrant ainsi pour toute compagnie la vue de son dos tendu. Pleutre. Une victoire par abandon reste une victoire.

Quand l'Édelweiss est enfin en vue, une légère nausée me rappelle que je meurs de faim. Je me félicite d'être venue à pied parce qu'avec mon estomac vide, je me connais, je vais finir saoule. Non pas que je compte le remplir exclusivement de liquide, mais ma physiologie de petite fleur fragile fait que, si le solide n'a pas un peu d'avance, ça finit toujours mal.

Devant la double porte de bois sombre, gravée de runes, qui fait le charme du bar aux allures de halte vers le Valhalla, j'inspire un grand coup pour me donner du courage. Une fois à l'intérieur, je devrai à tous les coups répondre aux milliers de questions des femmes en chaleur de cette cité, promettre d'accorder des congés au serveur mannequin, jurer que je ne l'ai absolument pas recruté pour son physique intéressant... Je suis mal. Pourquoi je suis venue, moi ?

— Tu comptes prendre racine ? gronde Prescott, qui se trouve maintenant derrière moi parce qu'il s'est arrêté saluer la moitié des badauds en train de fumer dehors.

Je me secoue et entre.

Dans le brouhaha causé par l'effervescence de la fête qui bat son plein, je m'étonne du nombre de présents. Finalement, Blake n'était pas si loin de la vérité : presque toute la ville est là ! Au moins comme ça, je vais pouvoir passer inaperçue.

Je me fraie un chemin jusqu'au bar, revigorée par l'ambiance conviviale qui pousse un groupe à chanter dans un coin. Ailleurs, d'autres personnes dansent en ligne et, au bout de la pièce, sous le lambris sombre en bois ancien, l'une des barmaids saisonnières aide un client à déposer un cadeau tout en haut d'une pile installée sur la dernière table.

— Waouh ! lancé-je à Hannah, l'une des seules personnes du coin à être de ma génération.

La jolie patronne vêtue d'un débardeur jaune et d'un short en jean plus court que ma patience m'offre un sourire solaire renforcé par l'armada de taches de rousseur qui anime ses joues en permanence.

— T'as vu ça ?! Moi je dis que c'est un festival qui commence biennnnnn !

Je ne peux pas poursuivre la conversation tout de suite parce qu'elle est sollicitée par un touriste qui lui commande une tournée assez balèze pour remplir le plus large des plateaux à sa disposition. Avant que l'Irlandaise pure souche ne puisse revenir vers le tabouret où je suis perchée, une barmaid au visage inconnu et au maquillage un peu trop insistant fond sur moi.

J'ai l'impression que ma chance tourne enfin ! Je lui rends poliment son sourire, une seconde avant de m'apercevoir qu'il ne m'est pas adressé. Je suis alors sa trajectoire et sursaute lorsque je roule presque une pelle à quelqu'un par accident. En effet, l'homme se tient si près de moi que mon pivot a bien failli suffire à fourrer ma langue dans sa bouche. Quand je prends un peu de recul, mon système nerveux grince en découvrant le visage du gêneur.

— Boss... me sourit le blondinet.

Si j'ai très envie de saccager sa coiffure impeccable avec un poil de bestialité, je réalise que le contexte du geste a changé dans mon esprit, entre hier et aujourd'hui : il est passé d'une influence kamasutra à une inspiration krav maga.

— On en était où, déjà ? dit-il en effleurant le lobe de mon oreille comme s'il allait le lécher.

Je manque de peu de m'étrangler avec ma salive qui refuse soudain de passer par le trajet habituel, cette petite blagueuse. Sans attendre de jauger ma réaction face à sa proximité quelque peu entreprenante, mon employé se rapproche si bien que, très vite, je n'ignore plus aucun détail de son anatomie enfoncée dans la mienne. Heureusement que je suis assise sur un tabouret haut et lui debout sinon, je pourrais craindre de tomber enceinte.

— Asher ! paniqué-je en le repoussant d'un coup de coude. Tu ne crois pas que tu vas vite en besogne ?

Un doute crispe soudain les traits de son visage et son regard confus me plonge dans une bonne couche de culpabilité. Je l'ai allumé, après tout, à moi d'assumer.

— Qu'est-ce que je vous sers ? s'incruste la serveuse en s'adressant clairement au blondinet.

Qu'est-ce que j'ai dit déjà, sur ma chance ?

— C'est à ma ravissante amie qu'il faut le demander, répond-il alors qu'il prend place à mes côtés en s'appliquant à laisser une distance respectable entre nos corps, cette fois.

Je glapis d'ahurissement. Est-ce que Kentucky vient de se comporter en gentleman pour effacer l'ardoise et tout reprendre depuis le début ? C'est très malin de sa part. Si malin que je me vois déjà raturer mes notes mentales pour inventer le kama maga, ou le krav sutra, peu importe.

— Je vais prendre les bretzels avec la fondue de cheddar à la bière et une ambrée, s'il te plaît, lancé-je.

Dans le regard appréciateur de mon employé, je vois que ma commande ouvre son appétit, reste à savoir lequel.

— Ambrée, très bon choix, roucoule-t-il en aventurant ses doigts dans mes cheveux sans quitter mes lèvres des yeux.

Il compare la couleur de mes cheveux à mon choix de boisson. Un marron ambré tirant sur le caramel comme pour s'accorder à mon grain de peau qui dore au moindre rayon de soleil, et trancher avec mes yeux clairs.

Quand l'assiette de bouchées arrive face à moi, sur le bar, elle a pris tant de retard sur la chope de bière que je suis déjà à deux doigts de tomber de sommeil. En plus de ça, le charisme à base de séances de muscu d'Asher a attiré tellement de requins à forte poitrine – ou pas – dans notre secteur que nous n'avons pas pu échanger plus de dix mots.

Finalement, à vingt-deux heures dix, Ed Price n'est toujours pas là, les bretzels ne parviennent pas à chasser la migraine installée par l'alcool ingurgité sur mon estomac vide et Asher a disparu au milieu d'un essaim de femmes plus jeunes que moi. Quand ma vessie m'oblige à aller aux toilettes pour la troisième fois, je décide qu'il est temps de rentrer.

Dans un coin de la pièce, je repère Asher torse nu, en pleine partie de *strip*-fléchettes avec Lily Dunham, la sulfureuse et vraiment très belle fille de la mairesse. Le tableau me fascine si bien que je fais la carpe un moment.

— Il est canon, me réveille Hannah.

Je ferme enfin la bouche et adopte un air blasé que je suis à des kilomètres de ressentir. Ma mère dirait que je souffre encore de l'abandon paternel, que c'est pour cette raison que j'attends trop des hommes, que je les rejette facilement, ou encore que je suis incapable de m'engager à cause de ma frousse intersidérale de souffrir. Ma mère dit beaucoup de conneries.

J'ai voulu jouer les femmes détachées qui assument leurs désirs, mais je me suis plantée. Maintenant, je vais devoir passer la saison à regarder mon employé beaucoup trop sexy avoir l'embarras du choix, niveau MST[3].

— Je suis claquée, admets-je.

La patronne de bar, à la franchise parfois déroutante et aux amples boucles rousses, se fend d'un rire moqueur.

— Tu ne peux pas être trop claquée pour lui, à d'autres ! J'ai vu comment il te mangeait des yeux, au bar. Tu ne vas quand même pas le laisser à cette radasse de Lily ?

Je pouffe, puis un bâillement incontrôlable me rappelle à l'ordre. Hannah grimace.

---

3 Maladie Sexuellement Transmissible.

— T'abuses, me gronde-t-elle. T'as pas l'âge d'être fatiguée avant minuit.

— Tu pourras dire à Asher que je lui laisserai une clé sur le chambranle de la porte, s'il te plaît ?

— Il sait où tu habites ?

— Non... réalisé-je en me frappant le front de la paume.

Elle ricane.

— Caps, t'es vraiment la fille la plus bizarre de cette ville.

J'encaisse avec autant de douleur que si elle m'avait mis un coup de pied dans le ventre. D'abord parce que ce diminutif, il n'y a qu'une personne qui l'avait employé avant ce soir. Ensuite parce qu'elle n'a aucune idée à quel point elle est dans le vrai, en parlant de ma bizarrerie...

3. Mandragore

Plante vivace officinale qui pousse sur le pourtour méditerranéen. Riche en alcaloïdes, elle possède des propriétés hallucinogènes.

Me rendre à l'Édelweiss à pied, quelle belle connerie ! Bien sûr, depuis le café, ce n'est pas si loin, mais pour rentrer chez moi, c'est une autre histoire ! J'ai besoin de mon vélo.

En temps normal, j'aurais pu dormir au Cap ou pas cap pour ne pas me prendre la tête, mais comme j'ai laissé un mot au bar avec mon adresse pour Asher, sous le coup d'une inspiration subite, je ne peux décemment pas lui offrir une porte close.

Après un arrêt au café pour récupérer ma bicyclette, je m'apprête donc à m'engager sur les routes de la vallée au milieu de la nuit. Si je n'étais pas aussi têtue, je rebrousserais chemin afin d'aller récupérer mon employé en mettant un mouchoir sur mon ego et je demanderais à quelqu'un de pas trop éméché de nous ramener jusqu'à mon cottage, en dehors de la ville. Si seulement je n'étais pas moi...

Les trois bières que j'ai descendues nerveusement en voyant Kentucky être réquisitionné par toute la faune locale ont suffi à faire de moi une épave. Pour dire, je suis assise sur ma selle rembourrée depuis au moins trois bonnes minutes, mais j'ai le sentiment collant qu'au moment où mes semelles quitteront le sol, mon corps ne saura plus comment maintenir l'équilibre magique qui permet aux deux-roues d'avancer. Est-ce que j'ai gentiment demandé à mon destrier de prendre les rênes pour la soirée et de me ramener pendant que je m'octroie un petit roupillon ? Oui. Est-ce qu'il a répondu par l'affirmative ? Pas encore. Il doit me manquer une bière, pour ça.

— Tu comptes vraiment rentrer chez toi à vélo ? m'agresse-t-on.

Je me demande en premier lieu si la voix grave vient de l'enfer ou du paradis, puis je m'affole en réalisant que dans un cas comme dans l'autre, ça voudrait dire que mon heure est venue ! Est-ce que je suis toujours vivante ? Je me pince l'avant-bras pour être sûre.

Quelqu'un pousse un long soupir et une silhouette sort de sous les peupliers.

— Capucine, tu es complètement déchirée, tu ne vas pas rentrer à vélo, descends de là.

Le temps que mes globes oculaires envoient l'image à mon cerveau, puis que celui-ci la traduise en données compréhensibles, Prescott m'a saisie comme si je ne pesais rien et arrachée à mon assise de cuir. Bon, soyons clairs, les ressorts de la selle ne manquent pas le moins du monde à mon popotin, ce qui ne m'empêche pas de me plaindre.

— D'où, tu me touches ? postillonné-je sur son torse un peu trop proche.

— Je te connais... s'excuse-t-il presque. Tu vas t'entêter bêtement alors que je ne te donne pas cinquante mètres avant de finir dans un fossé.

— Tu... quoi ?! Cinquante mètres ? T'es dur !

— Et encore... ajoute-t-il. Il faudrait déjà que tu arrives à partir. À ce que j'ai pu voir ces dernières minutes, même ça, c'est pas gagné.

— Parce que tu te cachais depuis tout ce temps juste pour le plaisir de me voir papoter avec mon vélo comme une foldingue ?

— Je ne me cachais pas, je te suivais pour être sûr que tu rentres bien chez toi en toute sécurité.

— Tu me suivais ! éructé-je. Et sinon, t'as pensé à te faire soigner ?

Il souffle longuement.

— Allez viens, je te ramène chez toi.

Quand sa main saisit mon bras, je me dégage dans une rebuffade qui ressemble davantage à une crise d'épilepsie qu'à un mouvement de ninja. Même bourrée, j'en ai bien conscience.

— Alors, d'abord tu me suis, ensuite tu m'emmènes de force dans ta bagnole. C'est quoi l'étape d'après ? Tu m'enfermes dans ta cave ?

Les paupières du flic se ferment au ralenti, et restent closes quelques secondes lors desquelles il me semble avoir fait une microsieste de mon côté, debout sur le trottoir. Ensuite, il se masse les tempes.

— Écoute, Chevalier, je sais bien que tu es en colère contre moi depuis quelque chose comme toujours, mais là, je fais juste mon boulot. Tu pourrais peut-être oublier tes griefs auxquels je n'ai jamais rien compris et accepter qu'un policier s'assure que tu arrives à bon port.

— Mes griefs ? Mes griefs ?

Elle est bien bonne, celle-là ! Je dresse une petite liste mentale de tout ce que j'ai envie de lui rappeler sur le pourquoi du comment de la dégradation de notre relation plus que prometteuse au départ, mais mon alcoolémie me fait vite perdre le fil et je sèche.

— Tu as fini ? demande-t-il calmement.

Ah, tout à coup, je me souviens d'un élément crucial :

— Je ne veux pas passer de temps avec toi.

Un silence s'installe et je remarque alors qu'il est tout pâle.

— Qu'est-ce que t'as ? T'es malade ?

Son front se plisse. Il inspire par à-coups comme on le fait pour garder son calme, puis se mord la lèvre. C'est alors à mon tour de froncer les sourcils. Je n'avais jamais remarqué qu'en civil, Prescott était séduisant. Avec ses cheveux bruns assortis à ses yeux sûrement hérités de sa grand-mère italienne, ses lèvres bien dessinées et sa mâchoire taillée à la serpe... Ben merde ! Il

est beau, cet abruti ! Je serre mon sac à dos contre moi comme s'il pouvait faire office de bouclier face à l'infâme découverte que j'attribue à l'alcool.

— Non, je ne suis pas malade, répond-il enfin. Je suis fatigué. Il est tard. S'il te plaît, fais-moi plaisir, montre-toi raisonnable, pour une fois dans ta vie, et laisse-moi te raccompagner. Si ma compagnie t'incommode tant, je peux promettre de ne pas parler. Tu montes dans ma voiture, je t'emmène au cottage, j'attends que tu aies réussi à déverrouiller ta porte et je te laisse.

— Et comment je vais revenir demain, sans mon vélo ?

Je m'épate moi-même pour ce sursaut de clarté au milieu du brouillard de ma soirée.

— Eh bien… soupire-t-il. Je peux passer te prendre ?

Et puis quoi, encore ? On emménage ensemble ? Il ne veut pas que je lui prépare le petit-déj', non plus ?

— Ou je peux charger ton vélo dans ma benne, rectifie-t-il de lui-même en voyant ma mine dégoûtée. Et puis, tu as une voiture, non ? Bon sang, Capucine ! Ce n'est pas comme si je te demandais en mariage, bordel !

J'éclate d'un rire aigre bien malgré moi, mais le regard blasé du policier me ramène sur terre en deux temps trois mouvements.

— Tu sais quoi ? déclaré-je. En vrai, je me sens déjà mieux. J'ai des lumières sur mon bolide, alors les touristes ne devraient pas pouvoir me confondre avec une biche, normalement. Faut que j'y aille parce que j'ouvre tôt, demain…

Avant même de terminer ma phrase, je remonte en selle et envoie un premier coup de pédales. Le départ est cahoteux et incertain, mais je parviens tant bien que mal à maintenir le cap sur quelques mètres.

— Chevalier ! m'appelle-t-il.

Je souffle, exaspérée.

— Quoi, encore ?!

— Ton cottage est de l'autre côté.

Je freine avec une confiance en mes réflexes un brin optimiste, mais mon corps met trop de temps à se gainer pour pallier au déséquilibre. Après une embardée pas bien vaillante et sûrement peu impressionnante, je m'étale donc sur la chaussée au ralenti, telle une baleine échouée sur son flanc. Un instant plus tard, les *sneakers* de Prescott apparaissent sous mes yeux.

— Tu dors ? ricane-t-il.

Je souffle.

— J'abandonne, dis-je. Cette journée de merde gagne la partie. J'en ai marre. Tu peux faire ce que tu veux de moi.

Il se penche et me soulève pour la deuxième fois en quelques minutes. Quand je suis debout face à lui, je constate que si je tiens la position, c'est uniquement parce qu'il n'a pas lâché mon corps amorphe.

— Tu peux marcher ? s'agace-t-il enfin.

Je bougonne une seconde, mais fais l'effort de me camper sur mes jambes fatiguées.

— Bien, dit-il. Ma voiture est là, va t'asseoir, je charge le vélo.

Je m'exécute à la manière d'un zombie et grimpe non sans difficulté dans le *pick-up* rutilant du flic assez maniaque pour qu'absolument rien ne traîne dans la portière, sur le tableau de bord, ou même sur les sièges arrière. Ça sent bon, dans l'habitacle. Je fronce le nez.

— Qu'est-ce qu'il y a ? s'inquiète-t-il en s'asseyant à son tour. Tu ne vas pas vomir ?

— Ta voiture est neuve ?

Il écarquille les yeux.

— Non, Chevalier, ça fait deux ans que je la gare en face de ton café tous les matins, je vois que tu ne t'intéresses vraiment pas à ma vie. Ça fait plaisir.

Il démarre, et quand la radio s'allume en entonnant le refrain de la chanson « Give me love », il tape d'un coup sec sur le bouton du poste pour l'éteindre. C'est la deuxième fois que je le vois avoir un geste d'humeur depuis que je le connais. Le souvenir de la première me rattrape alors, et mon cœur se serre dans une crampe douloureuse. Le jour de la mort de sa mère, la femme qui a remplacé la mienne si longtemps. Je retiens ma respiration tandis que les images de notre enfance me heurtent à la manière d'une vague un peu trop brutale, de celles qui font boire la tasse et piquent le nez à coups de sel.

Le trajet sur la route départementale dépourvue d'éclairage entretient l'ambiance lugubre qui s'est installée entre nous sans que je comprenne vraiment pourquoi. Comme lorsque nous étions enfants et inséparables, j'ai l'impression de pouvoir lire en lui. Je le sens blessé et mon réflexe primal est de vouloir le prendre dans mes bras pour le rassurer.

J'enfonce mes doigts dans mes cuisses afin de me reprendre. Il m'a tourné le dos. Hors de question que j'oublie ça. Il a choisi de tout gâcher. Pas moi.

— Un jour, il faudra quand même que tu m'expliques, ronchonne-t-il sans quitter la route des yeux.

Si j'avais écouté sa phrase, je me serais sûrement énervée, mais quelque chose, sur le bord de la route, accapare maintenant toute mon attention. Un jeune homme marche dans le noir. Là, au milieu de rien, à la croisée des terres Price, de celles du cimetière et de l'allée flippante de mon cottage. D'expérience, je sens que la rencontre n'a rien de fortuit, mais je dois m'en assurer. Je me tourne alors vers Timothy :

— Tu as vu ? fais-je le plus innocemment possible.

Les yeux sombres de mon ex meilleur ami se figent sur moi, incrédules, puis il secoue la tête en soupirant.

— Vu quoi ? grogne-t-il.

Il n'a pas pu le manquer. La silhouette de l'homme était si près de son capot qu'il aurait pu lui rentrer dedans s'il s'était déporté ne serait-ce qu'un tout petit peu. Ça ne peut vouloir dire

qu'une chose... Je ferme les yeux. Moi qui espérais pouvoir dormir quelques heures avant d'entamer ma première journée...

— Rien...

Nous arrivons moins de deux minutes plus tard. Je descends du *pick-up* en grognant à cause des éraflures que je me suis faites lors de ma chute. Je ne les avais pas remarquées jusqu'à présent et sous mon porche, dans la lumière des phares de Prescott, je reste prostrée face aux trous et au sang sur mes manches et mon pantalon blanc.

À ma droite, le bruit soudain de l'atterrissage de ma bicyclette me fait faire un bond. Au lieu de s'excuser de m'avoir effrayée, mon chauffeur bougon m'arrache mon sac.

— Qu'est-ce que tu fais ?

En quelques secondes, il met la main sur mon trousseau de clés affublé d'un ourson encombrant. Juste à côté de la boîte de préservatifs que j'avais achetée en prévision de ma soirée... Je pâlis en voyant ses lèvres former un rond choqué, mais il met vite fin à ma gêne en se tournant brutalement vers ma porte. Il la déverrouille et l'ouvre en grand avec des gestes secs. Quand je fais un pas vers l'intérieur, il me rend mon sac à dos et retourne à sa voiture.

— Bonne nuit, souffle-t-il avant de claquer sa portière.

— Bonne nuit...

Pendant un long moment, je regarde son énorme véhicule faire demi-tour et s'éloigner sur le chemin cabossé de mon cottage perdu. Qu'est-ce qui s'est passé, ce soir ?

Et soudain, lorsque le *pick-up* ralentit juste avant le virage qui le cachera bientôt à ma vue, il s'arrête. Dans le faisceau lumineux de ses phares, la silhouette du jeune homme se détache alors à nouveau. Je hoquette. J'ai beau avoir l'habitude, les fantômes continuent de me filer des sueurs froides. Je me demande une seconde si c'en est vraiment un, en fait. Peut-être que Prescott peut le voir, puisqu'il n'avance plus... Puis je réalise que le policier attend juste de me voir entrer chez moi avant de partir pour de bon. Je rougis dans la nuit, échauffée par le souvenir de notre connivence d'antan et les litres de bière du jour.

Je fais un pas en arrière et ferme ma porte d'entrée à la va-vite pour en terminer avec mes sentiments embarrassants. Je me suis juré de ne pas revenir en arrière. Il ne devrait pas pouvoir m'attendrir comme ça. Plus maintenant.

Quand les feux arrière du véhicule ne sont plus en vue nulle part, je ressors lentement, le souffle court. Il me semble que le fantôme a remarqué mon regard. En général, après ça, soit ils s'enfuient comme si c'était moi qui faisais flipper, et pas eux, soit ils essaient de communiquer. Les esprits peuvent se montrer extrêmement bavards lorsqu'ils se rendent compte que je les entends. Heureusement pour moi, la plupart du temps, parler leur fait réaliser qu'ils ne sont pas à leur place.

— Madame Chevalier ?!

— Oh !

Mon cœur vient de concentrer tous les battements prévus pour les dix prochaines minutes en une seule seconde ! J'étais perdue dans mes pensées quand l'ombre s'est rematérialisée juste à côté de moi pour essayer vraisemblablement de me faire rejoindre son monde.

— Mais pourquoi vous faites tout le temps ça, bordel ?! l'admonesté-je. Vous ne pouvez pas vous signaler courtoisement, comme tout le monde ? Et puis c'est quoi ça ? « Madame Chevalier » ? J'ai pas quatre-vingts ans !

Sur le visage aux traits de plus en plus nets, la surprise est vite remplacée par un sourire insolent.

— Ben, vous en avez pas dix-neuf, non plus…

Tout à coup, je ne me rappelle plus pourquoi j'ai voulu parler à ce fantôme. Après tout, il peut bien errer pour l'éternité, qu'est-ce que ça peut me foutre ?

— OK, grondé-je en tournant les talons dans l'intention d'aller me doucher et me coucher.

Dans mon entrée, je pose mes clés dans le pot de terre de la console et retire mes chaussures avant de les balancer contre le meuble où je suis censée les ranger.

Je m'enfonce ensuite dans le couloir en direction de ma salle de bain, où j'ouvre la panière à linge avant de me rappeler que mes vêtements sont probablement foutus. Je retire mon jean en grimaçant de douleur et avise les trous qui lui donnent maintenant un côté grunge plus du tout à la mode.

— *Euh... madame Chevalier ?*

— Argh !

Je pivote vers le spectre, et au lieu de lui cracher la tirade bien sentie déjà toute prête dans mon esprit, je bégaie :

— Mais... je te connais !

Le jeune homme à la barbe trop jeune pour être fournie ou même régulière et aux lunettes carrées plus épaisses que les encadrements de mes fenêtres – j'exagère à peine –, esquisse un sourire gêné.

— *Oui, je suis l'apprenti de madame Price. On s'est rencontrés à la kermesse de Noël, après mon arrivée. Vous m'avez offert des sablés, à moi et aux enfants de l'école primaire...* ronchonne-t-il en croisant les bras dans une posture boudeuse. *C'était presque aussi embarrassant que de vous voir en sous-vêtements.*

Je baisse les yeux sur mes jambes écorchées.

— Je ne suis pas en sous-vêtements, j'ai encore mon haut.

Il fait la moue.

— Et puis de toute façon, ça ne va pas te tuer, gloussé-je.

L'étudiant laisse tomber sa mâchoire dans une expression outrée. Trop tôt ? Je hausse les épaules pour dédramatiser.

— Désolée, tu tombes mal, je suis bourrée.

— *Pourquoi vous ne m'avez pas dit que vous étiez médium ?* demande-t-il sur un ton de reproche.

— Quand ? Entre les coloriages et le chocolat chaud de la kermesse ?

Il pince les lèvres à l'évocation du souvenir *a priori* humiliant. Je me rappelle très bien cette journée : Debra Price nous avait dit venir avec son « petit apprenti », n'importe qui aurait pu croire qu'elle parlait d'un neveu en visite. Elle n'avait qu'à être plus précise, aussi.

— *J'ai dix-neuf ans,* maugrée-t-il.

— Cool, fais-je. Et tu comptes squatter ici longtemps ? Non parce que si tu files vers la lumière, ça t'évitera le traumatisme de vraiment me voir en sous-vêtements. Je dis ça, je dis rien... souris-je avant d'attraper le bas de mon top dans l'intention de le retirer.

— *Non !* crie-t-il d'une voix de fausset.

Je laisse retomber mes bras en faisant claquer ma langue contre mon palais en signe de désapprobation.

— Quoi ? m'irrité-je. Tu crois que je vais arrêter de me laver parce que les fantômes ne s'embarrassent pas des convenances bassement humaines comme le respect de l'intimité, l'usage des portes, ou encore la politesse ?

— *Je suis poli,* proteste-t-il. *Ma mère a toujours mis un point d'honneur à bien m'éduquer. Je range ma chambre. Je lave mon linge. Je sais même cuisiner.*

— Des pâtes ? deviné-je.

À son silence soudain et sa mine constipée, je devine que j'ai mis en plein dans le mille.

— Bon...

J'essaie de me remémorer son prénom, sans succès. Je voudrais pouvoir finir ma phrase, mais ne pas me souvenir m'énerve. Je prends alors mon menton dans ma main et scrute le jeune adulte en me concentrant autant que possible, vu mon état. Hector ? Victor ? Nestor ? Melchior ? Pourquoi mon cerveau ne trouve que des prénoms en « or » ?

— *Vous ne vous rappelez pas mon nom,* m'accuse-t-il après un moment interminable.

Je m'agite pour ne pas m'avouer vaincue. J'attrape ma brosse à dents électrique, la charge de dentifrice et la fourre dans ma bouche dans le but de m'accorder un peu plus de temps. J'ai beau fouiller ma mémoire, impossible de remettre le moindre détail sur l'étudiant. Il inspire longuement et commence à taper du pied avec impatience. Trois minutes, les dentistes sont formels, il me reste encore cent-vingt secondes pour trouver... Connor ? Non, c'est beaucoup trop cool, ça ne lui irait pas du tout. Il ressemble à ces jeunes qui croient pouvoir sauver le monde en déclarant qu'ils sont écoresponsables mais qui continuent de boire leurs sodas saturés de produits chimiques à la paille en plastique...

Après quatre minutes de brossage, je finis par cracher avec mon dentifrice :

— Bien sûr que non, je ne me rappelle pas ! On s'en fout d'ailleurs. L'important.... Machin, c'est que tu ne peux pas rester là. Tu es mort. Je sais, ça craint, mais c'est comme ça. La nature craint, parfois. C'est le destin et il faut l'accepter. Plus tôt tu le comprendras, mieux ce sera. Traîner dans le monde des vivants n'est utile pour personne, ni pour toi, ni pour ta famille... ni pour moi, clairement.

— Oracio.

— Pardon ?

— Mon prénom, c'est Oracio.

Je savais bien qu'il y avait un « or ».

— Et je suis désolé, mais je ne suis pas d'accord.

Ah. Est-ce que ça change quelque chose ?

— Parce que le problème, voyez-vous, c'est que la nature n'a rien à voir avec ma mort.

Je ferme en partie les yeux pour leur faire exprimer toute l'incompréhension qui m'habite soudain. Qu'est-ce qu'il raconte ?

— J'ai été assassiné.

Alors là, j'abandonne le style des paupières en meurtrières. Si mes yeux passent d'abord par une phase exorbitée le temps d'une seconde, ils se plissent ensuite dans le fou rire qui m'emporte. Oracio, étudiant en biologie qui a décidé de prendre

un peu de temps pour lui à sniffer des fleurs dans la nature parce qu'il ne se sentait pas prêt à retourner dans son appartement universitaire, a été assassiné alors qu'il faisait des semis pour la fleuriste de la ville. Par qui ? Sa conseillère d'éducation qui n'avait pas la patience d'attendre qu'il abandonne de lui-même ?

— *Je ne vois pas ce qu'il y a de drôle,* me rabroue-t-il les poings sur ses hanches.

Je ravale mes hoquets hilares. Il a raison, je ne devrais pas rire. C'est l'une des conséquences les plus courantes, quand je bois : soit je dors, soit je ris. Parfois je pleure, aussi, songé-je en repensant à l'enterrement de madame Prescott.

— Pardon, Oracio, excuse-moi. Je te l'ai dit, je suis bourrée.

— *La belle excuse.*

Je me racle la gorge et tâche de me recomposer.

— Bon, qu'est-ce qui te fait penser que tu as été assassiné ?

— *Je n'ai rien utilisé d'inflammable. Ça sentait l'essence quand je suis arrivé et quand j'ai voulu ressortir, la grange avait été verrouillée derrière moi.*

Ma main posée sur le rebord du lavabo choisit ce moment pour glisser. Je me rattrape avec tant de maladresse que je me cogne le front contre mon armoire à pharmacie.

— Outch !

— *L'incendie de la grange des Price n'était pas un accident, poursuit le fantôme. Ça n'est sûrement pas moi qui était visé, n'empêche que j'ai été tué par quelqu'un, et pas par le destin.*

Si je voulais être tatillonne, je lui dirais qu'en réalité, se faire tuer à la place d'un autre, c'est exactement ce qu'on appelle un destin tragique, mais il est tard, et je travaille toujours aux aurores.

4. Impatience

L'impatience (ou balsamine) est une fleur d'ombre. Utilisée dans les fleurs de Bach[4] pour développer la tolérance et la patience.

Mon réveil était réglé pour sonner à six heures. Le temps d'un ravalement de façade nécessaire, histoire de reprendre forme humaine, ajouté à celui de la route jusqu'au Cap ou pas cap, il me serait resté une heure sur place pour faire cuire quelques-unes de mes préparations déjà prêtes dans la chambre froide avant l'ouverture. J'aurais pu dormir presque cinq heures. Au lieu de ce plan somme toute raisonnable, mon cerveau malade a décidé de cogiter. Résultat : à quatre heures du matin, après seulement trois heures d'un demi-sommeil agité, je me suis relevée pour cuisiner.

C'est ma façon à moi de gérer mon anxiété : occuper mes mains et mon mental bloqué sur les temps de cuisson. D'ordinaire, c'est un bon moyen de me calmer. Mais d'ordinaire, je n'ai pas un pré-adulte – ou post-pubère, je ne sais pas trop – dans ma cuisine. Oracio, mon nouveau synonyme de « calvaire ».

C'est bien simple, quand je décide d'utiliser ma voiture pour y charger les cagettes de muffins aux myrtilles, de scones au chocolat blanc, de brioches dodues et de tartes au citron, j'ai

---

4 Élixirs floraux développés dans les années 1930 par le Dr Edward Bach, un médecin britannique. Ils sont conçus pour aider à équilibrer les émotions.

presque envie de pleurer de soulagement en entendant le ronronnement souffreteux du moteur antique remplacer les jérémiades spectrales.

Pour vous dire, à un moment, j'ai regretté que ça n'ait pas été madame Price, dans la grange en flammes, au lieu d'Oracio « pas Caine[5] » et ses théories fumeuses. Ce garçon est épuisant. Peut-être que le destin a juste fait une bonne action, qui sait ?

Dès qu'il m'a vue me relever dans la nuit, il en a déduit que j'étais tracassée par son histoire de meurtre. J'aurais peut-être mieux fait de lui annoncer tout net que ce qui perturbait mon sommeil n'avait rien à voir avec lui, et tout à voir avec ma libido et mes angoisses de gosse abandonnée. Mais ça aurait été une épreuve en plus, de devoir lui expliquer qu'il n'est pas le centre du monde.

— *C'est une bonne idée d'aller travailler malgré tout,* siffle-t-il à mon oreille par-dessus le tintamarre de ma vieille Coccinelle à la carrosserie bleue affublée du logo doré du Cap ou pas cap. *Comme ça, on va pouvoir enquêter l'air de rien.*

L'air de rien, c'est le cas de le dire. D'ailleurs ce sera plutôt le rien, vu que l'air, il me l'a déjà pompé dans son intégralité avant le lever du soleil.

Quand ma petite voiture bourdonne sur l'allée de gravier, je souris à la vie qui fait taire la discordance dans mes tympans. En effet, en tant que tout jeune fantôme, il s'avère qu'Oracio est incapable de réajuster son apparition assez vite pour pouvoir suivre le rythme du véhicule. Alléluia ! Voilà qui me donnerait presque envie de mettre le pied au plancher et de partir en road trip jusqu'à l'année prochaine. Ce ne serait pas une mauvaise idée, en fait. Ça m'éviterait déjà le moment gênant lors duquel je vais retrouver mon employé gigolo rincé de sa nuit de débauche passée autre part que dans mon lit... Ça me permettrait également de ne pas me torturer pour savoir si oui ou non, je devrais m'excuser pour mon comportement de la nuit avec Prescott... La fuite et le déni, quelles merveilleuses inventions !

---

[5] L'inspecteur Oracio Caine fait partie de l'équipe des Experts à Miami (série policière américaine).

Quand j'arrive en ville avec mon carrosse antédiluvien, tous les visages se tournent vers moi et se parent de sourires radieux qui me rappellent combien ma petite voiture est aimée, ici. Elle appartenait à l'ancien maire de la ville, un aventurier presque aussi azimuté que ma mère, collectionneur d'à peu près tout, qui s'est pris d'affection pour moi au temps où j'étais la petite sauvageonne en haillons du village. Il faut dire que ma génitrice passait plus de temps à demander aux cartes quand elle gagnerait au loto qu'à faire en sorte que je puisse manger ou m'habiller.

À l'unique feu rouge sur mon itinéraire, je vois Louis, l'employé d'entretien, s'approcher de ma fenêtre de sa démarche éternellement agitée. Je l'avais ouverte en quelques coups de manivelle au départ du cottage, parce que, bien sûr, vous vous doutez que si ma Coccinelle est assez ancienne pour ne pas avoir de vitres électriques, elle n'est pas non plus équipée de la climatisation.

— Bonjour, lui lancé-je, comment allez-vous ?

Question purement rhétorique puisqu'il est mort il y a presque dix ans.

— *La nouvelle maire est un tyran,* déclare-t-il.

Le feu passe au vert, mais comme je suis seule sur la route à cette heure-ci, je choisis de rester tenir compagnie au vieil homme qui refuse de passer de « l'autre côté » sous prétexte que les employés qui l'ont remplacé aux services municipaux ne savent pas tailler les plates-bandes comme il faut. La mairesse n'est pas nouvelle, mais Louis est un peu confus en matière de chronologie.

Hésitant, il fait un pas de plus vers moi, si bien qu'il se retrouve à moitié coincé dans la carrosserie de ma Coccinelle. S'il ne s'en rend pas compte, l'image dérangeante dessine une grimace sur mon visage déjà rougi par la chaleur matinale.

— Je vais devoir vous laisser, Louis, j'ai de la marchandise à l'arrière et il fait une sacrée température...

— *Oui, oui,* approuve-t-il sans pour autant se reculer.

— Vous vouliez me dire quelque chose en particulier ? tenté-je.

— Non. Enfin, oui ! Oui.

Je laisse filer quelques secondes pendant lesquelles le feu est repassé au rouge, de toute façon.

— Vous n'avez rien remarqué d'un peu étrange, ces derniers temps ? me demande-t-il.

À part le fait qu'il se promène toujours en ville des lustres après sa mort, celui que je sente les énergies de tous les habitants, ou encore qu'un étudiant clamsé squatte ma baraque...

— Non, pourquoi ?

— Très bien ! souffle-t-il de soulagement. *Très bien...*

Malgré l'entrain qu'il a mis dans son ton, je vois bien qu'il n'est pas convaincu.

— Louis, si vous me disiez ce qui vous tracasse, ça nous permettrait de gagner du temps, vous ne croyez pas ?

Le vieil homme tout en longueur remonte les lunettes qu'il n'a plus sur son nez – qu'il n'a plus non plus –, et se racle la gorge.

— Je crois bien que j'ai vu la faucheuse.

J'en reste pantoise. Clairement, je n'étais pas prête.

— Qu'est-ce que vous voulez dire ? m'étranglé-je.

— La mort, je la sens rôder...

Jusque-là, ça me paraît normal pour un mec enterré depuis une décennie. On pourrait même dire qu'il a pris son temps.

— Elle attend quelqu'un, grimace-t-il. *Au début, j'ai cru qu'elle était là pour moi, pour me dire que je n'avais pas le droit de rester... Je me suis caché un peu, mais hier, j'avais oublié, avec la fête du petit Price...*

C'est drôle d'entendre « le petit Price » quand on sait que le médecin destitué a la cinquantaine.

— J'y suis allé, et je l'ai croisée, continue-t-il son récit. *Elle ne m'a même pas accordé un regard...*

— Quelle goujate, plaisanté-je.

L'ancien responsable communal pince les lèvres pour me rabrouer de façon subtile. Je lui souris, piteuse.

— *Faites attention à vous, vous voulez ?*

Un long frisson descend le long de mon dos. Voilà autre chose ! Je n'avais pas pensé à ça. Une faucheuse qui vient faire sa moisson, ce n'est pas très bon pour les gens comme moi : les vivants.

Un coup de klaxon me ramène à la réalité dans un sursaut qui fait partir mon cœur au galop.

— Oui, ben, deux secondes ! beuglé-je alors qu'à mon côté, le spectre a déjà disparu.

Dans la réserve du café, je m'emploie à faire de la place pour les pâtisseries que je n'ai pas pu installer dans les présentoirs de la vitrine. Je suis arrivée plus tard que d'habitude, mais avec la marchandise déjà prête, si bien que j'ai tout le temps de faire ma mise en place. Surtout que ce matin, malgré l'ouverture du festival des fleurs, j'ai accepté de maintenir mon cours de cuisine à la demande des candidates du concours de quiche amateur qui aura lieu en fin de semaine.

Une fois le Cap ou pas cap achalandé jusqu'à la gueule et propre comme un sou neuf, je m'accorde le droit de jeter un œil à travers la vitrine, du côté du poste de police. Il est huit heures, et c'est pile le moment où, chaque jour, Prescott se pointe avec son café au rabais, acheté à la station-service à l'entrée de la ville, probablement juste pour me narguer.

Tous les matins, il opère une petite pause à l'ombre du mât au bout duquel le drapeau américain se laisse aller dans la brise de la vallée, puis se tourne vers moi au cas où je voudrais le saluer. Peut-être parce qu'il ne veut pas que je loupe le fait qu'il achète son café ailleurs ? La plupart du temps de toute façon, je fais semblant d'être trop occupée et il passe son chemin en haussant les épaules. Ce matin n'est pas comme les précédents toutefois. Ce matin, j'ai envie de m'assurer que rien n'a changé entre nous. Je crève de le voir agiter son café tout pourri, dans son gobelet en polystyrène tout aussi pourri, avec son sourire qui dit « je t'emmerde ». J'ai besoin de m'assurer que la guerre froide bat son plein, et pas de l'aile.

Aujourd'hui est un jour spécial, à bien des égards.

— *Qu'est-ce que vous faites ?*

— Ah !

Me prenant en flagrant délit d'espionnage tout à fait malsain, la réapparition subite du fantôme m'a foutu une frousse plus corsée que jamais. D'ailleurs, dans mon sursaut, j'ai renversé le pot de cuillères du comptoir et brisé le sucrier en verre qui l'accompagnait, dont le contenu est maintenant répandu à mes pieds.

— Mais merde ! éructé-je.

— *Vous attendez que le commissariat ouvre pour aller signaler mon meurtre ?* suppute Oracio.

— Mais non !

— *Comment ça, non ? Je croyais qu'on était d'accord ?*

— Non ! Tu as parlé tout seul toute la nuit ! Je n'ai rien dit du tout ! À quel moment tu as conclu que j'étais d'accord ?

— *Qui ne dit mot consent ?* tente-t-il.

Il a de la chance d'être immatériel, sinon je jure que je lui aurais collé l'une des paires de claques dont il a dû manquer pendant son adolescence.

Je m'active à nettoyer le bazar provoqué par l'autre tarte, tout en continuant de scruter l'arrivée de Prescott. Ce qui s'avère une tâche plutôt ardue puisque je dois sans cesse me baisser derrière le comptoir puis me relever pour être sûre de ne pas manquer le passage qui ne dure jamais longtemps. Au bout de cinq minutes à ce rythme, j'ai l'impression d'être complètement folle, en plus d'être en nage. Moi qui avais soigné mon maquillage pour tenter de cacher la balafre causée par mon armoire à

pharmacie la veille, je ne ressemble déjà plus à rien. J'ai épongé mon visage tellement de fois que mon torchon a plus de fond de teint que moi. Même ma toute petite robe d'été aux motifs floraux dans le thème du bourg me semble beaucoup trop couvrante pour la chaleur créée par mon agitation.

— Vous prenez de la drogue ? s'inquiète Oracio. *Non, parce que votre comportement n'a pas l'air normal.*

Dixit le mec qui a des perles dans ses trois poils de barbe ! S'il tient à ce que je lui montre à quel point je peux être anormale, il va vite vouloir aller dans la lumière.

— Pourquoi vous sautez partout en espionnant le commissariat ? Ne me dites pas que c'est vous qui m'avez assassiné ?

La mine scandalisée qu'il prend me donne envie de rire, mais la bêtise de son postulat me navre trop pour ne pas gâcher le tout.

— Pourquoi j'aurais fait ça ? soupiré-je.

— Je ne sais pas, moi ! Je ne suis pas dérangé, je ne sais pas pourquoi les tueurs font ceci ou cela.

Je lève les yeux au ciel. Quand ces derniers redescendent enfin au bon vieux plancher des vaches, après avoir envisagé de porter plainte contre Dieu pendant leur séjour là-haut, je hoquette en voyant le pick-up noir de Prescott se garer juste devant le poste de police. Mon estomac fait un salto.

Huit heures dix. Jamais il n'arrive en retard, et surtout, jamais, ô grand jamais, il ne se gare là, en plein milieu. Une fois son véhicule pour complexés installé à cet endroit, c'est comme s'il y avait une muraille entre nous. Je ne peux même plus voir les portes du commissariat. D'ailleurs, je ne peux pas non plus voir Prescott s'y faufiler telle une anguille. Mes yeux sèchent, tant ils restent longtemps écarquillés.

— Vous n'avez jamais vu de pick-up *?* m'interroge l'étudiant pas assez mort à mon goût.

Quelques gros mots me viennent à l'esprit pour lui exprimer mes sentiments vis-à-vis de sa présence dans ma vie, mais il est sauvé *in extremis* par l'arrivée de ma première cliente.

— Bonjour, Capucine ! chantonne June, l'unique et inimitable coiffeuse du village dont la couleur de cheveux change d'un jour à l'autre, d'une mèche à l'autre.

— Bonjour, marmonné-je, encore choquée par le comportement de mon voisin.

Est-ce qu'il est fâché contre moi ? Non, c'est ridicule, on était déjà brouillés avant de toute façon, ça ne change rien du tout...

— *Si ça vous arrange de le croire,* me tance Oracio.

Oh merde ! Ça y est, il a compris qu'il peut lire dans mes pensées ! C'est officiel, *Flowers* vient de passer du paradis à l'enfer !

— Comment tu vas, ma petite Capu ? enchaîne la coiffeuse toujours débordante d'énergie. Tu as pu dormir un peu quand même, cette nuit ?

Je m'étrangle de stupeur, horrifiée à l'idée que quelqu'un puisse apprendre que JE suis la folle de ma famille, et pas ma mère...

— Pa... pardon ? baragouiné-je.

Le visage enjoué de ma cliente s'anime d'un ballet de sourcils assez similaire à celui d'essuie-glaces mal réglés et son sourire grivois finit par m'éclairer sur ce qu'elle sous-entend.

— Oh ! m'exclamé-je de soulagement, une main sur le cœur. Tu parles de mon employé...

Ses lèvres couvertes d'un rouge à lèvres violet, que je n'aurais même pas choisi pour un décor de Pâques, s'étalent dans une nouvelle mimique excitée par l'appel des potins.

— Il... Il n'a pas dormi chez moi.

Aussitôt, je regrette d'avoir laissé fuiter cette information. Surtout auprès de June. Avant midi, toute la ville saura que mon plan plaisir saisonnier m'a snobée dès le premier soir.

— *Plan quoi ?* vomit Oracio. *Mais enfin, vous avez quel âge ?*

L'âge de t'en coller une. Au rictus outré de l'étudiant, je devine qu'il a bien reçu mon message mental.

— Comment ça ? Tu ne l'héberges pas ? s'enflamme June. S'il cherche un endroit où dormir, la chambre de mon fils est disponible. Il ne vient jamais me voir, de toute façon.

Derrière la coiffeuse qui s'imagine probablement déjà en train de préparer des petits dîners à son invité, le carillon de l'entrée retentit à nouveau lorsque Susan Medlin entre à son tour.

— Mesdames, dit-elle en guise de salutations.

Lorsque June voit qui est là, elle ne prend pas la peine de répondre.

— Tu pourras lui faire passer le message ? poursuit-elle la conversation.

— Madame Medlin, réponds-je machinalement.

Je me frotte le point central entre mes sourcils, en prévision des maux de tête que je pressens en route.

— *Si vous imaginez le pire, vous le provoquez,* m'indique le fantôme qui ne réalise pas qu'il apporte de l'eau à mon moulin. *On appelle ça la loi de l'attraction.*

Je me dis qu'il ne faudra pas que j'oublie de penser très fort à lui, courant vers la lumière, quand j'aurai deux minutes à tuer.

— Comment allez-vous ? lancé-je sans réfléchir. Vos enfants sont là pour le festival ?

Je vous ai parlé des gens du cru avec leurs petits caractères et leurs spécificités ? Susan Medlin en est le meilleur exemple. Ancienne infirmière, elle a épousé un agent immobilier de renom et se pavane la plupart du temps apprêtée comme si elle revenait d'un *meeting* présidentiel. Malgré ça, à chaque fois que je la croise, je peux sentir sa haine jusque sous ma peau. Elle est la raison pour laquelle Ed Price, le héros du village, a toujours des détracteurs malgré les années passées et ses efforts pour se racheter. Ils étaient mariés, à l'époque, et elle a tout fait pour le faire passer pour le méchant homme décrit par la presse du Comté.

— Bien sûr, répond-elle comme si ma question était d'une idiotie insoutenable, ils ne manquent jamais la fête des fleurs.

— Et vous non plus, rebondit June. Dommage que ça ne vous ait jamais permis de ramener une coupe pour la déco de la villa, ou celle du manoir Medlin, à Tataouine...

Si elle avait été adressée à n'importe qui d'autre, j'aurais ri de la boutade qui n'a rien d'inhabituel, dans le coin. Tous les ans, les habitants – et surtout les habitantes – de *Flowers* se lancent dans les diverses compétitions du festival comme s'ils allaient conquérir un continent lointain. Le concours de quiche, celui de paysagisme, celui de gobage de tartelettes aux fraises, la sélection canine qui attire des compétiteurs de plusieurs États voisins, et enfin, le clou du spectacle : le tournoi des chars fleuris réalisés par les commerçants du village.

Avant que Susan n'implose, Chelsea et Megan, d'autres inscrites que je ne connais pas plus que ça, entrent dans le café. Ouf. Je les accueille, propose des cafés et distribue des tabliers aux participantes en leur précisant que nous irons en cuisine pour débuter l'atelier dès que la dernière inscrite sera là.

— C'est pas Dunham, la retardataire ? demande June.

Je zieute la porte pour m'assurer qu'elle n'est pas en vue avant de répondre.

— Si.

— Oh.

— Ah.

— Hum...

De toute évidence, personne n'est enchanté de participer à un cours de cuisine en compagnie de la mairesse.

— Elle n'est pas si désagréable, tenté-je de les rassurer.

— Bien joué, se moque Oracio. *Je crois que la dame en rouge va vomir...*

Je fais claquer ma langue contre mon palais et détourne l'attention des clientes.

— Quelqu'un aimerait un scone avec le café ? Ils sont tout frais et je vous les offre.

Immédiatement, tout le monde oublie le désagrément mentionné plus tôt et la boutique fermée au public prend des airs de salon de thé privatif.

— Dites, lance Megan, vous ne deviez pas avoir un saisonnier, cette semaine ?

— Oui, où est Asher ? reprend Chelsea, que je me rappelle soudain avoir vue danser avec mon apprenti, à l'Édelweiss.

— Il, euh...

C'est vrai ça, où est-ce qu'il est fourré, lui ? Je l'avais prévenu que j'animais un atelier confection de quiches le matin, mais il était supposé y être pour apprendre, pas faire la grasse mat' pour se remettre de sa nuit de chaud lapin. Je serre les dents puis me rends compte que ce n'est pas pratique pour sourire – même quand il s'agit d'un sourire de façade.

— Ne me dites pas que Lily a réussi son coup ? chouine Chelsea.

— Lily ? La fille Dunham ? grince June. Il les lui faut tous, à celle-là ! Ses cuisses doivent briller, avec ce qu'elle se fait lustrer !

— Oh !

Derrière les pipelettes, l'étudiant mime les femmes en exagérant leurs expressions, un spectacle qui me ferait hurler de rire si je n'étais pas mortifiée de ne pas savoir où se trouve mon employé. Ce n'est pas mon mec et ce qu'il fait de ses nuits ne me regarde pas...

— *Pourquoi ça sent le mensonge ?* me questionne le fantôme.

Mais qu'il ne se pointe pas au boulot, c'est quand même un peu fort ! J'ai misé sur le mauvais cheval, on dirait. Au lieu d'un étalon, j'aurais dû opter pour un cheval de trait. Je me sens stupide.

— *Là, on est d'accord,* marmonne Oracio.

— Pardon ?! m'agacé-je.

Toutes les femmes abandonnent leur café pour m'observer, la puce à l'oreille. Oups. J'essaie de remonter mentalement le fil de leur conversation, sans succès, et blêmis quand le fantôme éclaire ma lanterne en désignant Morgan du doigt :

— *Celle-là a dit « il est tellement séduisant, c'est donner de la confiture à un cochon » puis celle avec les cheveux couleur arc-en-ciel en fin de vie a répondu qu'en l'occurrence, c'était plutôt une cochonne… Alors l'autre a dit que quoi qu'elles en pensent, le beau gosse a quitté la fête avec Lily…*

— Vous êtes ensemble ? demande June, dont les sourcils annoncent que, selon ma réponse, elle serait prête à en venir aux mains.

— Non ! Non, pas du tout. Je… je suis surprise, c'est tout.

— De toute façon, enchaîne la coiffeuse, même si la teigne lui a mis le grappin dessus, ça ne durera pas plus d'un jour ou deux. Il ne faut que quelques dizaines de points de QI pour comprendre que cette fille est un parasite.

— C'est clair, confirme Megan, vous savez qu'elle est clepto ? J'ai entendu dire qu'elle volait même chez sa mère.

Des exclamations indignées s'élèvent fugacement, puis Chelsea décide de battre le fer tant qu'il est chaud :

— Malgré ce que dit la mairesse, j'ai une copine à Saint-Joseph[6] et, croyez-moi, elle n'est pas *clean*, la Lily… fait-elle en tapotant sa narine du doigt.

— *Elle parle de drogue, là ?* s'allume Oracio, façon guirlande de Noël.

Je lui dis tout de suite que quand on est mort, on ne peut certes plus faire d'*overdose*, mais on ne peut plus triper non plus ? Il me tire la langue.

---

[6] C'est l'hôpital le plus proche, situé à une bonne demi-heure du bourg.

— De toute manière, il n'y a pas besoin d'avoir des amis où que ce soit pour faire le calcul : cette gamine est perdue, juge Susan. Elle n'a jamais rien su faire d'autre que des caprices de gosse trop gâtée et des scandales.

— Toute la ville lui est passée dessus, ajoute Chelsea.

— Si j'étais toi, Capucine, m'adresse June, je mettrais le blondinet au parfum avant qu'elle ne lui en fasse baver...

Ce que je devrais faire, surtout, c'est cocher l'option « masquer les photos » sur mon application de recherche d'employés, à l'avenir. Et acheter des bouchons d'oreilles pour mes ateliers cuisine.

— T'imagines si elle se fait engrosser ? lance Megan au moment où la mairesse nous fait enfin l'insigne honneur de sa présence.

Le groupe de commères se fige alors que Linda Dunham, tout engoncée dans un tailleur couleur pêche qui devait être à sa taille vingt ans plus tôt, explose de son rire porcin :

— Vous avez commencé les ragots sans moi ! Mais enfin, moi qui ne viens que pour ça !

Oracio grimace en prévision de la suite et, pour le coup, je suis d'accord avec lui.

5. Lys

Lily, en anglais.

Pendant toute la durée de l'atelier dédié à la confection d'une quiche de saison à la tomate, aux pignons et à la mozzarella, les clientes ont rhabillé les autres habitantes de *Flowers* pour l'hiver. « Celle-ci a grossi », « celle-là se la joue un peu trop depuis qu'elle s'est mariée avec le fils du dentiste », « cette autre est trop belle pour être honnête »... Un véritable florilège de médisances qui m'a épuisée.

L'un des pendants méconnus au don de médium, c'est la façon dont les sentiments négatifs des gens nous pompent notre énergie. J'ai eu beau apprendre à m'en protéger, il y a des fois où rien n'y fait.

— *C'était marrant,* glousse Oracio quand je reviens au comptoir après avoir salué la dernière cliente à avoir réglé la séance.

— Marrant... grommelé-je. J'ai presque envie de me pendre.

Bien sûr, il ramène ça à lui et m'adresse un rictus plein de rancœur.

— Aucun fantôme avant moi ne vous a dit que c'était un peu méchant de faire sans arrêt des blagues macabres à des morts ?

— Ce qu'il y a de bien avec ce que disent les morts, fais-je, c'est que je peux faire comme si je n'avais rien entendu.

Il manque de s'étouffer. Enfin, façon de parler hein, puisqu'il ne respire plus. Une minute, il a peut-être raison sur ma propension à blaguer sur le sujet ?

Au moment où je pose le torchon avec lequel je viens de faire disparaître les dernières traces du petit café de mes participantes, la sonnette est activée par l'arrivée d'un premier client hors atelier.

— Bonjour ! lance monsieur Clayton, l'un des octogénaires qui vit dans l'unique maison de repos du bourg, à deux pas de là.

— Bonjour ! m'illuminé-je.

— Ah ! Avec un sourire comme le tien, ma petite Capucine, tu dois en briser, des cœurs ! me complimente-t-il comme il a l'habitude de le faire à chacune de ses visites.

Je fais semblant de rougir.

— Oh, vous savez, je suis plutôt spécialisée dans les pieds...

Le vieil homme fronce les sourcils un instant, puis il comprend ma plaisanterie et part dans un rire qui se termine en quinte de toux. Je regrette une seconde mon trait d'esprit, mais le gentil papy reprend enfin sa respiration.

— Je mettrais ma main à couper que tu ne peux pas casser les pieds des hommes autant que tu ravis leurs yeux, dit-il.

— *Quel charmeur...* se moque Oracio. *Si jamais votre employé ne revient pas, vous pourrez tenter votre chance avec lui.*

— Et leur palais ! ajoute monsieur Clayton alors qu'il passe sa langue sur ses lèvres amaigries par l'âge en pointant une tarte au citron du doigt. Je peux en avoir un morceau, s'il te plaît, mon petit ?

— Mais avec plaisir ! Et avec ça ? Un café au lait ?

— Tout juste !

Il s'étonne à chaque fois que je me souvienne de ce qu'il aime alors qu'il prend la même chose depuis que j'ai ouvert.

Avant que je n'aie terminé d'installer le grand-père à sa table favorite, la porte sonne à nouveau et le rythme des passages s'intensifie si vite qu'avant midi, je suis sur les rotules.

— Salut, la belle !

Je souris à Travis, l'un des trois mécaniciens du village tous de la même famille. Grands, les cheveux déjà cendrés à la trentaine, des yeux d'un bleu acier, tous les MacArthur se ressemblent. Comme son père et son frère, Travis appelle toutes les femmes de cette façon, je serais donc un peu présomptueuse de lui en tenir rigueur.

— Un sandwich au thon et un grand café ? deviné-je.

— C'est ça !

Heureusement, j'ai eu le temps de préparer quelques casse-croûtes entre les premières visites du matin. Quand je me relève du petit coin de vitrine où j'ai réussi à les caler plus tôt, mon client se penche pour me chuchoter :

— Dis, il est parti... ton saisonnier ?

Je hausse un sourcil, interloquée. D'ordinaire, ce sont les femmes qui me posent des questions indiscrètes.

— Non parce que... Laura n'a pas arrêté de parler de lui depuis qu'elle l'a croisé à la fête. Pour tout t'avouer, j'avais une gamelle pour aujourd'hui, mais je voulais voir sa trogne... Je vois qu'il est pas là. Il est parti ?

J'en reste muette une poignée de secondes, qu'il emploie à se justifier :

— C'est que je vois pas ça d'un très bon œil, qu'elle s'entiche d'un saisonnier. Imagine qu'elle le suive à la ville après la saison ?

Je souris. J'ai toujours vu en lui un papa poule et s'il y a bien une chose qui me rend heureuse, c'est de constater que j'avais raison. Hélas, quand je cherche une réponse à lui apporter, je me rembrunis.

— Je ne sais pas où il est, soupiré-je. J'imagine qu'il n'a pas bien supporté la fête de retour de monsieur Price...

Au bout du sac en papier dans lequel j'ai glissé le sandwich que je tends dans le vide, Travis MacArthur ne bouge pas. Il reste là, prostré, ses grands yeux acier plongés dans les miens.

— *Il devrait penser à respirer,* commente Oracio.

Je repense à l'histoire de faucheuse de Louis et m'affole :

— Monsieur MacArthur ?

L'homme se ranime si subitement qu'il me fait sursauter en attrapant le paquet dans ma main d'un geste brusque.

— Pardon, j'étais perdu dans mes pensées.

— J'ai vu ça, lui souris-je. Ça vous fera neuf dollars, s'il vous plaît.

Il plonge la main dans la poche de son pantalon de travail maculé de cambouis et ourle ses lèvres comme si je lui avais mis quelque chose de puant sous le nez.

— Tu vas le virer, j'espère ? s'enquiert-il.

— Quoi ?

— Ton saisonnier. Un gars qui ne se pointe pas le premier jour de son contrat parce qu'il est allé faire la fête au lieu de se concentrer sur ses engagements... Je suis peut-être vieux jeu, mais je trouve pas ça réglo.

J'encaisse le billet qu'il me tend et lui rends sa monnaie.

— J'aimerais pouvoir me permettre ce luxe, malheureusement, il est un peu tard pour recruter quelqu'un d'autre, marmonné-je, en colère contre moi-même.

Il glisse le dollar que je viens de lui donner dans la jarre à pourboires.

— Merci.

D'une main tendue en barrage, il refuse mes remerciements.

— Si c'est pas malheureux d'avoir la chance d'être embauché par une personne honnête et travailleuse, dans un endroit magnifique et de lui chier dans la main... Pardonne-moi l'expression.

Les joies de la vie à la campagne, l'endroit où tout le monde parle avec le cœur, et surtout sans filtre.

— Si t'as besoin de quelqu'un pour lui remonter les bretelles, n'hésite pas à m'appeler.

J'écarquille les yeux. Et comment je suis censée amener ça, exactement ? « Je suis fâchée, Asher, du coup tu vas discuter un peu avec le mécanicien du bourg, il va t'apprendre le respect... » C'est n'importe quoi. Je ne perds toutefois pas de temps à le lui expliquer.

— Merci, monsieur MacArthur.

— Travis !

— Travis.

— Décidément, vous avez la cote, se moque Oracio, que j'ignore histoire de lui rappeler que quand on est mort et enterré, on est censé être MORT ET ENTERRÉ et pas en train d'ennuyer une pauvre femme « honnête et travailleuse ».

Quand mon client sort enfin, je lance un coup d'œil à ma très grande horloge murale. Treize heures vingt. Je me doute qu'avec la cérémonie d'ouverture du festival qui doit battre son plein au bout de la rue, je n'aurai pas beaucoup de touristes avant un moment.

Je m'approche donc de monsieur Clayton, mon petit papy qui lit l'un des romans policiers de ma collection en dégustant sa tarte au citron. Cet homme sait ce qui est bon, dans la vie.

Je comptais lui demander si je pouvais le laisser seul quelques minutes, mais vu la façon dont il est concentré sur sa lecture, je me rends compte qu'il serait plus long de lui expliquer mon plan que de le mettre à exécution.

Je rebrousse chemin, retire mon tablier estampillé Cap ou pas cap et le lance sur le plan de travail, derrière le comptoir. Lily vit à seulement deux cents mètres de là, dans l'ancienne gare.

Quand le réseau ferroviaire de l'État a été dévié, trente ans plus tôt, ses rails arrachés, le petit bâtiment tout en longueur a servi de squat un temps avant d'être condamné, promis à la destruction pour des raisons sanitaires. L'affaire a traîné, puis pour finir, l'endroit a été récupéré pour une bouchée de pain par la mairesse après son élection. Officiellement, il s'agissait de le rénover pour y installer le musée de la ville. Dans les faits, une pièce unique accueille les touristes avec ses trois présentoirs et ses deux photographies anciennes, quand le reste de la bâtisse est le domicile à titre grâcieux de sa « gardienne », soit Lily. Autant vous dire que le petit musée a vite appris l'autonomie pendant que sa responsable bullait à longueur de journée, chez elle ou ailleurs.

J'attrape la pancarte de la porte et ouvre le clapet derrière lequel il est inscrit, en dessous de « ouvert », la mention « de retour dans une minute ». En réalité, rien que pour remonter la rue, il m'en faudra au moins deux, mais bon, c'est un détail. Je referme la porte derrière moi en jetant un œil à monsieur Clayton, qui ne remarque toujours rien. Bien.

Je traverse la route, puisque la gare se trouve de l'autre côté de l'avenue. Quand j'arrive à la hauteur du *pick-up* de Prescott, je lui adresse un regard noir par réflexe, en songeant au petit numéro de ce matin. Je manque alors de rater la marche du trottoir tant je suis surprise de tomber sur le policier en train de charger des cartons sur sa banquette arrière. J'aimerais pouvoir faire machine arrière afin qu'il ne me remarque pas, mais c'est trop tard, son regard sombre a déjà fait un bond vers moi. Je devine alors que lui aussi, vise fugacement la porte, derrière son dos. Quel joli duo de couards.

— Coucou, lancé-je par bravade.

Aussitôt, je me déteste. Je ne le salue jamais, d'habitude. Maintenant, il doit penser que je me sens coupable pour mon attitude de la veille, alors que pas du tout !

— *Si,* commente Oracio.

Non !

Le regard d'abord éberlué de l'agent de police se fait inquisiteur et je tourne les talons avec l'espoir candide que notre échange catastrophique s'arrêtera là.

— Chevalier ? appelle-t-il.

— Merde... soufflé-je tout en rentrant ma tête dans mes épaules, comme si ça pouvait me faire disparaître.

— *Il vous voit toujours,* croit m'apprendre le fantôme qui semble avoir décidé d'incarner mon enfer personnel pour une durée indéterminée.

— Capucine ? insiste-t-il.

Je m'arrête, mais ne me tourne pas.

— Quoi ?

Avec un peu de chance, il lâchera l'affaire, comme souvent. Il ne répond pas dans l'immédiat et j'en comprends la raison lorsqu'il se matérialise à ma gauche. D'une main hésitante, il effleure alors mon menton dans l'intention de me faire relever la tête. Je m'écarte d'un geste vif, troublée par le contact.

— Quoi ?! je répète.

Ses lèvres s'entrouvrent et ses paupières se plissent.

— Qu'est-ce qui t'est arrivé ? demande-t-il alors que son index pointe mon front.

Je réfléchis un instant.

— *L'armoire à pharmacie,* m'aide l'étudiant froid.

— Oh ! Rien.

Sous ses lèvres, je vois qu'il passe sa langue sur ses dents, déjà excédé. Il inspire un grand coup et se frotte le front de la main.

— Dis-moi que ce n'est pas ton saisonnier.

J'enregistre la phrase mais mon cerveau met un temps considérable à l'analyser. Je finis par exploser d'un soufflement agacé.

— Oh, waouh ! Tu ne mentais pas. Tu ne l'aimes vraiment pas ! Je me suis cognée contre mon armoire à pharmacie en glissant sur le bord de mon lavabo où je me tenais appuyée.

Comment mon saisonnier pourrait avoir quelque chose à voir là-dedans ?

À côté de nous, Oracio ouvre grand la bouche et laisse tomber sa tête, comme si j'avais dit une bêtise. Vu la mine blême de Prescott, je devine qu'ils viennent tous les deux de voir la même image fleurir dans leur imagination : soit moi penchée contre mon lavabo, Asher dans mon dos en train de... C'est un peu embarrassant – surtout quand on sait que mon accident n'avait rien d'aussi agréable.

— Je me suis fait ça toute seule ! éclairé-je le flic, qui croise les bras sur son torse.

— Alors... il s'est bien comporté, chez toi ?

Mes sourcils en tombent sur mes yeux. Mais de quoi je me mêle ?

— Il s'est tellement bien comporté qu'il n'est pas venu chez moi, c'est dire !

Le front de Prescott se ride d'incompréhension.

— Ah non ?

— Bon, t'as fini ton interrogatoire ? Je peux y aller ?

Il opine. Je reprends ma marche nerveuse.

— Tu vas où, au fait ? ajoute-t-il alors que je pensais m'être débarrassée de lui.

— À la gare !

— À la gare ?

Dieu merci, il n'enchaîne pas sur sa question suivante. Je sens toutefois son regard lourd dans mon dos, encore une bonne minute. Tandis que je bifurque pour entrer dans le musée ridicule, je le vois tourner enfin les talons du coin de l'œil.

— Non mais je rêve ! grogné-je. Il attendait encore de voir si j'arrivais à bon port... c'est une maladie !

— *C'est un bon policier,* statue Oracio.

Je souffle un coup et me souviens pourquoi je suis là. Je traverse donc la pièce censée honorer l'histoire du village à l'aide de vieux cadres de guingois présentant des paysages rupestres sur une tapisserie rose pâle d'un autre âge. Je vais directement frapper à la porte de l'appartement gigantesque qui occupe le reste du bâtiment. Après une première salve un peu trop énergique, je me dis que je devrais peut-être me calmer, si je ne veux pas passer pour une femme jalouse et pitoyable. Bien sûr, après une longue minute sans réponse, j'oublie vite mon propre conseil et martèle la petite porte encore plus vivement que je ne l'ai fait la première fois.

— Lily, c'est Capucine Chevalier, la patronne d'Asher. Il est bientôt quatorze heures et j'apprécierais assez que tu le libères afin qu'il fasse ce pourquoi je commence à me dire que je ne devrais pas le payer.

Rien. Je tambourine une nouvelle fois.

— C'est énervant, quand les gens ne répondent pas alors que clairement, ils ne peuvent pas ne pas avoir entendu, vu le tintouin que vous faites... commente l'étudiant.

Je me tourne vers lui, la mine hagarde.

— Oracio ?

Il me sert un regard vide.

— Tu peux passer à travers les murs, non ?

Il fait oui de la tête, mais ne change rien à sa trogne de victime de mort cérébrale. Je m'apprête à lui expliquer avec très peu de politesse qu'il pourrait donc aller faire un tour à l'intérieur afin de voir ce qui s'y passe, quand Prescott fait son entrée. Je glapis pour ravaler ma verve.

— Qu'est-ce que tu fais là ? lâché-je.

— J'allais te poser la même question, on t'entend brailler depuis le commissariat.

J'en doute fort, parce que c'est impossible. Je le sais puisque je travaille en face du poste et que de là-bas, je n'ai jamais entendu les disputes pourtant violentes rapportées par les autres habitants, entre Lily et sa mère.

— Tu m'as suivie, soupiré-je.

— Tu ne quittes jamais le café pendant les heures d'ouverture, se justifie-t-il.

— La preuve que si.

— Capucine ! Qu'est-ce qui se passe ?

Je cherche le meilleur moyen de résumer la situation sans passer pour une excitée du bulbe, mais avant que je ne touche au but, un détail fait faire une ola aux poils riquiqui, dans mon dos. Dans l'un des angles du plafond, juste au-dessous de ce que je sais être la chambre de Lily, un pied nu bat la mesure d'une musique que je perçois maintenant, un sifflotement lointain. Pour qu'un corps passe à travers les murs, il ne peut être que dans un seul état.

— Je m'inquiète pour Asher ! débité-je à toute allure. Il paraît qu'il a quitté la soirée avec Lily, hier, et il n'est pas venu travailler ce matin.

Moi qui ne voulais pas paraître alarmiste ou intrusive, c'est loupé. Au regard de travers du flic, je sens que la suite des évènements ne va pas être agréable. Il fait un pas en arrière, déjà désintéressé de ma problématique en cours.

— S'ils se sont couchés tard, il y a fort à parier qu'ils dorment encore, tout simplement, prononce-t-il avec lenteur, comme si j'étais idiote.

— Il ne répond pas à son téléphone, mens-je alors que je n'ai même pas essayé de l'appeler une seule fois.

Il tourne les yeux sur le côté, en signe d'ennui.

— Quand j'ai quitté la fête hier, il m'a dit « à demain » !

Aussitôt prononcée, aussitôt regrettée. Non seulement cette phrase n'a rien d'un argument, mais en plus, elle est insensée et sonne désespérée. Pour preuve, Prescott ricane :

— Oh ben s'il l'a dit, attendons jusqu'à minuit pour voir si c'est un homme de parole... Après ça, je demande un renfort à la police du Comté. Tu crois qu'on appelle aussi le FBI ?

Je ferme les yeux une seconde, exaspérée.

— Timothy, finis-je par grogner, je ne t'ai rien demandé et tu m'as suivie quand même, la moindre des choses, quitte à être envahissant, c'est de me filer un coup de main, au lieu de te foutre de moi.

Je note que le policier s'est raidi et je comprends que c'est l'utilisation de son prénom qui l'a choqué. Il est vrai que depuis sa désertion de ma vie, douze ans plus tôt, je me suis employée à l'utiliser aussi peu que possible.

— Qu'est-ce que tu veux qu'il lui soit arrivé ? maugrée-t-il enfin. Au pire, il a attrapé un herpès génital.

Je soupire.

— Tu ne comprends pas, je me fous comme de l'an quarante de sa vie sexuelle. J'ai frappé à cette porte comme une dératée et personne n'a répondu. Asher n'est nulle part ce matin et Lily non plus. Si tu ne fais rien, je casse un carreau pour forcer l'entrée.

Là, les yeux de mon ex-ami s'arrondissent.

— Capucine Chevalier la vandale, maintenant ! On aura tout vu !

Contre toute attente, il s'approche de la porte et frappe sur le battant.

— Lily Dunham ! C'est Tim Prescott ! Je suis désolé de te déranger, mais j'aimerais vérifier que tout va bien, si tu permets ? Tu peux m'ouvrir, s'il te plaît ?

Nous attendons un moment dans un silence irritant.

— *J'ai une idée !* s'exclame Oracio. *Je peux aller voir !*

Qui a dit que les miracles n'existaient pas ?

— Peut-être qu'ils n'ont pas dormi ici ? suppose le policier.

Ou peut-être que Lily est raide morte dans sa chambre, avec mon apprenti qui ne risque pas de m'aider beaucoup au café, pour le coup. Soudain, l'étudiant refait son apparition dans un tourbillon désorganisé qui me fait souffler d'impatience. Dès qu'il est assez reformé pour pouvoir s'exprimer, il sautille d'émoi :

— *Elle m'a vu ! Elle est médium, elle aussi ?*

Je fais non de la tête, désabusée. Quand la seconde suivante, Lily dégringole à travers le toit dans sa tentative de suivre l'autre spectre, ce dernier se met alors à hurler telle une banshee. Je me bouche les oreilles.

— Ça ne va pas ? m'interroge l'agent en uniforme.

À contrecœur, je libère mes tympans, qui encaissent l'agression tant bien que mal. Je grimace un peu mais parviens à répondre :

— Si, si. On défonce la porte, alors ?

La mine ahurie qu'il m'offre m'apprend que mon comportement n'est pas des plus mesurés. Je lui souris, un peu embarrassée. J'aimerais pouvoir demander à Oracio s'il a vu un autre corps, en haut, mais d'une, il n'a pas fini de beugler comme un cochon qu'on égorge, et de deux, Prescott me regarde avec assez d'inquiétude comme ça. À la différence de ma génitrice, je n'ai jamais eu l'ambition de terminer ma vie dans un hôpital psychiatrique.

— Il se passe un truc spécial entre toi et ce gars pour qui la loi n'est pas une priorité ? marmonne-t-il en regardant ailleurs.

À quelques pas de nous, Lily et Oracio se reluquent en silence. Ils semblent tous les deux horrifiés.

— Bon, je ne vais pas te mentir, mens-je avec un aplomb qui me surprend moi-même, mais ça me fout un peu les boules qu'il se la coule douce dans les draps de miss « open bar » pendant que je me tape l'ouverture de la saison toute seule. Je lui ai payé une avance pour qu'il remplisse le réservoir de sa voiture...

— La voiture de son cousin, corrige-t-il.

— OK ! On s'en fout ! Le fait est que j'ai déjà des clients par-dessus la tête alors que les discours d'ouverture ne sont même pas terminés et qu'Asher est sûrement juste derrière cette porte. Tu es flic, autant que ça serve à quelque chose.

— Les flics n'ont pas plus le droit que les autres d'empiéter sur la vie privée des gens.

Je souffle tout mon saoul.

— *C'est qui, miss « open bar » ?* demande Lily.

Oups.

— *Elle est... morte ?!* comprend enfin Oracio.

Sans que mon cerveau ne puisse comprendre comment c'est possible, l'étudiant s'affole de la proximité d'un fantôme et recule jusqu'à se trouver dans l'angle de la pièce le plus éloigné – angle qu'il pourrait très bien traverser, notez.

— *Qui est morte ?* fait « open bar ».

J'ai comme une envie de rentrer chez moi pour dormir un jour ou trois. L'instant d'après, toutefois, la fille aux jambes fines comme des brindilles et aux yeux bleus éternellement creusés de cernes lève le nez vers le plafond qu'elle vient de traverser, puis étire ses lèvres en un rond de travers – comme tout ce qu'elle fait. Elle porte ensuite la main à sa bouche et s'agite.

— Chevalier, je pense que tu devrais retourner au café et essayer de rappeler ton... employé, temporise Prescott. Ce serait un moyen plus sûr, et surtout moins illégal, d'avoir le fin mot de l'histoire. Tu ne crois pas ?

Je vois bien qu'il essaie de m'apaiser, mais ce qu'il ne sait pas, c'est qu'à côté de lui, Lily fait tout l'inverse. Elle opère de larges moulinets avec ses bras maigres et vocifère tout un tas d'élucubrations sur combien elle est trop jeune pour mourir. Quand elle commence à lister les rares hommes du village qu'elle n'a pas encore essayés, je décide de rendre les armes.

— Tu as raison, soupiré-je. Je vais faire ça, ça vaudra mieux.

6. Primevère

Ou primevère officinale. Dans le langage des fleurs, le coucou symbolise une suspicion de tromperie.

Quatorze messages sans réponse. Voilà où j'en suis rendue de ma politique du jour « on va la jouer cool et n'enfoncer aucune porte ». Très mauvaise idée. Il faudra que j'en touche deux mots à Prescott, à l'occasion.

Depuis notre petite virée chez feu Lily Dunham, j'enchaîne les erreurs de caisse, les dérapages sur le carrelage de la cuisine, les cafouillages dans mes salutations commerciales et les aigreurs d'estomac.

Et si Asher était mort à cause de moi ?

Non, parce que si je ne l'avais pas embauché pour son physique et ma libido, il n'aurait pas emprunté la voiture de son cousin, il n'aurait pas quitté le Kentucky et surtout, il n'aurait pas passé la nuit chez la gourgandine de la ville. Je déglutis avec peine. Mon Dieu, si j'avais tué quelqu'un avec mon nombrilisme passager ?

Alors que je suis en train de me ronger l'ongle du pouce, comme si j'étais revenue en enfance et que je n'avais pas révisé pour une interro d'anglais, je vois Prescott et Blake sortir du commissariat dans la précipitation, avant de remonter la rue en courant. J'en reste médusée un instant.

— Je peux avoir un café, s'il vous plaît ? me répète un touriste à l'accent du sud qui me fait frémir les oreilles.

— À cette heure-ci ? réponds-je sans réfléchir.

— Je vous demande pardon ? Vous ne servez du café qu'à certaines heures ?

— Non ! Non... souris-je pour me rattraper.

— Alors vous jugez gratuitement les choix alimentaires de vos clients ? grimace-t-il.

— Pas du tout ! Je me disais juste « Waouh ! Ce monsieur arrive à boire un café à dix-sept heures et dormir la nuit ! C'est impressionnant... »

— Et si je ne dormais pas la nuit, qu'est-ce que ça pourrait bien vous faire ?

Là, je sèche.

Entre la caisse enregistreuse et le présentoir de dépliants touristiques, mon portable vibre soudain et je me rue dessus comme sur une sortie de secours. Quand je vois le nom d'Asher sur le fil de textos, je soupire d'abord d'aise, puis me laisse tomber contre le rebord du comptoir, la main sur le cœur. Il n'est pas mort !

— Vous savez quoi ? Laissez tomber, pour le café. Je vois que vous avez mieux à faire.

— Mais, non !

Trop tard, le quadragénaire grognon sort déjà de mon établissement en traînant les pieds.

Désolé pour aujourd'hui, Boss.
J'ai dormi dans ma caisse et
les feux d'artifice m'ont réveillé.

Les quelques feux d'artifice sauvages tirés il y a une heure ? Et après ça, il a fait quoi ? Du tricot ?

J'ai un peu déconné hier soir et avec le flic sur mon dos, j'ai pas osé sortir de ma planque.

« Un peu déconné hier soir » ? Qu'est-ce que ça veut dire ? Tant qu'il n'a pas fini dans le lit de mort de Lily, haut les cœurs ! Il est sauvé. C'est tout ce qu'il y a à retenir.

Une minute ! Est-ce qu'il se pourrait que ce soit lui qui ait raccourci drastiquement l'espérance de vie de la fille Dunham ?

Je sens mes joues perdre de leur couleur tandis que ma température corporelle monte en flèche. J'émets un petit rire de gorge proche du gargouillis quand une nouvelle pensée envahit mon cerveau créatif : et si j'avais invité un meurtrier à *Flowers* ?

— Ce doit être épuisant, de porter tous les malheurs du monde sur tes épaules, me rabroue Louis, que je n'avais pas vu arriver, et pour cause…

J'aimerais pouvoir lui faire remarquer qu'il n'est pas très aimable de me taper la causette alors que mon café est fréquenté et que je suis par conséquent incapable de répondre, mais de toute façon, il poursuit son monologue :

— Je t'avais dit que ça sentait le roussi… C'est la fille Dunham, qui a passé l'arme à gauche.

J'opine aussi discrètement que possible.

— Ce qu'il y a de bien, c'est qu'elle ne manquera pas à grand monde.

Je fais les gros yeux. Il lève les bras au ciel.

— Ce qu'il y a de moins bien, c'est que la faucheuse ne l'a pas emportée.

Je grimace, ce qui dessine un sourire triomphant sur son visage émacié par les années qu'il a pourtant cessé de cumuler il y a belle lurette. J'encaisse le client qui vient d'acheter le dernier roman de Stephen King en se tenant au même endroit que le fantôme d'humeur bavarde, puis je note la petite douleur sournoise, au creux de mon ventre. Si Lily reste dans les parages comme le fait Oracio, je ne vais pas tarder à sombrer dans l'hystérie.

— *Pourquoi elle ne l'a pas emportée ?* revient-il sur le sujet.

Je hausse les épaules. Qu'est-ce que j'en sais, moi ? Je ne travaille pas pour l'administration de l'au-delà. Pourquoi les spectres croient toujours que j'ai toutes les réponses à leurs questions, juste parce que je peux les entendre ? Tiens, d'ailleurs, pour la petite histoire, une fois morts, les gens ne sont pas plus intelligents. S'ils restent errer, c'est bien qu'ils n'ont pas atteint l'illumination...

Apparemment déçu par mon inutilité, Louis disparaît dans un coup de vent qui fait pousser un cri aigu à une cliente.

— Vous avez senti ça ? questionne-t-elle ses voisins de table.

Je fais mine de ne pas remarquer la conversation épouvantée qui débute alors et reviens à mon téléphone. Qu'est-ce que je peux bien répondre à Kentucky ? « Au fait, on n'a pas parlé de tes hobbies, pendant tes multiples entretiens d'embauche à thème "*Sex in the* petit bourg de campagne", du coup, j'ai oublié de te demander : tu ne tuerais pas des gens sur ton temps libre, par hasard ? »

Je ferme les yeux une seconde, fatiguée par cette journée qui n'en finit pas, et quand je les rouvre, Prescott franchit la porte du café. À sa mine sombre, je prends le pari qu'il a trouvé le corps de Lily.

Quelques pas avant le comptoir, il ralentit et fait un tour d'horizon, prenant conscience que la clientèle est dense, aujourd'hui. Il fait claquer ses lèvres, contrarié, et approche si près de moi que je me demande une seconde s'il compte renouveler l'expérience peu reluisante de notre premier – et unique – baiser.

— On peut aller dans la réserve ? me demande-t-il.

L'espace d'une milliseconde, la proposition me paraît fort déplacée, bien que très excitante, puis je me rappelle à qui j'ai affaire.

— Pour quoi foutre ?

Mauvais choix de vocabulaire, j'en conviens. Il écarquille ses yeux bruns.

— Et puis, ce n'est pas une réserve, c'est une cuisine.

Le policier dont l'uniforme fait tourner toutes les têtes – surtout celles équipées de longs cheveux et de faux cils – soupire, une main posée sur son front.

— Tu sais, un jour, je risque de perdre patience, souffle-t-il.

Mes yeux se plissent jusqu'à former deux viseurs, mais avant que je n'aie l'occasion de contrattaquer, il se penche contre mon oreille pour y susurrer quelque chose. Nul doute que derrière son dos, les clientes doivent être vertes d'envie.

— Lily est morte. Et devine qui a été vue en train de vouloir défoncer sa porte un peu plus tôt dans la journée ?

— Oh !

Mon petit cri offusqué entraîne une série de rires étouffés parmi les clients disséminés dans la pièce. Prescott souffle de plus belle.

— Vue par qui ? grogné-je tout en croisant mes bras sur ma poitrine avec une mine accusatrice.

Il ne répond pas.

— Par toi !

Toujours pas de réaction.

— Tu es le seul à avoir été témoin de mon petit pétage de câble, et tu vas aller répéter ça à toute la ville ?

— Je suis policier, Chevalier.

Il aurait pu ajouter que, par-dessus le marché, il y avait longtemps que nous n'étions même plus amis, mais il s'est retenu.

J'inspire longuement.

— Bien sûr, je sais que tu ne lui aurais pas fait de mal même si tu avais réussi à entrer chez elle… après mon départ, par exemple.

Je fais non de la tête dans un mouvement de va-et-vient ralenti, afin qu'il prenne bien toute la mesure de mon dépit du moment.

— Du moins, tu ne lui aurais rien fait de trop grave, corrige-t-il. Rien de mortel, quoi…

— Merci pour ce vote de confiance qui me va droit au cœur.

— Oh, Capucine, tu te doutes bien que je ne fais que suivre la procédure.

— Oui, les procédures, c'est ton truc.

Il se tend. Il a certainement compris que je fais allusion à la fois où il m'a sorti, deux jours après l'enterrement d'Eleanor, sa mère, qu'il ferait mieux de suivre la procédure légale qui le plaçait d'office sous la tutelle d'un oncle éloigné. Un oncle qui vivait loin de *Flowers*, loin de moi. Bien sûr, son choix de suivre la « procédure » n'avait sûrement rien eu à voir, à l'époque, avec le fait que je venais de lui avouer pouvoir voir les fantômes…

Après un silence interminable, il revient à lui tandis qu'une cliente lui tapote l'épaule en battant des cils.

— Excusez-moi, monsieur l'agent, est-ce que vous allez commander quelque chose ?

— Non, dit-il en s'écartant du passage.

La jeune femme sourit avec la ferveur d'une fan face à son chanteur préféré et oublie un instant ce qu'elle comptait faire.

— Qu'est-ce que je vous sers ? lancé-je.

— Ah ! Euh… oui ! Un sandwich au jambon et un thé glacé, s'il vous plaît. Et ça, ajoute-t-elle en posant une romance sur le comptoir.

Pendant que je m'active à rassembler sa commande, elle danse d'un pied sur l'autre en ne quittant pas des yeux le profil glacial du flic qui fixe le mur, derrière moi.

— Voici.

La cliente me tend un billet. Je l'encaisse en une poignée de secondes et lui rends sa monnaie. Dès qu'elle s'éloigne de quelques pas – plus lentement qu'un paresseux qui n'aurait pas tiré le gros lot à la loterie de la génétique – Prescott revient contre le comptoir.

— Tu vas devoir répondre à quelques questions d'usage que ça te plaise ou non. Si tu ne le faisais pas, ça paraîtrait suspect. Alors, tu es convoquée demain au poste, à dix heures trente.

C'est pile pendant le creux entre les lève-tôt et les vacanciers, c'est parfait. Je me réjouis que le destin se montre enfin un peu clément, puis réalise que Prescott l'a sûrement fait exprès. Il n'ignore rien de l'activité du Cap ou pas cap. Il n'ignore rien sur rien, d'ailleurs, à bien y réfléchir. À part peut-être sur comment briser le cœur d'une pauvre fille.

— Et tu pourras aussi dire à ton employé qu'il devra se présenter à son tour, après toi.

Mes sourcils s'envolent sur mon front, puis retombent sur mes yeux. Est-ce que je devrais dire ce que je sais tout de suite ?

— Il t'a recontactée ?

Je tressaute. Soit je crache le morceau et il y a de grandes chances que Prescott coffre mon apprenti dans les trois minutes, soit je fais la carpe et je m'inscris potentiellement sur la liste des décès de l'été.

— Oui.

— Il t'a dit pourquoi il ne s'est pas pointé au boulot ce matin ? Il est où ?

— Panne d'oreiller, réponds-je en éludant la seconde question. Ne t'inquiète pas, il sera là demain.

Le front de Prescott fait une vague du côté de son œil droit agité par une mimique qui dit « Aucune chance que je m'inquiète pour ce type ».

Comme il reste là et s'apprête, sans aucun doute, à poursuivre la conversation, je glapis :

— C'est demain, l'interrogatoire, non ?

Il s'assombrit mais ne fait pas mine de battre en retraite. Bon, la bravade ne fonctionnera pas aujourd'hui, autant passer directement à la sournoiserie :

— Si tu restes ici plus longtemps, les gens vont finir par croire que tu en pinces pour moi...

Cette fois, la réaction est immédiate. Il jette des regards apeurés autour de lui alors que ses épaules reculent avant son corps.

— Bon, salut, dit-il en déguerpissant.

Je souris crânement un instant, puis ravale ma déception malvenue.

Va falloir qu'on ait une discussion sérieuse. Rejoins-moi au café à la fermeture.

Si Prescott savait ce que je sais, et ce que je suis en train de faire malgré ce que je sais... Il me tuerait.

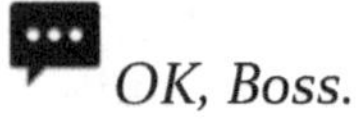

OK, Boss.

Je souffle, en pleine hésitation entre le contentement et la peur panique. Heureusement pour moi, je n'ai pas le temps de m'appesantir sur le sujet, car un groupe de retraités pénètre dans mon petit commerce qui peine à conserver son atmosphère conviviale, tant il est bondé.

D'ordinaire, je ferme ma porte entre dix-sept et dix-huit heures, selon l'affluence. Bien sûr, avec la quantité de touristes qui traîne en ville pendant le festival, je n'ai plus d'heure de fermeture. Le plan de la haute saison est simple : tant qu'il y a des clients, je reste ouverte. Avec une nuit presque blanche dans les pattes et une journée pleine de tribulations à mon actif, j'ai du mal à garder les yeux ouverts. Pourtant, le comptoir continue d'être assailli par des gens en quête de pâtisseries, sodas, sandwichs, bonbons, bouquins, compagnie, et j'en passe…

Vingt-deux heures dix ! Je n'arrive pas à croire mes yeux rivés sur l'horloge qui couvre la moitié du mur à ma droite. Je viens de faire mon ménage, de compter mes stocks pour le réassort – non sans chouiner un coup en voyant le travail qui m'attend au petit matin – et de poser mon tablier. J'ai mal partout. J'ai envie d'une bonne douche, d'une camomille et de quarante-huit heures de sommeil.

Derrière la vitrine verrouillée depuis un moment, une silhouette frappe trois coups nerveux qui me font faire un bond. Quand je penche la tête pour apercevoir Asher, mon estomac va se planquer quelque part et je laisse échapper un hoquet. Je remarque alors ma respiration erratique et me morigène en silence. Ça va aller… Je tâche d'afficher une attitude assurée, le dos droit, et m'avance enfin pour ouvrir la porte.

— J'ai cru que tu avais changé d'avis, Boss ! plaisante mon employé, dont je note que la coiffure impeccable de la veille fait déjà figure de lointain souvenir.

Ses traits sont tirés et ses gestes nerveux. D'aucuns trouveraient son attitude suspecte, mais puisque je suis moi, je balance :

— Tu as dormi dans ta voiture la moitié de la journée, je suppose que tu n'as rien mangé ?

Ses épaules tombent et son regard se remplit d'étoiles.

— Rien du tout ! J'avais une vieille bouteille de Gatorade[7] dans la portière mais elle était chaude et je crois que ça m'a retourné le ventre. J'ai passé une heure à me vider derrière le vieux bâtiment en ruine, de l'autre côté de *Mayfair*.

L'endroit où les jeunes de la ville vont gribouiller des petits cœurs sur le mur de l'ancien moulin depuis des générations... Charmant.

— Je t'offre un sandwich ? proposé-je.

Il ne bouge pas. Son regard azuré est vautré sur moi et, tout de suite, je m'imagine qu'il a trouvé le point tendre où il pourrait enfoncer un couteau de cuisine, au-dessus de ma clavicule...

— J'arrive pas à croire la chance que j'ai ! lâche-t-il juste avant que je ne me mette à appeler à l'aide.

Je bafouille, interdite :

— Tu... quoi ?

— J'ai merdé dès le premier soir, je t'ai laissé tomber comme une vieille chaussette dès le premier jour, j'ai l'air d'un déchet, et toi, tu me nourris !

Euh... Il y va un peu fort, là. Je n'en suis pas non plus à lui donner la béquée. J'ai eu un réflexe humain, c'est tout ! Dans la panique que me procure l'élan de sentimentalisme que je sens en approche, je fais prendre un virage drastique à la discussion :

— Et donc ? Tu as merdé ? De quoi tu parles, exactement ?

Mon ton est sec et empressé : le meilleur moyen de trahir la frousse qui ne me quitte pas depuis que je lui ai ouvert la porte. Il faut savoir que je suis connue pour faire les mauvais choix. C'est presque un superpouvoir, chez moi. Du coup, dès le moment où je me suis dit que je pouvais bien lui laisser le bénéfice du doute et accepter une mise au point, la marche funèbre a commencé à jouer dans ma tête. Ce n'est pas pratique, pour garder son calme.

---

[7] Boisson très populaire aux États-Unis qui contient des électrolytes et fait pour cette raison figure de *boost* santé en dépit de sa forte teneur en colorants et arômes artificiels. Elle est utilisée largement dans le monde du sport.

Abattu, mon employé presque aussi fantomatique qu'Oracio attrape l'une des chaises que je viens de ranger pour s'y échouer avec fracas.

— J'ai été con, pour ne pas changer, confesse-t-il. J'ai accepté de suivre cette fille...

Ne dis pas Lily, espéré-je très fort.

— Lily.

Merde.

— Elle m'a invité chez elle et comme je n'avais pas ton adresse...

L'excuse la plus miteuse de l'histoire.

— Je l'ai laissée à Hannah pour toi, au bar, le coupé-je.

Il hoquette. Ses yeux partent un peu sur le côté, façon Cocker qui a grignoté la pantoufle de trop. Puis, il se frappe les cuisses musclées.

— Quel con !

— Tu l'as déjà dit.

Il sourit de façon brève, penaud.

— Quand je te dis que j'ai merdé... J'aurais dû penser à demander au bar, au lieu de la suivre. Le truc, c'est qu'elle m'a fait sortir par l'arrière et qu'on a couru comme des dératés pendant un moment. Après ça, je n'avais plus aucune idée d'où je me trouvais, alors...

Là, je suis presque sûre de ressembler à une demeurée, tant mes muscles faciaux se sont affaissés d'incompréhension.

— Pour quoi faire ?

Il baisse la tête.

— La fille, Lily, elle a piqué une partie des cadeaux du héros du village. Le mec que tout le monde attendait comme le Messie. Elle a dit qu'il y en avait bien trop pour une seule personne, de toute façon. Et puis... comme elle ne pouvait pas tout porter, elle m'a demandé de le faire pour elle.

Mes yeux sont si bien arrondis que je peux presque sentir des courants d'air s'infiltrer dans mes orbites. Le temps que je parvienne à annuler le lâcher intempestif de tous les gros mots qui me viennent à l'esprit, mes mains s'abattent sur mes hanches.

— Laisse-moi reformuler, grondé-je avec autant de maîtrise que possible, vu la situation. Tu arrives dans le patelin de ton emploi saisonnier le matin avec une voiture qui ne t'appartient pas, un permis de conduire périmé et un défaut d'assurance qui te valent une demi-journée au commissariat et, quand une fille te sort que voler, c'est pas si grave, tu dis banco ?!

Malgré sa barbe de bûcheron sexy, il prend une expression d'enfant fautif.

— Non, mais sérieux ?! ajouté-je davantage pour moi que pour lui.

Qui fait ça, dans la vraie vie ?

— Je sais, soupire-t-il, j'ai été ultracon ! J'avais trop bu, elle était sympa et t'avais disparu...

— Ben oui ! On n'a qu'à dire que c'est de ma faute !

— Non, bien sûr que non. C'est pas ce que je voulais dire.

— Je te remercie, raillé-je.

— Au moins, quand on est arrivés chez elle, j'ai reconnu la rue et du coup, j'ai pu la lourder discrètement pour aller m'installer dans ma voiture. Le café était fermé, la rue déserte, alors...

Mon moral remonte en flèche et mon visage s'illumine.

— Tu n'as pas passé le reste de la nuit avec elle ? m'emballé-je.

Dans le regard clair de mon apprenti charpenté comme un joueur de football américain, quelque chose change. Il se lève pour faire un pas vers moi tandis que le petit garçon craintif laisse place à un charmeur en chasse.

— C'est ça qui te mettait en colère, Boss ? roucoule-t-il en creusant ses joues de fossettes craquantes, sous sa barbe.

La meilleure défense restant l'attaque, je sors ma plus grosse munition :

— Oui, en fait, oui. J'avoue que ça m'a même retourné le cerveau un moment...

Il ouvre la bouche en grand, plein d'espoir.

— Principalement parce que Lily a été retrouvée morte chez elle, aujourd'hui.

Il retombe sur sa chaise. Enfin, en réalité, comme celle-ci est un peu trop loin, il la manque et finit sur mon carrelage.

7. Rhododendron

L'huile essentielle de Rhododendron purifie l'air et crée une ambiance relaxante. Dans le langage des fleurs, il signifie un danger, ou un aveu d'amour.

J'aurais pu m'inquiéter d'avoir ramené un potentiel criminel chez moi, hier soir. Mal dormir. M'enfermer à double tour dans ma chambre après avoir abandonné Asher dans celle destinée à recevoir des amis. J'aurais pu me laisser aller à la psychose, cacher un couteau sous mon oreiller, descendre chercher la vieille batte de baseball que j'avais trouvée dans la cave en emménageant. J'aurais pu me comporter comme n'importe quelle femme présumée normale, mais voilà, je manquais trop de sommeil pour ça.

Par conséquent, après un tour sommaire de mon cottage et quelques consignes à mon invité, j'avais eu tout juste le temps de me laver, avant de sombrer dans un coma profond, ma porte grande ouverte.

Ce matin, cela dit, force est de constater que je suis toujours en vie. Si bien en vie que les bips stridents de mon réveil m'écorchent les tympans. Je roule sur moi-même afin que l'appareil infernal soit à portée de tir et lui balance une mandale. Tout s'éteint, le bruit comme ma motivation à me lever. Je m'humecte les lèvres sans ouvrir les yeux, puis me recale contre mon traversin dans un soupir d'aise.

Il me semble n'avoir prolongé ma félicité que de quelques minutes quand du bruit à proximité me fait relever une paupière. Sur le pas de ma chambre, dans l'encadrement de la porte ouverte, mon employé se tient appuyé contre le chambranle, un sourire taquin aux lèvres. Merde, il est vraiment sexy. On voit bien que cette fois, il a dormi dans un lit et est passé par la case salle de bain. Il est de nouveau rutilant, ses cheveux blonds coiffés au cordeau et sa barbe fine peignée – je le parierais.

— Je croyais qu'on devait aller au café tôt, pour passer des tournées de gâteaux ? m'adresse-t-il en donnant un coup de menton dans la direction de mon réveil. C'est pas que je me plaigne hein, j'avoue que la vue ici est très sympa.

En deux secondes, je m'aperçois que je me suis rendormie presque une heure et suis par conséquent en retard. De plus, mon pyjama minimaliste ne cache quasiment rien de ma silhouette efflanquée. Je bondis.

— Merde !

Mon apprenti se marre.

— On va être en retard ! le rabroué-je.

— Ça devrait le faire, n'oublie pas qu'on est deux, maintenant.

Je pivote vers lui armée d'un rictus perplexe. J'ai à peine pu lui montrer le travail : il n'est pas vraiment ce que j'appellerais « opérationnel ».

— J'ai peut-être l'air niais, me sourit-il, mais j'ai roulé ma bosse depuis avant l'âge légal pour travailler. La muscu, c'est nouveau, le travail acharné, non. Ne t'inquiète pas trop, cette fois, je ne te décevrai pas.

Je ne réponds rien, j'attends de voir. Je me contente d'ouvrir ma penderie et d'y prélever la première robe à disposition. J'aime les robes estivales, elles sont aussi simples à passer qu'un tee-shirt et donnent l'illusion que je suis coquette. Je me dirige vers ma commode dans le but d'y collecter un soutien-gorge, mais m'arrête dans mon élan.

— Tu comptes me regarder m'habiller ?

— J'ai le droit ?

— Non.

Il pince les lèvres.

— Ben non, alors, fait-il en sortant.

Juste avant de fermer la porte, il repasse la tête dans le battant pour ajouter :

— Mais je ne perds pas espoir d'y être autorisé… bientôt ?

Je lui jette un oreiller, ce qui lui fait claquer la porte en protection et éclater d'un rire enfantin.

Alors que je m'énerve une seconde en ne trouvant pas les petites encoches de la fermeture de mon soutien-gorge dans mon dos, Oracio fait son entrée.

— Ah ! crie-t-on en même temps.

— Mais vous passez votre temps à poil, ma parole ! se plaint-il après avoir opéré un demi-tour rapide.

— Qu'est-ce que tu fous dans ma chambre ?

— Si je pouvais être ailleurs, je le serais !

— C'est une bonne nouvelle ça, parce que tu sais quoi ? Tu peux. Rien ne te retient ici. Je ne te raccompagne pas, tu sais où est la sortie. Bon vent.

Je termine d'enfiler ma petite robe couleur lilas et entreprends de tresser grossièrement mes cheveux.

— Il n'y a que vous qui puissiez m'aider ! s'offusque-t-il.

— Et dire que les gens pensent que la vie est injuste… raillé-je. Ils devraient voir la mort.

— Très drôle.

Je ricane en accrochant deux petites lunes d'argent à mes oreilles.

— J'ai été assassiné, je vous rappelle. Et toujours personne n'enquête là-dessus.

— C'est triste. Tu as remarqué que je ne portais pas d'uniforme de police, non ? Je ne suis pas non plus une de ces fans de polars qui rêvent d'être le nouveau Sherlock. Surtout que la fille trop curieuse a tendance à y rester en premier, dans les films. Alors merci bien, mais très peu pour moi. Je dois déjà m'enquiller les états d'âme des trépassés, je ne vais pas en plus me farcir l'étude de leur mort.

Je file déjà vers la salle de bain pour un brossage de dents et un arrosage d'aisselles au déodorant, en prévention de cette journée qui promet de ne pas être de tout repos.

— Tu es splendide, commente Asher dès que je déboule dans le couloir.

— Qu'est-ce qu'il fait là, lui ? grogne Oracio. *Vous savez qu'il a abandonné Lily, hier soir ?*

Là, l'étudiant m'intéresse. Malheureusement, je ne peux plus le questionner puisque nous avons maintenant un témoin bien vivant entre nous.

— Ah oui ? tenté-je en lui faisant les gros yeux.

— Oui, répond Kentucky, déjà prêt à me suivre dans la salle de bain au moindre signe d'encouragement.

Je repense brièvement à la scène fictionnelle dans laquelle il me prenait contre le lavabo et je dois lutter contre un coup de chaud. On est en retard de combien ? C'est grave si on ajoute quelques dizaines de minutes à ça ?

— Il l'a chauffée toute la soirée et quand ils sont arrivés chez elle, il s'est enfui comme un lâche, poursuit Oracio. *Oh ! Mais arrêtez de penser à des choses comme ça !*

J'ai envie de lui rétorquer qu'il n'a qu'à arrêter de lire dans mon esprit, mais ce serait une perte de temps.

— Je me brosse les dents et on y va, informé-je Asher avant de lui claquer la porte au nez.

— Et si la personne qui m'a tué est la même qui a assassiné Lily ? débite l'étudiant réapparu sur ma droite.

Je lève les yeux au ciel et me concentre sur le brouhaha de ma brosse à dents électrique en espérant qu'il m'épargne au moins en partie l'autre nuisance sonore.

— Deux morts suspectes en quinze jours, ça ne peut pas être une coïncidence ! s'enflamme-t-il.

— Qu'eche qui te fait dire qu'elle est chuchpecte, cha mort, à l'autre ? demandé-je pendant le décapage de mes molaires.

— Elle me l'a dit.

Je laisse échapper un rire qui éjecte une traînée de dentifrice sur le miroir de mon armoire à pharmacie. Voilà qui a le mérite de me calmer. Je ronchonne en essuyant mes bêtises.

— Il n'y a pas de traces de lutte sur son corps, poursuit-il. *On a vérifié ensemble.*

Sacrée Lily, même dans la mort, faut qu'elle allume tout ce qui est équipé d'un pénis.

— Personne n'a pu entrer chez elle, elle avait tout verrouillé. Elle s'est endormie, et à son réveil, elle passait à travers les murs.

— À son non-réveil, donc. Tu sais qu'elle se drogue à l'occasion ? Ça pourrait coller avec ce qui s'est passé, non ?

Je ne suis peut-être pas flic, mais ça ne m'empêche pas de tirer des conclusions. J'ai formulé ça comme une question bien que ça n'en soit pas vraiment une pour moi.

*— Justement ! Elle n'a pas pu faire d'*overdose*, parce qu'elle n'a rien pris, hier soir.*

Je soupire.

— Oracio, tu as quel âge, déjà ?

— Je ne vois pas le rapport.

— Le rapport, c'est qu'à un moment donné, dans la vie, on réalise que les gens ne disent pas toujours la vérité. Ça s'appelle la maturité. Ou la désillusion, je ne suis pas sûre.

— Elle est morte ! Pourquoi elle mentirait ?

— Par habitude ? proposé-je.

— Boss ? Tout va bien ? demande Asher, de l'autre côté de la porte.

Mince, il a dû m'entendre baragouiner. Je fais des signes à Oracio pour l'inviter à débarrasser le plancher, et sors.

— Oui.

Je ne m'attendais pas à ce que Kentucky se trouve si près de la porte, si bien que nous manquons de peu de nous percuter. Je recule d'un mouvement précipité et me rattrape au chambranle.

— Je savais que tu me sauterais dans les bras, Boss, mais je ne pensais pas que ce serait aussi rapide.

Il rit.

— Bon, on y va ? m'agacé-je. J'ai hâte de voir si tu fais autant le malin aux fourneaux.

Mes yeux sont si ronds que je suis presque sûre de ressembler à un personnage de manga halluciné. Depuis que nous avons débarqué comme des furies dans le café à cause de notre retard, les besognes s'enchaînent à une cadence de jeux olympiques. Nous avons reconditionné la salle, envoyé deux tartes au flan, deux plateaux de muffins, deux cakes aux pommes, une quiche classique et une autre au cheddar et aux brocolis, préparé une montagne de sandwichs, et même pensé une infusion glacée au citron, au curcuma et au gingembre. Et il n'est même pas encore l'heure de l'ouverture !

Mais surtout, alors que j'allais sortir la jarre pour notre cocktail glacé, je viens de tomber sur un Asher rayonnant de bonheur, en train de réaliser des origamis avec les serviettes en papier. Il a la langue sortie à la commissure de ses lèvres et s'applique à rabattre une énième couche de papier qui doit former la feuille de la rose qu'il termine. Quand c'est chose faite, il me présente sa production en arborant un grand sourire.

— C'est dans le thème du festival ! Je vais en mettre sur toutes les tables.

Aussitôt dit, aussitôt en route. Je cligne des yeux en catastrophe, soudain consciente qu'ils sont en train de sécher. Moi qui pensais avoir commis l'erreur de ma vie en embauchant un beau gosse incapable de mettre à jour son permis de conduire ou de dire non à une femme, je dois me rendre à l'évidence : je me suis trompée.

D'ailleurs, au moment de l'ouverture, cette idée se confirme puisque non seulement il est à l'aise, mais en plus, son aura accueillante – et surtout sa belle gueule – attirent encore plus de vacanciers que la veille.

D'ordinaire, pendant la première vague du matin, j'ai surtout les gens du cru qui passent se ravitailler avant de commencer leur journée. Toutefois, aujourd'hui, tous les lève-tôt venus visiter la région sont comme attirés par le Cap ou pas cap. Si les évènements de ces deux derniers jours n'avaient pas semé une vraie pagaille dans ma tête, je m'en serais félicitée. Même les passants arpentant le trottoir d'en face changent de direction quand ils entendent les échos de l'atmosphère conviviale du café. Je dois dire que c'est encore grâce à Asher qui a eu la bonne idée de bloquer la porte en position ouverte afin de rendre l'endroit plus chaleureux.

Entre les tables, ce dernier virevolte avec grâce. Il sourit à chacun, propose de remplir les verres, explique ici que sa technique d'origami floral est un secret qu'il ne peut pas trahir, sous peine de se faire tirer les oreilles par sa grand-mère, écoute là les anecdotes des uns et des autres avec une patience remarquable.

— Vous savez, l'année prochaine, lui dit monsieur Clayton, il faudrait ajouter ça aux catégories du festival. Le concours de la plus belle fleur en papier.

— Ce serait super ! s'enthousiasme mon employé. Vous croyez que la patronne me garderait jusque-là ? ajoute-t-il tout en m'adressant un sourire enjôleur.

J’en laisse échapper le sandwich que j’étais en train d’installer dans la vitrine. Les deux hommes rient.

— Vous êtes un sacré gredin, Asher, s’amuse le vieil homme. Capucine ne fait que ce qu’elle veut, sachez-le. C’est une femme indépendante, comme elles disent...

J’ouvre la bouche en grand, estomaquée.

— En vérité, il faut savoir comment la prendre, poursuit le félon qui tapote le bras du serveur afin que celui-ci s’incline au plus près de ses messes basses.

La suite de la discussion m’échappe et j’en piaffe de frustration. Surtout quand ils se remettent à rire, puis échangent un regard entendu.

— On peut savoir ce que tu fais ? agressé-je Kentucky dès qu’il repasse derrière le comptoir.

— Je recrute mon armée d’alliés.

— Pour quelle guerre ?

— Pas pour une guerre, pour une conquête... dit-il alors qu’en passant derrière mon dos pour aller poser le pichet qu’il vient de promener dans la salle, je le sens effleurer ma hanche avec une lenteur sensuelle qui me coupe la respiration.

Je baisse la tête dans l’espoir de cacher l’émoustillement qui doit être visible sur mes joues.

Quelques secondes s’écoulent lors desquelles je tente de retrouver un semblant de dignité, puis, une ombre face à moi me fait revenir à mon travail.

— Bonjour ! lancé-je avec un peu trop d’empressement. Qu’est-ce qui vous ferait plai...sir ?

Prescott. Gloups. Voilà qui explique l’obscurcissement soudain de la salle et de ma gaieté. Ses yeux bruns me sondent un instant beaucoup trop long, comme s’il essayait de décrypter mes pensées les plus intimes. Puis, son attention saute sur Asher, à la manière d’un feu de forêt qui vient de trouver un nouveau lopin boisé à dévorer.

— Tu as oublié ta convocation ? gronde-t-il.

Je lève les yeux vers l'horloge. Dix heures trente-deux.

— Pas du tout, je n'avais juste pas vu l'heure passer.

Deux minutes de retard et il est déjà là ? Il ne serait pas un peu maniaque sur les bords ?

Je retire mon tablier et me tourne vers mon apprenti en qui j'ai finalement toute confiance.

— Je te laisse la boutique.

— Reçu, Boss ! Je vais la bichonner en ton absence.

J'esquisse un sourire moqueur et m'extrais de derrière le comptoir. Prescott se trouve alors sur mon passage, mais ne se décale pas pour autant, trop occupé à dévisager Asher.

— Bon, on y va ?! m'agacé-je.

Le policier en uniforme se réveille enfin et donne l'impulsion du départ. Nous sortons et traversons la rue en silence. Avant de pousser les portes vitrées du commissariat, je suis interloquée par le reflet que nous offrons sur leur surface rendue réfléchissante par le soleil. L'agent de police ténébreux dont le corps tonique est mis en valeur par sa chemise ajustée et la petite locale dans sa robe plus estivale que printanière. Si nous ne faisions pas tous les deux la gueule, nous formerions presque un joli couple. Au moment où il pose la main sur la poignée de la porte, je surprends son regard sur mes jambes dénudées. Comme un peu plus tôt face aux initiatives téméraires de Kentucky, mon corps s'embrase. Je me mords la lèvre. Qu'est-ce que c'est que cette connerie ? Je dois vraiment être en manque sévère de galipettes. Ou alors, c'est la drague de mon employé qui me fait perdre les pédales.

Dans le hall du poste de police, ça sent le neuf. L'ensemble du mobilier, des chaises de la salle d'attente au comptoir d'accueil, est moderne et d'une propreté presque clinique. Je réalise alors que depuis que Prescott est revenu de *Pittsburg* avec son grade en poche, je n'ai jamais mis les pieds ici. On dirait bien qu'il a tout refait à son goût.

À l'accueil, la secrétaire, une vieille dame aussi souriante qu'une porte de prison – comme quoi, elle devait être destinée à cet emploi – ne lève pas la tête de son écran d'ordinateur sur notre passage. Je suis machinalement Prescott, qui s'enfonce dans un couloir avant de m'inviter d'un geste de la main à pénétrer dans un bureau dont la porte arbore une belle plaque d'étain annonçant « Lieutenant Timothy Prescott, Flowers PD[8] ». Je suis partagée entre une envie irrépressible de le taquiner et un sentiment de culpabilité à l'idée de n'avoir jamais rien voulu savoir de sa nouvelle vie. La vie qu'il a préférée à notre relation. Je chasse les deux sentiments pesants d'un coup de tête et m'avance dans la pièce en tâchant de lutter contre la curiosité qui m'étreint la poitrine. Elle me hurle d'aller zieuter les cadres photo alignés sur le mur qui fait face à son bureau, qui se trouvera dans mon dos dès que je serai assise. Est-ce que si je louche sur les clichés, je trouverai une femme avec laquelle il a passé les années pendant lesquelles il m'a manqué ?

Dans un regain de dignité, je pivote sans accorder un regard au mur, m'assois, et m'emploie à ne fixer que la surface impeccable du bureau, devant moi. J'ignore si c'est mon attitude fermée qui perturbe le policier, mais le fait est qu'il se racle la gorge et farfouille dans ses notes bien trop longtemps pour que je ne détecte pas sa nervosité.

Pendant ce laps de temps qui installe une gêne de plus en plus épaisse, deux silhouettes font leur entrée à travers la cloison qui se situe dans le dos du lieutenant. Je souffle d'exaspération.

— Ça ne va pas durer longtemps, tente de me rassurer Prescott.

J'espère bien, parce qu'aux têtes transfigurées d'espoir des deux morts, je sens que je vais passer un mauvais moment.

— *Vous devez lui dire que j'ai été assassiné !* lance Oracio.

Voilà, ça commence…

— *T'es sûr qu'elle peut t'entendre ?* doute Lily.

— *Oui, je t'ai dit qu'elle était médium.*

[8] PD, pour *Police Department*, soit département de police.

Je ferme les yeux, en proie à un dérapage qui serait du plus mauvais effet en présence d'un flic. D'autant plus que Prescott est la seule personne de mon entourage à qui j'aie confié pouvoir voir les spectres et m'entretenir avec eux et qu'il ne m'a pas crue. Je n'ai par conséquent pas la moindre envie de remettre ça sur le tapis. Je vais donc devoir supporter les deux lourdauds avec autant de stoïcité qu'il me sera possible de déployer.

— *Elle n'a pas l'air de réagir...* ajoute la fille Dunham dont je vois les doigts éthérés essayer de saisir un presse-papier, sur le meuble à la droite du bureau.

Heureusement, ils passent à travers l'objet. Il ne manquerait plus que ça : un voleur fantôme en ville !

— Donc, commençons par le commencement, débute Prescott. Quand est-ce que tu as vu Lily Dunham pour la dernière fois ?

— Hier soir, à la fête pour Ed, à l'Édelweiss.

— *Le commencement, c'est mon assassinat !* gémit Oracio. *Dites-le-lui !*

— Est-ce que vous avez échangé ?

— Je te rappelle que tu y étais aussi, grommelé-je. Tu sais très bien que non. Elle tournait autour d'Asher comme un requin qui aurait repéré une tortue bien grasse.

En fond, ledit requin affiche un sourire affamé. Face à moi, Prescott serre les dents.

— Est-ce que son attitude t'a déplu ? demande-t-il en prenant soin de ne pas me regarder.

— Son attitude déplaît à tout le monde, de façon générale, éludé-je.

— *Mais qu'est-ce qu'elle raconte ?* grogne Lily.

— Je sais, mais ce n'est pas ma question. Est-ce que son comportement d'hier soir t'a énervée ?

Là, je me raidis.

— Parce que tu crois que je pourrais tuer une pintade juste parce qu'elle empiète sur mes plates-bandes ? m'étranglé-je.

— *Qui est-ce qu'elle traite de pintade !* s'emporte Dunham.

Le policier se recale dans sa chaise dactylo aussi neuve que le reste de son matériel.

— Tes plates-bandes ?

Je vois rouge.

— Mais enfin, Prescott ! Ce n'est pas la question ! Je viens de te demander si tu me soupçonnes ! Je sais bien qu'on est en froid depuis longtemps, mais quand même ! À un moment, on était copains comme cochons ! Je ne peux pas croire que tu me penses capable d'une telle chose !

— Non... excuse-moi.

— Et puis d'abord, elle est morte de quoi, l'autre tarte ?

Soudain, Lily se jette sur moi. J'ai beau savoir qu'elle ne peut pas me toucher, je sursaute en voyant son visage s'écraser contre le mien alors qu'elle perd l'équilibre en ne rencontrant aucune résistance.

— Calme-toi, d'accord ? Tu veux boire quelque chose ?

— *Parlez-lui de mon cas !* éructe Oracio. *Deux morts aussi rapprochées, ça ne peut pas être une coïncidence, enfin !*

— Je ne suis pas venue pour boire le thé ! rétorqué-je, bourrue.

Pour ma défense, à ma droite, « Lily la tigresse » continue d'essayer de me baffer avec une ferveur un peu dérangeante. Quand j'arrive à décrocher de ce spectacle flippant, je perds pied dans le regard inquiet du policier.

— On ne le sait pas encore, me confie-t-il. On attend le retour des analyses toxicologiques.

Ce qui peut prendre un certain temps, vu que la ville n'a pas de bureau médico-légal et que les prélèvements ont sûrement dû être expédiés à Pétaouchnok.

— Donc en gros, la fille à l'hygiène la plus douteuse de la ville meurt dans sa chambre, et toi, tu te dis que j'ai quelque chose à voir là-dedans ? tiré-je sur la corde, juste pour le culpabiliser et enterrer une bonne fois pour toutes ses soupçons.

— Non, bien sûr que non...

— Ben ça y ressemble drôlement !

— C'est juste la procédure, Cap...

— Elle ne vient jamais rien acheter chez moi, en plus, je n'aurais même pas pu l'empoisonner, plaisanté-je.

Il fait la moue. Parfois, j'oublie que mes petites plaisanteries ont tendance à choquer. Il faut dire que quand on voit les trépassés arroser les plantes communales ou se lancer dans des enquêtes de police, ça dédramatise vite le sujet de la mort.

— Je rigole, précisé-je.

— Tu ferais mieux d'éviter. Qu'est-ce qui se passera s'il s'avère qu'elle a été empoisonnée ?

J'avale de travers.

— C'est sûr qu'elle a été empoisonnée, affirme l'étudiant, maintenant boudeur. *Je vous ai dit qu'elle n'avait pas pris de drogue, hier, puisqu'elle n'en avait plus. On ne meurt pas d'une cuite à vingt-quatre ans...*

J'avale de travers une seconde fois. Pourquoi j'ai dit ça, moi ?

— Et une *overdose* ? proposé-je.

Prescott prend une inspiration.

— C'est l'explication la plus plausible, en effet.

— Mais n'importe quoi ! s'offusque la « victime ». *Je sais ce que je fais...*

Je grimace. Cette phrase s'accorde très mal avec le contexte : « je sature mon corps de drogues dures, mais je le fais intelligemment... » Non, ma petite, il n'y a pas une once d'intelligence là-dedans. Ouch, je me sens vieille, d'un coup.

— Donc, reprend le lieutenant, tu n'es pas retournée chez Lily Dunham après avoir frappé chez elle un peu après treize heures ?

— Bien sûr que non ! J'ai passé ma journée à me faire du mouron pour Asher ! La porte de chez elle n'était plus verrouillée, quand vous l'avez trouvée ?

Cette question est un peu idiote, je le conçois. Pour que le cadavre soit découvert, l'appartement a forcément dû être ouvert… mais je me comprends et lui aussi puisqu'il répond :

— La femme de ménage des Dunham a ouvert le logement avec sa clé. C'est elle qui a trouvé le corps.

J'opine, pensive. Donc, si elle avait réellement été assassinée, comme le pense Oracio, son meurtrier aurait forcément dû être invité chez elle après le départ d'Asher. Il aurait dû avoir une clé pour refermer, ou partir avant que le poison ne fasse effet… Je m'ébroue afin de virer ces réflexions de mon crâne. Je me fous totalement de la raison de la mort de Lily, bon sang !

— *Vous ne pouvez pas !* m'apostrophe l'étudiant. *Vous êtes la seule capable de nous aider. Si vous êtes médium, ça doit forcément être pour une raison. Vous ne pouvez pas juste abandonner les gens !*

Ah non ?

Je me laisse aller contre mon assise, morose. Je dois bien admettre que je me suis longtemps demandé pourquoi j'avais été affublée de ce don, cette malédiction. La plupart du temps, les spectres n'écoutent même pas mes recommandations.

Je soupire et me penche sur le bureau.

— Timothy, dis-je, est-ce que la mort d'Oracio…

Mince, je me rends compte que je ne connais pas son nom de famille.

— *Martin,* m'aide l'intéressé.

— Oracio Martin, a fait l'objet d'une enquête ?

Le front de Prescott se pare de la ride du lion, entre ses sourcils sombres. Il penche ensuite la tête, et se recule contre le

dossier de son siège. Au moment où il croise les bras, je comprends que j'ai commis une erreur.

— Laisse tomber ! balancé-je en me levant. Question sans intérêt. Je ne sais pas pourquoi j'ai dit ça. J'ai entendu une théorie fumante et je ne devrais pas y prêter attention. Oublie !

— *Mais si !* sautille Oracio en tentant de me bloquer le passage vers la sortie. *Non ! Attendez ! Ce n'est pas ce qu'on avait dit ! Vous devez lui parler !*

— Capucine ! Attends ! se précipite Prescott.

Contre la porte que j'ai atteinte en seulement trois enjambées empressées, je le sens arriver dans mon dos et me crispe. Je fais un pas de côté.

— Pourquoi ? Tu as d'autres questions ?

— Une. De toute évidence, ton... employé est de retour. Est-ce que tu sais où il était hier ?

Je retiens mon souffle. Est-ce que c'est à moi de lui apprendre ce qui s'est passé ?

— Tu vas l'interroger, non ? Il va te le raconter.

— J'aimerais d'abord savoir ce qu'il t'a dit, à toi.

Je me mords la lèvre. Le lieutenant fait à son tour un pas en arrière, comme s'il venait seulement de réaliser que nous étions un peu trop proches, selon les règles tacites de l'espace personnel.

— Capucine ? insiste-t-il.

Je m'agite.

— Oui, bon ! De toute façon j'imagine que ça ne porte pas à conséquence, puisqu'il va te le répéter dans quelques minutes...

Il passe sa langue sur ses dents, sous ses lèvres, me signifiant avec peu de subtilité combien sa patience est en fin de course.

— Lily l'a invité à passer la nuit avec elle, lâché-je d'un trait.

Les yeux de Prescott s'arrondissent.

— Mais il n'est pas resté ! ajouté-je. Il a remarqué qu'elle avait piqué des trucs à l'Édelweiss et a paniqué. Il l'a laissée en plan et est allé dormir dans sa voiture.

— La voiture de son cousin...

— Oui ! Si tu veux ! Bref, il n'est pas responsable de la mort de Dunham.

Il croise les bras sur son torse.

— Comment tu peux en être sûre ?

— *Ben oui, comment vous pouvez en être sûre ?* marmonne un Oracio aigre. *On ne peut pas juste croire les gens, quand on est adulte... Bla bla bla...*

— ...

— Pourquoi il n'a pas donné signe de vie de toute la journée ?

— Je te l'ai dit, il a paniqué. Il a pensé qu'il serait accusé de vol parce qu'il ne l'avait pas empêchée de se servir dans les cadeaux d'Ed.

— Sérieusement ? tique-t-il. Elle a volé les cadeaux du héros de *Flowers* ?

— *D'une, je ne l'ai pas fait toute seule,* grommelle la délinquante. *De deux, vous oubliez vite qu'il a d'abord été un tueur de fœtus, le Price. Il ne mérite peut-être pas tant d'attention...*

— Et puis, s'il avait tué la fille Dunham, ajouté-je, il ne serait pas revenu me rejoindre au café après le service. Et il m'aurait peut-être zigouillée aussi dans la nuit.

Cette fois, les sourcils de Prescott s'envolent tandis que sa bouche s'ouvre en grand sur ses dents d'un blanc presque louche.

— Tu veux dire qu'il est revenu hier soir, qu'il t'a raconté cette histoire qui tient moyennement la route et que tu n'avais aucun moyen de vérifier, et que toi, en sachant que Dunham était morte dans la même nuit, tu l'as invité à dormir chez toi ?!

Il a si bien élevé le ton sur la fin que j'ai baissé les yeux, la tête, les épaules et ai espéré une seconde pouvoir passer à travers les murs, moi aussi. Je n'ai jamais eu de père, mais j'imagine que ça doit ressembler à peu près à ça. J'ai presque envie de m'excuser.

— Mais t'es complètement inconsciente !

8. Tamaris

Le Tamaris est une plante diurétique et sudorifique. En gros, il est bon pour la détox. Dans le langage des fleurs, il symbolise la protection.

Bien sûr, Prescott me suit jusqu'au café en prolongeant à n'en plus finir son sermon basé sur l'étendue de ma bêtise. En effet, puisqu'aucun de mes arguments ne trouvait grâce à ses yeux, j'ai décidé d'abréger ma première – et dernière – visite de son bureau. Alors que nous sommes à mi-chemin du passage piéton commodément placé juste entre nos deux établissements, il stoppe subitement ses simagrées et reporte son animosité sur sa nouvelle cible : mon employé penché sur la table d'un groupe de femmes qui roucoulent.

— Tu ne vas pas lui crier dessus devant la clientèle, j'espère ? Pas si tu veux qu'on continue de se parler, du moins.

Il freine de manière si brusque que je crains une seconde qu'il ne se soit blessé, par je ne sais quel moyen. Je m'arrête. Dans le regard qu'il pose alors sur moi, je n'ai pas la moindre idée de ce qui se trame. Il reste là, immobile, perdu dans ses pensées. Nous nous toisons un instant.

— Boss ? intervient Asher, qui vient selon toute vraisemblance d'abandonner la tablée pour voler à mon secours. Tout va bien ?

Et boum ! Les yeux du policier se font si assassins que j'ai l'impression de les entendre s'armer pendant le virage que sa tête opère pour cibler l'intrus.

— C’est bien le comble ça, dit-il sur un ton assez froid pour me faire frissonner. Je suis policier, vous êtes soupçonné d’une ribambelle de délits en tous genres, voire de crime, et vous vous inquiétez que JE puisse importuner mademoiselle Chevalier ? Imaginez un peu mes inquiétudes à moi.

Une sensation désagréable court le long de ma nuque. Il en fait un peu trop, Asher va finir par croire qu’on est proches, tous les deux. D’ailleurs, depuis quand il s’inquiète pour moi ? Il s’est bien barré dans un autre État en me laissant seule ici au pire moment de ma vie.

— Je vous assure qu’elle n’a rien à craindre de moi...

La voix cassée de mon saisonnier m’émeut. Je fais les deux pas qui nous séparaient encore et lui prends la carafe de citronnade des mains.

— Donne-moi ton tablier, lui souris-je. Raconte tout ce dont tu te souviens au lieutenant « Je m’inquiète tout à coup pour la p’tite Caps alors que ça ne m’avait pas traversé l’esprit ces douze dernières années » et quand tu reviendras, je te ferai goûter le vin de pêche de ma grand-mère, pour te requinquer.

Un sourire timide étire sa barbe parfaitement taillée, et il ôte son tablier sans me quitter des yeux.

Derrière nous, Prescott fait du Prescott :

— Le Cap ou pas cap n’est pas détenteur d’une licence pour vendre de l’alcool en journée...

Je le fusille du regard.

— Je ne le vends pas, je le partage avec mon employé.

Je vois bien qu’il aurait encore beaucoup à redire sur la question, mais il se contente de souffler et de tourner les talons.

— Eh ben ! me murmure Kentucky. On peut dire que c’est tendu, entre vous. Il t’a plaquée pour une fille de la ville, ou quoi ?

Je grogne.

— Fais gaffe, je pourrais bien changer d’avis et siroter mon vin toute seule pendant que tu briques le café du sol au plafond...

Le grand blond aux muscles à l'étroit sous son tee-shirt blanc serre son pouce contre son index, et passe l'ensemble sur ses lèvres, comme pour les souder.

— Je vais devoir venir le chercher, lui aussi ? aboie l'agent de police.

— Oh merde... souffle mon apprenti en pressant le pas. J'arrive !

Sur le chemin du retour derrière mon comptoir, je capte quelques bribes de conversations dans la salle. « Il paraît qu'une femme a été assassinée la nuit dernière. » « Moi j'ai entendu qu'elle s'était suicidée. » « Mais non, il paraît que c'était une star locale. » Je ne vois aucune tête connue à la ronde. Si même les touristes colportent les rumeurs, maintenant ! Après tout, jusqu'à preuve du contraire, rien n'indique qu'elle ne soit pas partie de mort naturelle.

— *Vraiment ?!* beugle Oracio juste à l'entrée de mon conduit auditif.

— Ah !

Comme tout le monde me regarde, je ris, fébrile.

— Une araignée...

Les gens reprennent le cours de leur vie sans plus prêter attention à mes tics nerveux.

— Je vous ai pourtant dit que j'avais été assassiné ! J'ai interrogé la deuxième victime et il semble clair qu'elle aussi ! Qu'est-ce qu'il vous faut de plus pour vous décider à nous aider ? Un troisième cadavre ?

Je vais peut-être commencer tout de suite... avec le vin de pêche. Je file dans la cuisine afin de pouvoir répondre sans passer pour une tarée. Entre les fours et les étagères d'ustensiles, je fais volte-face pour que le fantôme le plus buté de la Création puisse lire la rage dans mes yeux.

— Il n'y a aucune espèce de lien entre toi et la fille Dunham ! Vous ne fréquentiez pas les mêmes personnes, ne participiez pas aux mêmes activités. Tu as été tué par un incendie, criminel ou

non, et elle s'est endormie dans son lit ! Il faudrait peut-être que tu ouvres les yeux. Vos histoires n'ont rien en commun !

— Ah non ?

— Non.

— Vous voulez dire, à part le fait que nous soyons tous les deux morts dans des circonstances inhabituelles, à deux semaines d'intervalle, dans un patelin pas plus grand que mon appartement à la fac...

Il compte sur ses doigts, et ma tête fait non d'elle-même, dépitée.

— Après avoir approché les Price.

Je fais la carpe pendant que mon cerveau affiche une erreur fatale.

— On a des âges proches, aussi... passe-t-il du coq à l'âne.

— Une minute, pourquoi tu parles des Price ?

Il réfléchit, comme s'il pouvait avoir déjà oublié le fil de ses propres pensées.

— Je travaillais pour Debra Price quand je suis mort, je vous rappelle. Hier soir, Lily était à la fête d'Ed Price, où Debra était aussi... Peut-être qu'elle n'aime pas les jeunes. Je me souviens qu'elle était bizarre avec moi, parfois, quand je travaillais pour elle.

— Bizarre comment ?

— Elle venait souvent voir si tout se passait bien. Elle me proposait sans arrêt des encas. Parfois, elle me laissait partir plus tôt alors que je n'avais même pas terminé mon travail !

Je bulle, littéralement. C'est-à-dire que j'émets leur bruit caractéristique entre mes lèvres.

— En gros, elle était sympa avec toi ?

Il se fige.

— T'as raison, raillé-je, c'est troublant. Elle a dû finir par en avoir marre d'être aussi gentille et faire cramer sa propre grange au moment où t'étais dedans pour mettre fin à son supplice...

Je retourne en salle. Évidemment, en mon absence, une file d'attente s'est formée en raison de l'arrivée de deux groupes de vacanciers. Je vais devoir me presser, mais c'est tout de même une bonne nouvelle. Avec tout ce qu'on a sorti des fours ce matin, je ne rechigne pas à voir débarquer autant d'estomacs creux, même si on dirait qu'ils se sont donné le mot pour envahir l'espace au même moment.

— Je me demande quand même comment elle a su que je serais là, ce matin-là, maugrée le fantôme qui ne semble pas comprendre que je suis occupée.

— Un chaï latte, deux cafés longs, deux limonades, un sandwich au jambon cru et au parmesan, deux muffins au chocolat, et un morceau de... ça.

— C'est du crumble aux poires.

— Ah ! Non, alors. Plutôt un cookie.

Et le « s'il vous plaît » ? Il n'est pas allé en vacances au même endroit ?

J'envoie les commandes à la chaîne pendant presque trois heures, et c'est à la première accalmie après le *rush* du déjeuner, que je le réalise, en levant les yeux sur l'horloge dans un mouvement las visant à détendre mon dos.

— Bon sang ! Il compte le garder toute la journée, ou quoi ?

— Peut-être que lui, au moins, pourra faire avancer l'enquête... grommelle Oracio.

Il commence à me courir sur le haricot, lui. Quelle enquête ? Il n'y a strictement rien à creuser.

Soudain, June, la coiffeuse, déboule en courant pour se jeter sur moi. Heureusement qu'il y a un comptoir entre nous, sinon j'aurais pu avoir un réflexe malheureux.

— Oh là là ! Va y avoir du sang ! s'enthousiasme-t-elle.

Je note qu'elle porte sa blouse de travail sur laquelle est accrochée une série de barrettes, juste à côté d'éclaboussures de colorant couleur chocolat – parce que ça fait mieux que couleur caca bien que ça ressemble davantage à ce dernier. Elle fouille la poche arrière de son pantalon en lycra rose bonbon, en sort son portable, et tente de le déverrouiller malgré ses faux ongles bien trop longs.

— Qu'est-ce que tu fais ? m'inquiété-je.

— La mère Dunham arrive ! Mallaury m'a dit que Tim était en train d'interroger un suspect au poste pour la mort de la chaudière. Tu sais qu'elle est morte ? Lily. Ils l'ont trouvée hier, raide, au musée.

Je suis sans voix. Mallaury, c'est la secrétaire apathique du poste de police. Moi qui croyais qu'elle dormait les yeux ouverts à longueur de journée, il s'avère qu'elle n'est pas si inefficace qu'il n'y paraît. Je vois que le canal des rumeurs fonctionne bien plus vite que celui des pompiers du coin.

— Et donc ? insisté-je.

— Dunham est en route, je te dis ! Je l'ai vue partir de la mairie. Comme elle est plus lente qu'une tortue grabataire, j'ai pu arriver avant elle sans problème, mais elle ne devrait plus tarder... Ah ! La voilà !

Sous mes yeux hallucinés, la mairesse du village remonte les manches de sa veste de tailleur couleur abricot, se bat quelques secondes avec la porte vitrée du commissariat, et se met à beugler sans préavis.

— Merde ! laissé-je échapper. June, tu peux me garder le café quelques minutes ?

Toujours affairée à filmer la rue, la coiffeuse met un moment à comprendre ce que je viens de lui demander.

— Quoi ?! Mais, attends !

Trop tard, je suis déjà dehors. Il ne me faut que quelques foulées rapides pour atteindre le trottoir d'en face, puis trois de plus pour pénétrer à mon tour dans l'établissement.

— Tu crois vraiment que tu peux me dire ce que je dois faire, Timothy Prescott ? Tu portais encore des couches, que je briguais déjà la mairie !

— C'est tout à fait inexact, rétorque le policier visiblement sorti en urgence de son bureau pour arrêter la furie dans son élan.

Un sourire en coin remonte la commissure de mes lèvres. Sacré Tim, toujours là pour faire passer le souci du détail au premier plan.

— Je veux voir ce salaud !

Les mains tendues vers l'élue, Prescott ne se laisse pas démonter et lui barre la route.

— Madame le maire, je ne sais pas ce qu'on vous a dit, mais la personne que j'interroge n'est pas suspectée de quoi que ce soit, pour le moment.

— La mairesse ! corrige-t-elle.

Elle fait partie d'un club féministe qui tient beaucoup à ce que les noms soient de son côté, mais aussi à ce que les hommes restent des chevaliers servants... les petits paradoxes de la vie.

— Madame la mairesse, interviens-je, calmez-vous, voyons. Tout le monde vous entend de l'autre côté de la route.

Je ne sais pas si c'est vrai, mais j'espère que ça jugulera au moins un peu sa véhémence.

— Le café est plein de touristes à cette époque de l'année, ajouté-je.

— Mais je m'en contrefiche ! éructe-t-elle.

Raté.

— Ma fille est morte ! Mon unique enfant ! Vous croyez vraiment que j'en ai quelque chose à faire, du festival, dans ces conditions ?

— Votre fille est décédée, en effet, reprend Prescott, et je vous renouvelle mes sincères condoléances. Toutefois, madame

Dunham, nous n'avons pour le moment aucune raison de penser que son décès n'est pas dû à une cause naturelle.

Le visage rond de la mairesse rougit si bien qu'il commence à faire passer son haut orange pour un vieux tissu pâlot.

— Elle avait vingt-trois ans !

— Vingt-quatre, corrigeons-nous en chœur.

Je dois m'être laissée contaminer par le virus de monsieur « premier de la classe ». Il me dévisage une seconde, puis revient à la mère éplorée.

— Je vais devoir vous demander de sortir, madame. J'en suis navré, croyez-moi. Cependant, pour le bien de l'enquête – si jamais il devait y en avoir une – il serait judicieux de ne pas compliquer la procédure avec des actes parasites guidés par la peine, bien compréhensible, qui est la vôtre. Une prise de bec devrait faire l'objet d'un rapport qui, je le crains, ne serait pas un élément en faveur de l'accusation.

Je suis bluffée par son professionnalisme. Il parle avec tant d'assurance et de sérénité que j'ai presque envie de demander pardon pour mon intrusion et de sortir sur la pointe des pieds.

— Mais…

— Ne vous inquiétez pas, madame Dunham, s'il y a une chose que je sais faire, c'est mon travail.

Sur ce, la fanfare qui annonce la parade de l'après-midi fait monter ses premières notes, dehors, et la mairesse sursaute. Elle vérifie l'heure sur le cadran rond de sa toute petite montre dorée, passe ses mains sur sa veste pour en chasser les plis qui n'existent pas, remonte son chignon, adresse un dernier regard appuyé au policier et sort.

— Bonjour ! Bienvenue à *Flowers* ! l'entend-on lancer aux touristes agglutinés sur les petites tables rondes que j'ai disposées le long de mon trottoir, à l'ombre de mon auvent.

Rassurée que la tempête soit finalement passée sans causer trop de dégâts, je remarque que les yeux bruns de Prescott me sondent.

— Toute la ville parle déjà de l'arrestation d'un suspect pour le meurtre de Lily ! lui annoncé-je avec une pointe d'agacement dans la voix visant à faire cesser le moment gênant.

Il fronce les sourcils, puis, avant même que j'aie ajouté quoi que ce soit, pivote afin de se pencher sur le comptoir d'accueil.

— Mallaury, combien de fois je vais devoir vous dire que ce qui se passe ici est strictement confidentiel ?

— De quoi vous parlez ? rétorque-t-elle d'une voix cassante.

— C'est écrit dans votre contrat comme l'une des conditions de votre embauche.

— Alors ça ! Je ne savais pas que vous accusiez sans preuves, maintenant !

D'un geste rapide, il prélève le téléphone portable de la sexagénaire sur son bureau.

— Mais, enfin !

En quelques coups de doigt sur l'écran qui n'est pas verrouillé, Prescott trouve ce qu'il cherche et le lui met sous le nez.

— Je me fais une capture écran que je m'envoie, dit-il avant de procéder.

— Vous n'avez pas le droit !

— Vous voulez vraiment jouer avec moi sur ce que j'ai le droit, ou non, de faire ? Licenciement pour non-respect de vos clauses contractuelles, par exemple. Il me semble que c'est l'un de mes droits les plus incontestables.

La vieille femme s'affaisse dans sa chaise.

— Dis, Prescott, approché-je, si tout le monde pense qu'Asher a fait du mal à Lily, il va avoir des problèmes...

— Où tu veux en venir ?

— Les rumeurs font des ravages, tu le sais. Dès demain, les gens auront peur de lui et feront un écart au lieu d'entrer au Cap ou pas cap.

— Cette rumeur-ci sera basée sur le fait que ton employé a bel et bien suivi Lily Dunham jusque chez elle, hier soir. Il ne peut s'en prendre qu'à lui-même.

— Mais il ne lui a rien fait ! m'agacé-je.

— Comment tu peux en être sûre ?

Je bous. Je ne peux pas lui dire la vérité, soit que je le sens. Les énergies des gens ne trompent pas, et celle d'Asher est douce et blessée. Si effacée qu'au départ, je l'ai pris pour un homme sans saveur.

— Fais-lui passer un détecteur de mensonge ! balancé-je. Mais il ne peut pas rester accusé d'un meurtre qui n'en est même pas un, jusqu'à preuve du contraire.

— Si tu te fais du souci pour ton commerce, ce que je comprends, tu peux toujours le renvoyer.

— Le... ? Quoi ?! Mais non !

— Pourquoi pas ?

— Je ne vais pas le virer juste parce que la ville est remplie de gens dont la vie est si ennuyeuse qu'ils éprouvent le besoin d'inventer des histoires sordides !

— La vérité, c'est que tu ne sais rien sur ce type. Il est arrivé ici, s'est enivré à la fête du village, a fini sa soirée en commettant un larcin – pour lequel il sera puni dès que j'aurai terminé de rassembler les preuves, d'ailleurs – et t'a laissé travailler seule le premier jour du festival. Pourquoi le garder ? Clairement, ce n'est pas l'employé du mois.

— Tu gardes bien madame Mitchell !

Derrière son bureau, Mallaury Mitchell adopte un rictus offusqué de belle facture – contrairement à celle de son respect de la confidentialité.

— Capucine, soupire-t-il, je m'inquiète juste pour ta sécurité. J'aimerais vraiment que tu te montres raisonnable et que tu entendes mon conseil... d'ami. Enfin ! On a été amis ! Tu me le rappelais tout à l'heure.

Il laisse passer une seconde, inspire un coup bref, puis lance :

— En fait, on a même été bien plus que ça, toi et moi. Tu ne penses pas ?

Une vague de froid me tombe sur le dos et je vacille. Bêtement, je zieute Mallaury avec l'espoir utopique qu'elle n'ait pas entendu ça. À l'intensité de son regard, derrière ses lunettes pointues, je sais qu'elle ne perd pas une miette de notre échange.

— On était presque frère et sœur. Tu ne peux pas le nier.

Mes poings et mes mâchoires se serrent. Il tient vraiment à m'énerver ?

— « Presque », c'est le mot, craché-je, parce que les vrais frères n'abandonnent pas leur sœur en pleine crise.

Son visage s'étire dans une expression de surprise profonde. Je ne lui laisse toutefois pas le temps de se remettre de mon uppercut :

— Tu as fini, avec mon employé tout pourri ? Non parce que quoi que tu en dises, il est là pour moi, lui.

Je me tourne alors vers la porte en espérant que mes membres tremblants ne trahiront pas les émotions vives qui me remuent jusque dans mes tripes. Au moment où je me dis que je m'en sors plutôt bien, je repère le battant de la lourde porte vitrée en approche rapide, trop rapide.

— Capucine !

Oh ! C'est joli ces petites étoiles.

9. Guimauve

La guimauve officinale est connue pour ses propriétés adoucissantes indiquées dans le traitement des irritations de toute sorte.

Je ne sais pas trop où je suis, ni ce que je fais, mais la douleur qui irradie dans mon crâne me fait gémir et lever la main vers mon front, que je sens glacial avant même de le toucher.

— Ne bouge pas, Caps, m'ordonne avec douceur une voix qui efface la migraine un instant, pour la remplacer par une euphorie aussi brève qu'un feu de paille.

Pour une fois que le fantôme vient du passé et pas de l'au-delà. Mon estomac se recroqueville d'entendre à nouveau ce ton tendre, celui dont je n'ai jamais pu pardonner à Prescott de m'avoir privée.

J'ouvre les yeux pour vérifier ce que je crains depuis que mes sens m'ont appris que ma main droite se trouve prisonnière de celle de quelqu'un d'autre. À ma grande surprise, l'homme courbé à mon chevet n'est pas Tim, ni même Asher. Non, il s'agit d'un homme d'âge mûr aux tempes grisonnantes et aux yeux chaussés d'une paire de lunettes rondes. Je mets quelques secondes à le reconnaître à cause de son tout nouveau bronzage et de mon mal de crâne encombrant.

— Docteur Price ? soufflé-je.

— Bonjour, Capucine. Je suis vraiment confus. Si j'avais su que tu te tenais juste derrière la porte, je ne l'aurais pas poussée avec autant d'entrain.

Mes derniers souvenirs se remettent en ordre et je panique :

— Le café ! Je l'ai laissé à June ! Elle doit être dans tous ses états, si elle n'est pas partie...

— Ne t'inquiète pas, j'ai envoyé Lewton[9] reprendre son poste, m'informe Prescott.

Je me laisse retomber mollement sur le canapé damassé que je n'avais pas vu lors de ma première visite et récupère la poche de glace que j'ai fait tomber dans mon sursaut. Je me maudis une seconde d'être déjà de retour ici malgré moi. Puis, après quelques coups d'œil hagards alentour, je m'aperçois que je me trouve dans une nouvelle pièce. Au vu du frigidaire, de la machine à café, de la bouilloire et de la boîte de donuts posée sur une table basse, je devine qu'il s'agit de la salle de repos du commissariat.

J'aimerais me redresser, cependant, à chaque fois que je bouge, j'ai l'impression que la terre se dérobe non pas sous mes pieds, mais sous ceux du canapé.

— J'ai une commotion ? supputé-je uniquement parce que, comme tout le monde, j'ai regardé trop de séries télévisées tournées dans des hôpitaux.

Peut-être que j'aurais mieux fait de me concentrer sur les séries policières ?

— On ne peut pas le savoir sans imagerie, ronchonne Ed.

— Vous croyez que ça va prendre longtemps, avant que je puisse me relever ?

— Tu ne peux pas ?! s'épouvante-t-il.

Je grimace.

---

[9] Asher Lewton.

— On dirait que mon gyroscope déconne… À moins que la pièce ne bouge pour vous aussi ?

Prescott croise les bras, les décroise, fait quelques pas nerveux, se mord les lèvres, grimace. J'ai envie de lui jeter la poche de froid pour le calmer.

— Je suis tellement désolé, gémit monsieur Price, je pense qu'il serait plus sûr de l'emmener à l'hôpital.

— Je m'en occupe.

— Ah, non ! m'enflammé-je en me dressant sur mes guiboles à une vitesse… pitoyable, mais honorable.

— Oh !

— Qu'est-ce que tu fais ?! paniquent-ils en canon, les mains en avant pour me rattraper en cas de chute.

J'aurais préféré pouvoir les repousser, mais je réalise vite que le sol est toujours mouvant. Je me jette donc dans les bras du plus âgé des deux hommes, dans le but d'éviter ceux de l'autre.

— Je ne peux pas aller à l'hôpital, déclaré-je.

— Et pourquoi ça ? me questionne monsieur Price.

— Parce que je n'ai pas le temps ! J'ai beaucoup trop de travail.

Les deux hommes font non de la tête, les lèvres pincées.

— Il y a des choses pour lesquelles il vaut mieux prendre le temps, ma petite Capucine.

L'entendre m'appeler ainsi fait remonter mes souvenirs d'enfance, du temps où il était encore le médecin du village et qu'Eleanor Prescott m'emmenait le voir à chaque grippe, chaque bobo, chaque visite annuelle pour la rentrée scolaire.

— Je vais l'accompagner, répète Timothy tandis qu'il m'arrache aisément à la poigne du héros du village pour me reposer de force sur le canapé.

Notez qu'il n'a pas à user de beaucoup de ladite force, puisque je m'échoue sans tenter de lutter, ni même de paraître digne.

— Vous veniez pour quoi ? adresse l'agent de police au médecin déchu. On peut dire que c'est un heureux hasard, parce que j'allais justement vous contacter.

Pas heureux pour tout le monde, pensé-je alors que la douleur pulse de mon front jusque derrière mes oreilles.

— Ah oui ? Pour le vol ?

J'ai très mal à la tête et songe sérieusement à la plonger dans un seau de glaçons, malgré tout, mon cerveau parvient à s'éveiller d'une curiosité que je repère aussi sur les traits du policier.

— Oui... répond-il, hésitant. Vous parlez bien du vol des cadeaux de votre fête de retour ?

Là, monsieur Price semble perdu. Il se masse le lobe de l'oreille gauche, comme il l'a toujours fait face à une situation qui le laissait perplexe – comme les marques qui apparaissaient régulièrement sur mon corps d'adolescente, par exemple.

— Non. Je n'étais pas au courant. Non, je suis venu signaler que ma voiture a été...

— Nous devrions peut-être en parler dans mon bureau, pour plus de discrétion ?

— Oh, Timothy, je n'ai rien à cacher. Et puis, même si c'était le cas, je préférerais encore crier mes fautes sur tous les toits que de donner une nouvelle opportunité à cette ville de m'en inventer. Les commères sont beaucoup plus imaginatives que je ne suis polisson.

Je glousse. Quelle jolie façon de décrire l'art de vivre de la charmante bourgade !

— De toute façon, je suis venu signaler l'affaire pour tranquilliser Debra, rien de plus. Tu ne pourras probablement rien y changer. Je n'ai aucune idée de quand le vol a été commis et ma voiture n'a pas été forcée. Ça pourrait dater de n'importe quand depuis mon départ. J'ai laissé ma voiture au garage des MacArthur avant de partir, dans la cour arrière. Je ne voulais pas qu'elle gêne sur le chemin de La Jardinerie pendant des mois. Ça aurait obligé Debra à la contourner sans cesse et occupé une place de parking qui aurait pu servir à ses clients. Quand j'ai voulu la reprendre, hier, Mike et moi l'avons trouvée ouverte, et toutes mes affaires avaient disparu. J'ai dû oublier de la fermer. C'est idiot.

Je ne sais pas pourquoi, mais je sens que mes maux de tête vont empirer dès qu'Oracio apprendra ça – s'il l'apprend. Un vol à *Flowers* ! C'est sûrement lié à son odieux assassinat... Je lève les yeux au ciel et le regrette aussitôt, à cause du retour de la douleur.

— Ce n'est pas grand-chose, je n'avais presque rien dedans. Deux livres, je crois, des vêtements de rechange pour mes interventions de voisinage, tu sais qu'on m'appelle parfois pour les animaux... Mon double de clés, il me semble... Trois fois rien, comme je te l'ai dit, mais avec toutes les agressions, Debra a toujours peur.

C'est vrai que la pauvre femme en a bavé, quand elle a décidé de s'enticher du mouton noir de la région, à l'époque du scandale. Quand on sait que maintenant, après toutes les brimades, les insultes, les dégradations de la minuscule partie de sa propriété qu'il a réussi à conserver après son divorce, Ed Price est devenu la figure charitable du bourg juste en restant lui-même tout ce temps, il y a de quoi être admiratif.

— Il n'y a pas d'urgence, non plus. Je peux repasser un autre jour. Tu as des affaires sur le feu qui sont plus délicates, et plus agréables, ajoute-t-il avec un clin d'œil...

Comme il se tourne dans ma direction en arborant un sourire mielleux, je devine qu'il parlait de moi. Je ris en même temps que Prescott grimace. Agréable ? Monsieur Price a toujours été beaucoup trop candide.

— Il ne va pas m'emmener à l'hôpital, grogné-je. En fait, je me sens déjà mieux.

Les hommes se précipitent pour gérer mes frasques, mais je les arrête d'un signe du menton accompagné d'un regard torve.

— J'ai de la glace, au café aussi, dis-je en tendant le petit sac de plastique au hasard.

Monsieur Price l'attrape par politesse.

— Mais tu pourrais avoir un traumatisme crânien, proteste Prescott.

— Si je ne me sens pas mieux avant ce soir, j'irai à l'hôpital après la fermeture, planifié-je.

— Et qui t'y conduira ? grogne le policier.

— Son jeune employé m'a l'air d'un bon petit gars, tente Ed.

Je vous ai dit que c'était mon médecin préféré ?

— Son employé est beaucoup de choses, peut-être même trop, mais sûrement pas un bon petit gars, juge Prescott. Et surtout, son permis a expiré.

— Ah.

— Je prendrai un taxi, soufflé-je.

— Un taxi pour aller jusqu'à *Buckhannon* ?

— C'est seulement à vingt minutes, argué-je.

— Mais il va devoir venir de là-bas, t'emmener, revenir, et rentrer.

Je souffle et me dirige vers la sortie, cahin-caha.

— Eh ben comme ça, il aura gagné sa soirée.

— C'est pas humain, d'être aussi bornée.

Quand je me tourne dans l'intention de répondre une nouvelle fois, le sourire de monsieur Price me coupe la chique. Qu'est-ce qui le rend si gai ?

— Vous êtes mignons, tous les deux, dit-il. Je n'arrive pas à croire qu'après toutes ces années, vous ne soyez pas encore mariés. On avait pourtant parié dessus, avec El.

Ma gorge s'assèche alors que mes yeux se gorgent de larmes. Eleanor me disait souvent, de son vivant et même après, qu'elle savait que nous finirions ensemble, son Tim et moi. Elle est partie dans la lumière l'esprit tranquille à cette idée. Si elle savait ! Comme je sens que je ne pourrai pas retenir mes sanglots longtemps, je prends la poudre d'escampette.

— Au revoir, docteur Price. Le bonjour à Debra, marmonné-je en prenant soin de ne plus me retourner.

— Si jamais tu as envie de vomir, tu files à l'hôpital, hein !

Dans un premier temps, je file surtout vers mon territoire. Je traverse la rue, la salle, le comptoir du bar, la cuisine, et m'arrête contre le premier mur que je rencontre, haletante. Je pensais avoir enfoui ma peine de l'époque dans un recoin assez éloigné de ma conscience pour ne plus être importunée par ses sournoiseries, mais je dois admettre que j'ai été un peu optimiste sur ce coup. Quand toute votre vie s'écroule à coups de rejet, décès, indifférence, ça laisse des traces impossibles à effacer.

Moins de deux minutes après mon retour, je sens une présence discrète, dans mon dos. De l'annulaire, je chasse les larmes qui perlaient aux coins de mes yeux.

— Boss ? Est-ce que ça va ? chuchote Asher.

Je souffle lentement pour retrouver mon calme, puis me tourne enfin.

— Oui... Je...

— Oh merde ! s'exclame-t-il. Il ne t'a pas ratée !

Je cille une seconde, puis me rappelle que je me suis pris un battant de porte renforcée en plein visage. Dans un moment de pure frayeur, je cours jusqu'au miroir qui pend au-dessus du lavabo, au bout du plan de travail.

— Le flic ne m'a pas laissé te voir, il m'a dit que tu ne te sentais pas bien et m'a foutu dehors... C'est la coiffeuse qui m'a dit qu'en fait, un visiteur t'avait cognée par accident en ouvrant la porte.

En découvrant ma figure qui n'en est plus une, je pousse un cri d'effroi.

— Han !

Et puis, les larmes l'emportent sur mon *self-control*.

— Mais quel festival de merde ! craqué-je tout en attrapant un torchon dans le but de m'en faire un mouchoir géant.

— *Et encore, vous, vous êtes en vie...* me fait remarquer Oracio.

— Arghhhhh ! grogné-je.

Tandis que les sanglots m'emportent dans un pétage de plombs en règle, je suis surprise de sentir des bras m'enlacer avec un naturel désarmant et une douceur agréable.

— Chuuut, me souffle Kentucky tandis qu'il caresse mes cheveux. Tout va s'arranger, j'en suis sûr. Parfois, les galères s'accumulent, mais au bout d'un moment, elles finissent toujours par lâcher l'affaire. Et puis, je suis là. Je vais t'aider, je te le promets.

Je ne sais pas comment, mais ses mots, ajoutés à son câlin aussi tendre que respectueux, m'apaisent en un rien de temps. Je réalise qu'il me berce doucement, tout en soufflant sur le haut de mon front, là où la douleur pulse un peu moins. J'aimerais prolonger le moment, mais je ne dois pas en profiter. Je me recule pour le regarder. Les yeux céruléens de mon employé ne fuient pas les miens, ils assument leur élan de gentillesse. J'esquisse un sourire gauche.

— Merci, Asher.

— Merci à toi, Boss, d'avoir volé à mon secours quand la mairesse a voulu me clouer au pilori.

— Prescott avait la situation bien en main, il ne l'aurait pas laissée passer.

— Je ne sais pas... J'ai l'impression que tout ce que ce cher lieutenant Prescott voudrait avoir bien en main, c'est ma Boss.

Je m'étrangle.

— N'importe quoi !

Un silence passe.

— Je ne le juge pas, hein. Je veux dire... ça se comprend.

La bienveillance avec laquelle il m'a enlacée plus tôt est toujours là, entre nous, et je dois avouer qu'au lieu de rendre l'échange platonique, il allume quelque chose en moi. J'étais si loin du compte sur Asher, hier. Je le vois maintenant comme un

homme complexe caché sous l'apparence d'un beau gosse superficiel.

— *Avant que vous ne songiez à copuler sur le plan de travail, il vaut mieux que vous sachiez qu'il y a de nouveaux clients en salle,* bougonne Oracio.

Je bondis afin de pencher ma tête sous l'arche de l'accès à la cuisine, côté commerce.

— Il y a… balbutié-je.

— J'y vais, lance Kentucky. Prends ton temps.

Son absence soudaine me soulage alors et me déçoit tout autant.

— *Vous êtes vraiment une drôle de femme,* commente l'étudiant, *aux antipodes de l'image que je me suis faite de vous de mon vivant.*

— Tu m'as croisée quoi ? Deux fois ? De ton vivant…

— *Et les deux fois, vous étiez calme, mesurée, commerciale, presque froide.*

En parlant de gens froids, il ne voudrait pas rejoindre ses copains ?

Pour rester dans le thème, j'ouvre mon congélateur et en sors une poche liquide dédiée aux petits bobos. Je la roule dans un autre torchon et l'appose sur la bosse qui ressemble à un œuf de caille, au-dessus de mon œil gauche.

— *C'est drôle que vous ne participiez pas aux concours de cuisine du festival. Je suis allé faire un tour sur le stand de tartes aux fraises, plus tôt, je suis sûr que vous auriez gagné.*

— J'ai été formée pour les confectionner, réponds-je alors que j'assemble un croque-monsieur d'une seule main, puisque l'autre est plaquée sur ma tête. Concourir reviendrait à tricher.

— *Et alors ? Vous n'habitez pas ici, ou quoi ? Tout le monde triche. On dirait presque que ça fait partie des règles. C'est tout juste si les gens ne tueraient pas pour être sûrs de gagner.*

Une question me taraude, tout à coup :

— Elle est passée où, l'autre ?

— *Qui ça ? Lily ?*

J'opine, et l'étudiant croise les bras sur sa poitrine avant de lâcher un soupir presque aussi long et ennuyeux qu'un discours électoral.

— Accouche.

— *Elle passe tout son temps dans les vestiaires de la ville. Celui des pompiers, celui du club de gym, celui du spa, celui...*

— J'ai compris. En gros, elle n'est pas aussi curieuse que toi des raisons de sa mort.

Avant de refermer la presse du gril, j'hésite. Je récupère mon œuvre et sors la tête vers l'arrière du comptoir, où Asher sert des gourmandises à des clients qui gloussent face à son attitude charmeuse. Quand il me remarque, je lui demande :

— Ça te dit, un croque-monsieur ?

Il m'adresse un immense sourire, et répond avec un clin d'œil.

— Avec toi, tout me dit, Boss.

Je reçois le sous-entendu cinq sur cinq, et interdis à mon esprit de mettre en scène les autres choses que je pourrais lui proposer...

— *Vous avez peur que je sois trop jeune pour voir ça ?* s'informe Oracio.

Oh non, j'ai surtout peur de ne pas être assez forte pour ne pas déraper. Je ne sais pas pourquoi, mais une part de moi est sûre que ça finirait mal. Je me concentre par conséquent sur la préparation d'un second encas, et les pose enfin sur le gril. Au moment où je ressors les carrés, grillés et rebondis à souhait, mon saisonnier fait son retour en cuisine. Sans gêne aucune, il vient tout contre moi et m'oblige à abandonner ma besogne une seconde en me faisant pivoter vers lui. Il soulève alors la poche de froid emmaillotée et inspecte mon front comme l'aurait fait un grand frère soucieux.

— Ça dégonfle déjà, dit-il. Une fermeture un peu plus tôt, ce soir. Un petit dîner léger préparé par ton coloc sexy, une bonne nuit de sommeil, et ce sera oublié.

Il s'éloigne aussi vite qu'il s'était imposé et va vers le frigo dont il m'a détournée un instant plus tôt.

— Tu allais sortir quoi ?

— De la laitue, pour aller avec les croques.

— Pour toi, alors. Moi je suis un homme, pas un lapin.

Il me sort la barquette demandée et attend que j'y prélève ce qu'il me faut avant de la ranger.

— Et ce petit vin de pêche ? Si on le goûtait ?

Je souris.

Quelques traits de balsamique sur ma salade plus tard, nos assiettes sont prêtes et nous partons les installer sur la table la plus proche du comptoir, celle que j'utilise toujours pour mes pauses. À cette heure-ci, les clients sont plus espacés et nous pouvons nous détendre. Avant de me percher sur l'un des tabourets hauts, je retourne en cuisine armée de deux gobelets prévus pour le café à emporter. Je les remplis du petit vin dont j'ai hérité la recette de ma grand-mère française.

Quand je rejoins Kentucky, il ricane en voyant les contenants discrets.

— Ni vu, ni connu.

— Bon appétit !

Il goûte d'abord la boisson, et écarquille les yeux.

— C'est une tuerie !

J'éclate de rire. Même si les galères n'ont pas encore disparu, ce petit moment de partage a le mérite de les reléguer en arrière-plan. Un arrière-plan lointain, très lointain.

10. Pivoine

Les bienfaits de la pivoine pour la peau ont fait de cette fleur un symbole de guérison. Elle est offerte pour souhaiter un bon rétablissement.

Après mon unique verre de vin de pêche, je me suis vite sentie partir dans un état moitié euphorique, moitié comateux. Un peu comme quand on se réveille tard, le dimanche matin, que l'on ne dort plus vraiment, mais que l'on n'est pas éveillé non plus. Ce n'est pas très compatible avec les fonctions de tenancière d'établissement accueillant du public. Heureusement pour moi, Asher l'a remarqué tout de suite, et a pris les commandes. Il m'a installée dans l'un des deux canapés situés sous les bibliothèques du fond, côté librairie, et a assuré le service seul toute la fin d'après-midi. Le tout en m'apportant des sucreries et des boissons bien trop souvent pour ne pas me mettre mal à l'aise.

— Mesdemoiselles ! lance-t-il à une bande de jeunes filles venues décimer le présentoir de cake à la pâte d'amande. Ça me fend le cœur de devoir me priver d'une si agréable compagnie, mais aujourd'hui, la patronne a eu un accident et même si ce n'est pas flagrant puisqu'elle a toujours bonne mine, elle est fatiguée. Comme je compte garder mon badge d'employé préféré et que ma grand-mère m'a fait promettre de toujours chouchouter les femmes, je vais la raccompagner chez elle.

Je fais non de la tête. Quel beau parleur. De fait, tous les regards s'illuminent à la ronde, éclairés par une admiration fiévreuse et une envie à peine dissimulée qui prouvent bien que ces filles sont trop jeunes pour ne pas espérer le prince charmant.

— Mais grâce à son repos de ce soir, le café sera ouvert demain… Et pour vous remercier de votre compréhension, je vous offre à chacune un marque-page.

Les filles sautillent de joie et se précipitent à la caisse, où sont conservés les articles promotionnels gratuits histoire d'éviter que leur stock fonde comme neige au soleil.

— Voilà pour toi, pour toi, et… lequel tu veux ?

— Celui d'Izzi Lennox ! J'adore tout ce qu'elle écrit !

— Va pour celui avec… un cochon d'Inde volant.

Le dépit sur le visage de Kentucky m'amuse et je me lève non sans geindre. Je n'aurais pas dû accepter de rester inactive si longtemps, mon corps n'a pas l'habitude, je crois qu'il fait une petite crise existentielle.

— Merci ! crient les filles qui s'éloignent en piaillant.

— Pourquoi tu es déjà debout ?

Je ricane.

— « Déjà » ? Je n'ai jamais autant glandé de ma vie.

— Au moins, tu n'as presque pas ronflé.

Je panique.

— Oh non mais c'est pas vrai ?

Il rit.

— Non, non. J'ai bien surveillé. J'avais trop peur de me faire casser la gueule par ton mec.

Mes joues descendent avec ma bouche. Asher me tend alors son téléphone portable, où je découvre un fil de textos titré « le flic marrant ». J'émets un hoquet involontaire.

— Prescott ? Marrant ? Et puis, depuis quand il t'envoie des textos ?

— C'est tout nouveau. Il a dû prendre mon numéro dans mon dossier d'accusé numéro un de la ville. Je l'ai vu partir avec un collègue bedonnant, plus tôt. Il a sûrement voulu s'assurer à distance que je ne te zigouille pas. Il est super directif dans ses messages, c'est vraiment marrant. Tiens, écoute : « Si elle somnole ou est nauséeuse, appelez-moi immédiatement. » Point. Pas de formule de politesse, rien. Je lui ai répondu : « OK, c'est chou de s'inquiéter comme ça, bisou ».

Je bondis sur place.

— Non ! T'as pas osé ?

Il me montre la preuve sur son écran, ce qui me fait éclater de rire en voyant la réponse du policier : un emoji à la mine sévère.

— C'est tout lui.

Comme des passants approchent, Asher range son portable pour courir à la porte.

— Désolé Messieurs-dames, on a vendu les dernières tartes. Mais si vous aimez la quiche au bacon faite maison, venez déjeuner avec nous, demain. Très jolie robe, mademoiselle. Madame ! Pardon. Merci, bonne soirée !

Je n'en reviens pas. En une journée, il a pris ses marques. Il a repéré les quiches préparées à l'avance et empaquetées hermétiquement dans la chambre froide. Il a compris mon classement par date de préparation et sait déjà que je dois les passer. Je reste interloquée une minute.

— Tu ne te sens pas bien ? s'inquiète-t-il après avoir verrouillé la porte et tourné la pancarte afin de signaler que l'établissement est fermé.

— Je dois t'avouer un truc, lâché-je de but en blanc. Le premier jour, quand je t'ai vu, avec tous tes muscles bien plus vrais qu'en photo, tes tatouages, ta coiffure parfaite, et ton sourire charmeur, je me suis dit que j'avais fait une belle erreur.

— Parce qu'un homme ne peut pas prendre soin de lui ET être travailleur ?

L'embarras me fait pincer les lèvres.

— Ne t'inquiète pas, tu n'es pas la première à me classer directement dans les *bodybuildés* décérébrés.

Tout en parlant, il se met à ranger la salle. Je prends le train en marche et vais chercher un torchon et un spray pour laver les tables.

— Si tu veux tout savoir, en vérité, jusqu'à il y a deux ans, j'étais dans la catégorie gringalet inintéressant.

J'ai du mal à l'imaginer.

— J'avais même plutôt honte de mon physique.

Là, je hausse carrément les sourcils.

— Je t'assure ! rit-il. J'enchaînais les petits boulots et les galères. Je me faisais souvent virer à cause de mon côté bagarreur. Ça, Boss, vaut mieux que tu le saches : j'ai du mal à rester tranquille quand il y a de la castagne. Les gens qui ne me connaissent pas bien pensent que je suis sanguin, mais en réalité, c'est juste que j'ai pris tellement de coups dans la gueule, gamin, qu'un jour j'ai fini par les rendre. Bref, un pote de mon cousin m'a pistonné pour entrer dans un gros centre de distribution de *Glasgow*. J'étais censé aller à l'entretien pour la forme et ressortir avec un CDI. Mais voilà, un autre gars s'est pointé. Chemise bien coupée, pantalon de ville, coiffure à la mode, montre qui brille et dents blanches. Il présentait tellement bien que malgré l'arrangement, il a raflé le poste. On s'est croisés plus tard, et je me suis aperçu que je le connaissais. On avait séché les mêmes cours, pris les mêmes râteaux. Encore deux ans plus tôt, il était aussi maigrichon et esquinté par la vie dans les quartiers défavorisés que moi. C'est là que j'ai décidé de modifier mon apparence pour m'ouvrir plus de portes. Et ça a marché...

Au fil du récit, je me suis sentie de plus en plus mal. Je ne suis pas loin d'aller me cacher dans un coin.

— En résumé, je suis un mec des rues déguisé en fils à papa. Même mes tatouages sont des cache-misère, ils masquent les cicatrices. Hé ! m'apostrophe-t-il soudain. Ne touche pas les chaises, je vais les relever.

— Je ne suis pas handicapée, non plus...

— Ordre de la police, fait-il en sortant son téléphone pour souligner ses dires. « Pas de port de charges lourdes »...

Je me rembrunis.

— C'est lui, la « charge lourde » ! grogné-je.

Il rit. Et je reste interdite en réalisant que ce son me détend. Depuis combien de temps je n'ai pas ouvert ma porte à une relation humaine franche ? Je me contracte en faisant le bilan : depuis Timothy. Après notre séparation cataclysmique, je me suis murée dans mon monde, barricadée dans les romans et le travail. J'ai traîné avec des collègues de boulot, collectionné les histoires à court terme, rien de plus.

Je repense aux propos d'Oracio : « Vous étiez calme, mesurée, commerciale, presque froide. » Moi qui taquine les fantômes plus souvent que je ne le devrais, je ne suis pas bien plus vivante qu'eux.

— Tu veux qu'on prépare quelques trucs maintenant pour que ce soit moins la course demain matin ? propose Asher. Ou tu es trop claquée ? Je peux t'installer un tabouret dans la cuisine, tu t'y poses et tu fais ce que tu aimes le plus...

Je le fusille du regard, en prévention.

— Tu me files des ordres, s'amuse-t-il. En fait, vous n'êtes pas si différents, le flic marrant et toi.

— Il arrive, ce tabouret ? aboyé-je.

Il rit de plus belle, et je me tourne pour qu'il ne voie pas le sourire que ça dessine sur mon visage.

Après une session cuisine beaucoup trop bordélique pour mes nerfs – mais assez comique – et un retour en voiture qui restera dans les annales comme le périple le plus éprouvant de ma vie, nous arrivons enfin au cottage.

En effet, pour rentrer tous les deux, nous n'avions pas d'autre choix que celui de prendre ma Coccinelle. Au début, Asher a voulu conduire parce que, soi-disant, je pouvais nous tuer en somnolant au volant... Comme il n'a pas de permis en règle et que je n'ai pas envie qu'il termine son séjour en prison bien que les probabilités jouent contre moi, j'ai tout de même pris le volant, jusqu'à la sortie du bourg. Après ça, il a voulu essayer la conduite manuelle et a failli me provoquer une crise cardiaque en malmenant la boîte de vitesses de mon ancêtre de voiture. J'ai pu reprendre mon bien en main, mais avec tout ça, le trajet a duré beaucoup plus longtemps qu'il n'aurait dû.

Juste avant que nous ne franchissions la porte du cottage, une brise glaciale nous fait frissonner, surtout à cause des murmures qu'elle charrie. Je me tourne vers Asher pour scruter sa réaction.

— Cet endroit a un petit côté lugubre, non ? dit-il.

J'esquisse un sourire contrit.

« Un petit côté lugubre », c'est peu de le dire. Il y a une bonne raison au fait que j'aie pu acquérir le cottage et son terrain étendu pour un prix défiant toute concurrence : personne d'autre ne saurait y séjourner plus de quelques semaines. Bâti à une poignée d'arpents du cimetière et juste au-dessus d'une rivière souterraine, il se trouve pile au centre d'un imbroglio énergétique chargé. Même si tout le monde n'est pas sensible aux rumeurs des morts, l'endroit reste malaisant de manière générale.

Avant que je ne fasse retirer le panneau du musée de *Flowers* le concernant, il était même devenu une attraction pour les amoureux de sensations fortes, avec toutes les histoires terrifiantes qu'on lui attribue.

— Et si je te faisais couler un bain ? propose Asher après avoir posé dans la cuisine les cagettes vides ramenées du café.

— Et si tu te calmais un peu, plutôt ? Je t'ai embauché pour m'aider au Cap, pas comme auxiliaire de vie.

Il sourit et inspire un grand coup.

— Et si je te disais que ça me ferait plaisir de te faire couler un bain pour que tu te détendes pendant que je prépare le dîner ?

— Et si j’appelais un prêtre pour qu’on tente de te faire exorciser ? Je trouve que tu es beaucoup trop gentil pour ne pas cacher un sombre secret.

Il rit.

— OK, j’avoue tout.

Je hausse un sourcil après avoir pris le temps de ranger mes chaussures dans le meuble prévu à cet effet, histoire de faire bonne impression.

— Je crois que ça faisait juste longtemps que je ne m’étais pas senti aussi à l’aise en compagnie d’un autre être humain, dit-il à mi-voix, comme s’il craignait que je ne prenne feu.

Au creux de mon ventre, son aveu fait écho à ce que j’ai ressenti plus tôt, et je reste muette un moment.

— Je te fais flipper ? s’inquiète-t-il.

— Pas plus que le fantôme derrière toi, lâché-je sans réfléchir, dans le but de détendre l’atmosphère.

Dans le couloir, les yeux d’Oracio s’arrondissent alors que juste devant moi, Kentucky affiche une mine peu rassurée.

Moi qui m’attendais à ce qu’il se moque de ma vanne, je suis un peu désarçonnée, voire affolée ! S’il prend ma blague au sérieux, il risque de me croire médium ! Ce serait une catastrophe !

— *Mais, vous êtes médium...* marmonne l’étudiant perplexe.

— Dis-moi que ce n’est pas un petit gamin terrifiant avec un sourire de travers et un trou dans la tête ? sourit-il.

Ouf ! Sauvée...

— Non, fais-je avec un air faussement détaché. Il a l’air d’un mec qui se croit intello parce qu’il a fait acte de présence à la fac une fois ou deux, mais qui n’a jamais remarqué que son linge n’allait pas tout seul de sa panière à son dressing.

Kentucky pouffe.

— *Hé !* gronde le spectre.

— Je vais prendre une douche, annoncé-je.

— C'est pas un bain, mais c'est déjà pas mal. Tu veux que je te la fasse couler ?

Je fais non de la tête en m'enfonçant déjà dans le couloir.

— Tu veux de l'aide pour te savonner ?

— Toujours pas.

— Il vaudrait peut-être mieux que je vienne avec toi pour m'assurer que tu ne t'endormes pas…

Je ricane. Je sais très bien qu'il fait ça pour me faire rire. Je crois avoir cerné le faux dragueur. Il amuse la galerie en permanence pour que personne ne regarde de trop près le vide qu'il trimballe avec lui, quelque part dans son âme. Je sais qu'avant même que je n'atteigne la salle de bain, il sera déjà dans la cuisine.

Je prends une bonne douche sans trop traîner, puis enfile un pyjama un peu plus couvrant que celui de la veille. Une mesure de précaution un brin ridicule, mais parfois, notre instinct n'est pas notre meilleur ami.

Quand je débarque sous l'arche qui dessert aussi bien la cuisine que le salon, je suis accueillie par un air de musique pop. Je me fige une seconde, étonnée, puis termine mon parcours en prenant place autour de l'îlot central qui me sert aussi de table. Au moment où Asher remarque ma présence, il fait un bond si haut que je le croirais bien croisé avec un lapin finalement – un chaud lapin, en l'occurrence.

— La vache ! Tu m'as fait peur !

— Vraiment ? joué-je.

— Je ne t'avais pas entendue arriver.

— Sûrement à cause de la musique. Britney ? Sérieux ?

Il hausse les épaules.

— Je voulais juste chasser le silence. Je ne sais pas, je trouve que cet endroit est un peu oppressant. Sans vouloir te froisser…

— Il n'y a pas de mal.

— Ce n'est pas ma musique préférée, mais ça fait le taf. Et puis, c'est la seule radio que j'ai pu capter, avec ton poste vintage.

Mon estomac se prend pour un bilboquet, l'espace d'un instant. Kentucky vient de pointer du doigt le poste radio que j'ai hérité de ma grand-mère, et qui n'a jamais fonctionné. Il n'est là que pour la déco. Pourtant, quand je tends l'oreille, c'est bien de lui que vient la voix un poil trop enthousiaste de la blonde survoltée. Je meurs d'envie d'aller passer mes doigts derrière pour vérifier qu'il n'y a bien aucun câblage viable sortant de l'article de musée, mais je sais déjà que ça mettrait le palpitant de Kentucky en déroute. De façon générale, les manifestations de l'au-delà mettent les gens sur les nerfs. J'en sais quelque chose, puisqu'avant de comprendre ma particularité, j'ai connu quelques moments glaçants.

Le sifflement soudain de la bouilloire posée sur la gazinière me sort de mes pensées dans un sursaut.

— Le dîner est prêt !

Asher pose alors un bol devant moi. Je remarque qu'au fond de celui-ci, les nouilles déshydratées d'un sachet de *Ramen* attendent leur destinée avec flegme.

— T'as réussi à faire prendre un bain à quelqu'un, finalement…

Asher affiche un sourire crâne.

— Comme ça tu es prévenue, j'arrive toujours à mes fins.

Il verse l'eau bouillante sur les nouilles de mon bol, puis les couvre d'une assiette retournée, avant de répéter l'opération pour lui-même.

— J'espère que tu n'es pas trop déçue par mes talents culinaires ? fait-il avec une moue piteuse.

— Tu as trouvé ces sachets dans mon placard, je te signale. Ce qui veut dire que j'en mange à l'occasion.

— Hum…

Un silence s'étire et je n'éprouve aucun besoin de le combler. De son côté, il n'a pas l'air gêné par l'absence de conversation. Il semble que la compagnie de Kentucky convienne à mon tempérament. Nous attendons que nos nouilles aient fini de faire trempette sans nous embarrasser de convenances sociales. Peut-être qu'en fait, ce mec est fait pour moi... Pourquoi je ne me jette pas sur lui ?

Alors que je m'apprête à le questionner sur son allusion, plus tôt, à propos de la possibilité de rester à *Flowers*, la musique s'arrête, et une voix féminine qui ressemble bien plus à celle d'un mort-vivant qu'à celle d'une présentatrice radio annonce très lentement – en reprenant sa respiration entre chaque mot :

— Tout a un prix, même la tranquillité des esprits. Les messages ne peuvent pas être ignorés. Demain, ne manquez pas la cérémonie lors de laquelle les commerçants en lice pour le concours du plus beau char fleuri de Flowers *dévoileront les thèmes qu'ils ont choisis pour cette année. C'est important...*

Les ondes se brouillent un temps, puis un nouveau morceau démarre. En face de moi, sur le côté du plan de travail, Asher est catatonique, en période basse. Il ne bouge plus du tout, et je peux observer les restes d'une chair de poule courir sur ses avant-bras. J'aimerais le rassurer, mais je ne vois pas comment. Ses viscères lui ont signalé que quelque chose de funeste était en cours, et je ne peux pas les en blâmer.

— Je crois que même la radio est en mode flippant, ahane-t-il enfin. C'était quoi, cette voix ? Vous engagez des animatrices décédées, à *Flowers* ?

En réalité, il n'y a aucune station de radio en ville, mais je me garde bien de le lui dévoiler.

— Et puis, de quoi elle parle, bordel ? On dit la tranquillité d'esprit, pas DES esprits.

— Les ravages de l'alcool, plaisanté-je.

— C'était une voix comme celles du cimetière... tremble Oracio, que je remarque ratatiné dans l'angle de la pièce.

C'est quand même fou d'être un fantôme et d'avoir peur des revenants, non ?

— Pourquoi les morts parlent du festival, maintenant ? C'est quoi, cette ville de tarés ? ronchonne-t-il pour lui-même.

Un soupir s'impose à moi. Contrairement à ce que semble croire l'étudiant assassiné, ce genre de manifestation tape-à-l'œil n'est pas monnaie courante... pas même pour moi.

Je déteste la direction que prennent alors mes pensées, surtout quand celles-ci envisagent que, peut-être, Oracio ne reste pas là pour rien. S'il a bel et bien été tué de façon intentionnelle, je suis en effet la seule à le savoir et à pouvoir faire la lumière sur son histoire. S'il ne rejoignait pas la lumière tant que je ne m'intéressais pas à son cas ?

— Argh...

Je m'avachis contre le plan de travail, désabusée.

— Tu as mal ?

Je ne réponds pas tout de suite, trop abîmée dans mes réflexions.

— Non... soufflé-je enfin. Ça va.

— Tu devrais aller dormir, Boss. Je vais débarrasser, puis je m'assurerai que tu ne loupes pas l'heure du réveil, demain.

Je lui adresse un rictus grincheux qui l'amuse.

Tandis que je me lève en me disant que même si je décidais d'aider Oracio, de toute façon, je n'ai aucune idée de la manière de procéder – je suis commerçante, pas flic – dans mon dos, la musique change. En plein milieu d'un autre morceau pop à base de blonde bien roulée, tout s'arrête, puis une mélodie que j'ai entendue il y a peu démarre. Je la remets en quelques secondes, et sens mon ventre simuler des montagnes russes. C'est celle que Prescott a interrompue avec brutalité, dans sa voiture, la nuit précédente. « Give me love... ».

11. Pissenlit

Ou dent-de-lion, le terme regroupe plusieurs plantes à tige creuse dont l'inflorescence est jaune. Dans le langage des fleurs, il symbolise la jalousie. Voir aussi, « Manger les pissenlits par la racine » (être mort).

C'est fou comme la vie peut être belle, quand on est deux... à se taper les fournées du matin. Bon, il faut dire qu'aujourd'hui, le programme est particulièrement léger du fait qu'on ait envoyé le plus gros hier, avant de partir. On a surtout des plateaux à réchauffer.

En ce troisième jour de festival, le ciel est d'un bleu sans défaut, Bob a dû se faire virer de la sono parce que la musique diffusée en ville est jazzy et agréable, et surtout, personne n'est mort dans la nuit – ou du moins pas que je sache. Je respire un grand coup avant d'essuyer en sifflotant les tables qu'Asher vient de ressortir pour moi sur le trottoir, en prévision de l'ouverture imminente.

— Tu vas mieux, à ce que je vois, grogne-t-on dans mon dos.

Un jour, je jure que quelqu'un va réussir à me tuer en me prenant par surprise.

— Prescott, articulé-je presque lettre par lettre, tu fais exprès d'arriver à chaque fois comme un voleur ?

— Quel est le problème ? Je croyais que tu aimais bien ça, les voleurs.

C'est à ce moment précis que je prends la mesure de mon niveau de bonheur qui crève les plafonds : au lieu de m'agacer, je souris d'une façon tout à fait mièvre. Qu'est-ce que vous voulez ? J'aime la routine. Un Prescott agressif, c'est un Prescott normal.

De son côté, il paraît déstabilisé. Pour une fois que je ne l'envoie pas balader, il faudrait savoir ! Quand je vois son regard sombre fureter à travers la vitrine, je comprends qu'il en a conclu que oui, j'aime mon voleur. Je glousse. Tant pis. Après tout, ce n'est pas faux. C'est un chic type avec qui je suis plutôt à l'aise.

Je choisis d'ignorer la mauvaise humeur maladive de Prescott et m'entends lancer :

— Et si tu buvais un vrai café, pour une fois ? Au lieu de la mixture infâme de la station-service…

Ce coup-ci, il a l'air tout à fait perdu. Il me fixe, la mine ahurie.

— Quoi ? J'ai un truc sur la figure ?

— Tu m'invites à prendre un café au Cap ou pas cap ? déraille-t-il.

Je recule la tête pour exprimer mon étonnement, ce qui ne doit pas manquer de dessiner un fort disgracieux double menton dans mon cou, mais peu importe. Après tout, le festival ne comprend pas de concours de beauté, Dieu merci.

— C'est un café, Prescott, personne n'a vraiment besoin d'une invitation pour aller y consommer.

Il se redresse comme si quelque chose l'avait électrocuté.

— Oui, c'est vrai, admet-il. C'est juste que… depuis que tu l'as ouvert, tu ne m'as jamais officiellement autorisé à y mettre les pieds, alors…

J'en perds l'usage de la parole. Ça fait trois ans que j'ai signé le crédit d'achat de cette boutique, pile une semaine avant le grand retour secret du fils prodigue – foutu destin blagueur. Trois ans que je rage qu'il soit revenu en ville une fois que j'avais enfin

réussi à oublier le passé et à accepter mes racines. Trois ans que je peste qu'il ne fasse même pas mine de regretter notre histoire mort-née. Et lui, il attendait une invitation ?! Tout à coup, je me fous complètement du ciel bleu, de la musique douce, du festival qui va remplir mes caisses ou de ma première chemise. J'ai très envie de hurler.

Comme un fait exprès, Kentucky rapplique. Il a peut-être repéré mon apoplexie flagrante depuis l'intérieur.

— Monsieur l'agent, salue-t-il l'homme en uniforme avec un sourire affable.

— Hum.

— Boss, le téléphone du comptoir vient de sonner. Je ne savais même pas qu'il était en service !

J'en ai rien à cirer.

— C'est ta mère, ajoute-t-il.

— Oh, merde.

Bon, correction, quelqu'un est mort : ma jovialité. J'abandonne les deux hommes non sans un certain soulagement. Sans cette intervention – que je ne qualifierai pas de providentielle puisqu'il s'agit tout de même de ma mère –, qui sait comment j'aurais fini par réagir ? Mal, c'est certain.

J'attrape le combiné du téléphone rétro sur lequel j'ai flashé dans une brocante quelques mois plus tôt.

— Quoi ?

— Dis donc, ma fille, c'est comme ça que tu t'adresses à ta mère ? Je t'ai un peu mieux élevée que ça !

Dans les faits, non. Cependant, il est amusant de constater combien ma génitrice a tendance à oublier qu'elle n'a pas passé une minute de sa vie à m'éduquer, puisqu'elle était trop occupée à faire joujou avec ses cartes.

— Tu as de la chance que j'aie fait ma méditation tantrique, ce matin.

Ouais, ouais, c'est ça.

— *Les cartes m'ont parlé,* annonce-t-elle.

Je pose le combiné un instant, le temps qu'il me faut pour cogner mon front contre le comptoir dans un geste inspiré par mon dépit, puis pour étouffer un cri de douleur à cause des restes de mon accident de porte de la veille.

— Boss ! me gronde Asher avant de saisir ma taille pour me décaler de quelques centimètres, histoire qu'il puisse ouvrir le clapet et passer côté caisse. Arrête de te blesser exprès, je ne vais pas te faire des soupes tous les soirs.

Je ricane un moment, puis un bruit nasillard et persistant me rappelle que ma mère est toujours en ligne. Je reporte l'écouteur à mon oreille, déjà furieuse d'avoir à supporter ça.

— *Capucine, tu vas répondre, oui ? Tu commences à m'agacer. Même la méditation a ses limites !*

— Quoi ?

— *Je viens de te dire qu'on ne dit pas « quoi » !*

— Bon, si c'est tout ce que tu as à me dire, je vais te laisser. On vient d'ouvrir et avec le festival, c'est la folie.

— *Justement ! C'est quoi, cette voix d'homme ? Il a dit être ton apprenti...*

En fond, la machine à café ronronne, signe qu'il y a déjà des clients qui attendent, dans mon dos. Je me tasse dans l'espoir que personne n'entende ma conversation.

— Oui, c'est Asher, mon saisonnier.

Je ne lui ai pas parlé de lui parce que, la connaissant, je savais qu'elle viendrait le torturer pour dresser son profil astrologique, ou je ne sais quelle ânerie.

— *Tout s'explique...*

Parfois, elle me fait penser à un savant fou, sans le côté savant. Je soupire. J'hésite à raccrocher, je pourrais lui dire que j'ai perdu l'équilibre ? Qu'il y a eu une panne de courant dans le secteur ? Qu'un ours est entré dans le café pour voler du cake au miel ? Quoi ? J'ai vu une vidéo similaire sur les réseaux sociaux...

— *Oui, vraiment, tout s'explique...*, répète-t-elle pour que je l'interroge sur la fameuse nouvelle qui l'oblige apparemment à prendre ce ton si énigmatique...

— Qu'est-ce qui s'explique ? Tu peux faire court ? Je n'ai vraiment pas le temps, là...

— *Les cartes ont vu un homme dans ta vie.*

Je ferme les yeux et me masse l'arête du nez.

— *Elles annoncent un déblocage de ta vie sentimentale, enfin ! J'ai cru que je ne serais jamais grand-mère, avec ton mauvais caractère...*

Tu n'as déjà jamais été mère, ce serait dommage...

— *Mais fais attention quand même ! C'est surtout pour ça que je t'appelle. Je ne vois pas pourquoi elles tournent en boucle là-dessus, mais elles voient des morts, autour de toi. Beaucoup de morts.*

Je blêmis.

— *Tu entends ?*

— Oui, j'ai entendu.

— *Ne t'affole pas quand même, hein. Ils ne sont pas belliqueux, ils veulent que tu les aides. C'est rigolo ça, non ? Ma fille, médium en herbe à ses heures perdues.*

— Hilarant.

— *Bon, après, je ne suis pas positive à cent pour cent sur ce tirage parce que c'est un nouveau deck... Il me faut toujours du temps pour y infuser mon énergie et le prendre en main. J'ai renversé du café sur l'autre alors j'ai dû...*

— Maman ! la coupé-je.

Je me mords la lèvre au sang dans un élan de nervosité. En effet, je suis presque certaine que mes prochains propos vont déclencher une catastrophe thermo nucléaire.

— Tu n'as pas plus de détails sur le type d'aide ?

Un silence de mort me répond. Je savais que c'était une mauvaise idée. En trente ans d'existence, je n'ai commis la terrible erreur de m'intéresser à ses délires qu'en trois occasions. Elles se sont toutes passées avant mes dix ans, et bien sûr, ont mal fini.

— *Tu... tu veux connaître les détails de mon tirage ?*

— Non ! Non. Je veux juste savoir, en un mot ou deux maximum, si tu as une idée du type d'aide demandée.

Je n'ai jamais cru à ses talents, tout simplement parce qu'elle n'en a jamais eu. Cependant, quand les esprits veulent quelque chose, ils savent trouver un moyen de l'obtenir, quitte à prolonger mon calvaire en faisant croire à ma mère qu'elle sait lire le futur.

— *Je... c'est-à-dire que j'ai fait un tirage en croix en appliquant la technique de...*

— Un mot !

Je l'entends s'agiter, souffler, marmonner quelques complaintes, puis enfin, elle parvient à se recentrer :

— *La justice ! Ils veulent la justice.*

Et moi qui trouvais que cette journée débutait sous de bons auspices...

— OK. Bon, je te laisse.

— *Attends ! Tu viens toujours me chercher, samedi ?*

— Quoi ? Quand est-ce qu'on a dit ça ?

— *Tu sais bien que je veux poser mon stand de lecture pendant le marché. Et puisque je suis en forme, autant en profiter !*

— Tu es au courant qu'il faut déposer une demande à la mairie, pour ça ? Tout doit être complet, avec le festival.

— *Allons, Capucine, je ne suis pas n'importe qui...*

Ça y est, j'ai épuisé mon capital de patience.

— Salut.

Je raccroche.

Après ça, j'ai besoin de vider mes poumons petit à petit, histoire d'éviter que la boule de stress qui s'est enroulée autour de ma gorge ne me fasse passer pour une hystéro devant les clients matinaux. Quand je parviens à brider ma rage, je réalise que l'unique consommateur qui sirote un café, accoudé à la table de pause, c'est Prescott.

Arghhhhh.

— Elle a l'air sympa, ta mère, lance Asher avec une innocence qui me peine.

Du coin de l'œil, je vois le policier lui faire non de la tête, les yeux exorbités. Mon ventre se contracte. Si ces deux-là copinaient, ce serait une catastrophe. Déjà, je ne sais pas ce qui m'est passé par la tête, d'inviter le policier ici. S'il me prenait au mot et décidait de venir commander son café au Cap, je devrais le voir presque quotidiennement. Je ne sais pas si mon cloisonnement mental y survivrait. Trois ans à s'éviter, j'avais trouvé mon petit confort. Il faut dire qu'en quatre jours, nous avons échangé plus que durant les douze dernières années, et je sens que ça a vite craquelé mes défenses. Je crois que cet homme est ma kryptonite.

— Bonjour, bonjour ! lance un monsieur Clayton vêtu de ses vêtements du dimanche, à l'exception de la veste, qui serait de trop par ce beau soleil.

— Monsieur Clayton ! Vous êtes pimpant ! Qu'est-ce qui nous vaut cette mise en beauté ?

— Ma chère, aujourd'hui, c'est la cérémonie de la révélation. Le meilleur moment du festival, quoi qu'on en dise.

La voix d'outre-tombe de la veille me revient en mémoire et je grince en sourdine.

— Les gens pensent que ce n'est pas très important, donc on ne se marche pas dessus, et pourtant, c'est là que tout se joue. Ces dames vont toutes redoubler d'efforts pour ravir nos cœurs et nos voix. C'est le moment de la récolte de bises chaleureuses et d'accolades parfumées.

— Quel chenapan ! s'amuse Asher.

— Il faut dire que la solitude est pesante pour les vieux machins comme moi.

Je me faufile derrière le comptoir afin de sortir une part de tarte aux abricots – ça, ou du flan, ou encore de la tarte au citron selon ce que j'ai en stock, le grand-père ne bouscule jamais ses habitudes – et de préparer un café au lait. Ce faisant, je me penche sur le planning du festival que j'ai épinglé au mur pour renseigner les touristes à la demande. L'annonce des thématiques des chars est prévue à quatorze heures, devant la mairie. Je devrais pouvoir aller y faire un tour, si je m'organise avec Kentucky.

— *Je suis maudit,* ronchonne le fantôme de l'étudiant qui vient d'apparaître à quelques pas.

Je ne réponds pas, histoire de ne pas l'encourager à déblatérer ses théories existentielles – et de ne pas passer pour une folle.

— *Pourtant, je n'ai rien fait de mal, de mon vivant...*

À part mettre des perles dans sa barbe pour ressembler à un pirate alors qu'il n'a pas de bateau ?

— *Hé !* geint-il.

— On pourrait peut-être venir avec vous ? propose Asher au retraité dont les yeux s'illuminent.

— Vous feriez ça ?!

Kentucky se tourne vers moi.

— Après tout, on est un peu obligés, avec le message flippant de la morte, là...

Je manque de laisser échapper la tasse que je sortais de la machine à café. Mes yeux affolés sautent d'instinct sur Prescott, dont la mine se fait pensive.

— La morte ? s'étonne monsieur Clayton.

— Il plaisante ! interviens-je. Hier soir, on a entendu une annonce à la radio qui invitait d'une façon un peu trop grandiloquente à la cérémonie de la révélation. À mon avis,

l'équipe de la radio régionale voulait donner un côté Halloween à la pub, ce qui n'a aucun sens.

— *Vous savez que ce n'était pas vraiment la radio, qui parlait* ? s'inquiète Oracio.

— En tout cas, oui ! éludé-je. On pourrait fermer le café une petite demi-heure pour aller voir ça. Après tout, c'est le premier festival d'Asher, autant qu'il en ait un aperçu, quand même.

— Le premier ? note Prescott. Parce qu'il compte en faire d'autres ?

Le ton amer du policier n'échappe à personne, si bien que les regards s'orientent tous vers lui, éberlués. Il se racle la gorge, embarrassé :

— J'étais juste étonné parce que ça fait des années que personne de nouveau n'a décidé de s'installer à *Flowers*... Il n'y a rien à faire, ici, concrètement. À part quand on y a grandi ou qu'on y a de la famille, l'intérêt reste limité.

— Bah ! envoie monsieur Clayton. C'est qu'il a trouvé son intérêt, à mon avis.

Il m'adresse un sourire plein de fierté, puis un clin d'œil en ajoutant :

— Je me disais bien que la petite Capucine ne resterait pas sur le marché très longtemps.

Euh...

L'instant d'après, une discussion sommaire sur l'heure avancée et les horaires de boulot conduit Prescott vers la sortie. Je ne sais pas trop pourquoi, mais quelque chose me titille l'estomac, comme un arrière-goût de bourde en préparation. Vous savez ? Quand vous venez d'envoyer un mail sans être sûr d'y avoir mis la pièce jointe, ou que vous venez de quitter la maison et ne vous souvenez pas avoir éteint le four.

Comme je n'arrive pas à mettre le doigt dessus et que ça m'angoisse, je choisis d'occuper mes mains et mes pensées avec un dérivatif. Je m'active donc et aide le papy à s'installer à sa table préférée avant d'aller lui chercher son livre en cours de lecture derrière le comptoir. Puis, j'adresse un signe de tête à Oracio afin de l'inviter à me suivre en cuisine.

Une fois seuls, je balance d'un trait, à la manière dont on retire un pansement :

— OK, t'as gagné, je vais enquêter sur ta mort.

Après quelque chose comme dix secondes d'absence de réaction si intense que j'ai le temps de me demander si un macchabée peut mourir deux fois, il saute de joie. Dans son excitation, ses gestes décousus envoient valser un couteau resté sur le plan de travail pendant la découpe des sandwichs. Il ne s'en rend pas compte, Dieu merci. S'il se mettait en tête d'intervenir dans quoi que ce soit, je prendrais ça comme l'un des premiers signes de l'apocalypse.

— Je suis tellement soulagé ! Je me voyais déjà errer dans ce bled pourri jusqu'à la fin des temps !

Je grimace.

— Si je te mets dans le coup, Oracio, c'est pour que tu te rendes utile. Je ne suis pas flic, moi. Alors il va falloir que tu mettes la main à la pâte. Tu es un fantôme. Tu peux passer à travers les murs et t'incruster chez tous les humains, pas seulement chez moi.

— On commence par quoi ? On interroge les villageois un à un ?

J'étire un long soupir. Ce garçon est un vrai chemin de croix.

— Concentre-toi, le tancé-je. Quand je te dis d'aller laisser traîner tes oreilles, tu y vas, et tu viens me répéter tout ce que les gens ont dit. Quand je te dis d'aller voir ce qui se passe, tu files et tu me rapportes tout ce que tu as vu. Compris ?

Il agite la tête de façon désordonnée. Ce n'est pas gagné.

— On va cuisiner qui ? s'enflamme-t-il.

— Personne. Pour le moment, on va suivre la seule piste qu'on a.

— On a une piste ?!

Mes doigts tapotent nerveusement le plan de travail.

— La radio hantée nous a dit d'aller à la révélation des chars, alors c'est ce qu'on va faire.

— *Quel rapport ?*

Je retourne en salle pour ne pas avoir à encaisser la déception que représenterait mon échec, si je tentais de le secouer pour activer le pois chiche qui lui sert de cerveau.

Treize heures trente-sept. Les haut-parleurs crachotants de la ville battent déjà le rappel depuis presque dix minutes pour attirer un maximum de monde à la cérémonie que les gens du coin appellent « la guerre froide ». Parce que oui, même si sur le papier, il s'agit d'un moment convivial lors duquel les festivaliers peuvent imaginer les chars qu'ils verront défiler dans quinze jours, en réalité, ce n'est ni plus ni moins qu'un combat de coqs. Enfin de poules, plutôt, puisqu'il n'y a que des candidates.

— Hâtez-vous ! s'impatiente monsieur Clayton, qui est resté tout le début de journée avec nous pour attendre ce moment en bonne compagnie, a-t-il dit.

— Presque prêts ! lui répond Asher alors qu'il vérifie que tous les fours sont bien éteints avant de passer un dernier coup sur la machine à café.

Je m'empare des clés de la devanture et vais ajouter la mention « de retour dans une minute » sur la porte. Bien sûr, j'ajoute un *Post-it* qui précise : « après la cérémonie de la révélation ». J'ai dessiné un petit smiley souriant pour faire passer la pilule, mais je me demande si ce n'est pas un peu trop.

— Allez ! Allez ! s'agace le vieil homme.

— Oui !

Asher arrive en courant, les bras en l'air comme s'il venait de terminer un plat dans *Top Chef.* Je ris et verrouille tout derrière lui en quatrième vitesse.

Quand nous prenons la route de la mairie, je comprends mieux pourquoi monsieur Clayton était si pressé de partir. À l'allure qui est la sienne, on risque de manquer le défilé de chars lui-même...

— Le seul jour de l'année où Beatrix est presque aimable... ronchonne-t-il, s'imaginant probablement arriver trop tard.

Là, j'ai un doute. Je veux bien que les différentes compétitions du festival tournent la tête des habitants, mais de là à rendre le cerbère de la supérette sympathique...

— Regardez ! s'exclame Asher. Il y a un service de voiturettes pour les seniors !

Monsieur Clayton grommelle quelque chose prétendant qu'il n'en est pas là, pourtant, quand mon employé part en courant en disant qu'il va en chercher une, je vois le grand-père soupirer d'aise.

— Avec ça, vous y serez en moins de deux, lui promets-je.

Et en effet, dès que Kentucky atteint la petite tente où les chauffeurs attendent, l'un des karts prêtés par le golf huppé de *Belington* s'élance à notre rencontre. Moins de trois minutes plus tard, monsieur Clayton y est installé.

— Je vous rejoins à pied, à tout de suite.

Et la voiturette descend l'avenue principale tout en douceur, usant du klaxon à l'occasion afin de se signaler aux piétons peu attentifs. Je vois Asher qui court dans l'autre sens. Je profite du calme pour faire un tour d'horizon afin de m'assurer que personne n'est trop proche, puis je marmonne :

— Oracio, c'est le moment de briller. Je veux que tu furètes partout et que tu me dises ensuite tout ce que tu auras entendu de suspect.

— *Comptez sur moi !* lance-t-il avant de disparaître dans un tourbillon.

Face à moi, le corps athlétique d'Asher est un spectacle à lui tout seul. Qui a besoin de chars fleuris quand il peut savourer un moment pareil ?

Il me rejoint déjà, à peine essoufflé par sa course.

— Pourquoi tu es revenu ? adressé-je à mon jumeau de tabliers Cap ou pas cap – que nous avons décidé de garder pour attirer les clients. Tu aurais pu m'attendre en bas de la rue.

— Et me priver de trois minutes de tête-à-tête avec la plus belle plante du festival ? répond-il entre deux respirations.

Je lève les yeux au ciel.

À mi-chemin, l'avenue est coupée par des barrières qui ne laissent passer que les voiturettes, et la chaussée est envahie de stands en tous genres. Des tables proposant de l'eau aux visiteurs et des *tote-bags* à l'effigie du festival, des tentes commerciales, des ateliers gratuits invitant à découvrir l'art de la composition florale, celui du potager, ou encore du paysagisme. L'endroit grouille à la manière d'une ruche. Partout, les gens bourdonnent, butinent, sautent de fleur en fleur.

— C'est beau ! s'extasie Asher alors qu'il lève la main vers les lampadaires alourdis de longues guirlandes de fleurs tressées.

C'est vrai que c'est magnifique. Je regrette l'espace d'une seconde de ne plus prendre le temps de venir me balader dans l'avenue depuis que je tiens mon café. Comme avant, je vivais à Washington, et encore avant, je parcourais les départements de France à la recherche de mon paternel, ça fait un bail que je n'avais pas ressenti l'effervescence des festivités.

Devant un établi offrant aux enfants des plantes succulentes affublées d'yeux globuleux autocollants, Asher fait le pitre pour arracher sans peine des rires à deux fillettes. Je souris alors que nous continuons d'avancer.

— Capucine Chevalier ! m'interpelle Tyler, l'un de mes rares camarades de collège resté vivre dans la région après ses études.

Grand et fin, le visage ourlé d'un sourire figé qui lui donne un air gamin, il n'a pas changé. Il vit en dehors du bourg. D'après

ce qu'on m'a dit, il aurait épousé notre prof d'histoire de l'époque et la pauvre femme serait décédée depuis, de vieillesse...

— C'est vrai que tu es rentrée au bercail ! s'exclame-t-il.

— Il y a trois ans...

— Oui... fait-il en se grattant l'arrière du crâne, penaud. J'avoue que je ne descends pas souvent au village. Comment tu vas, depuis le temps ?

— Bien, merci...

Et voilà, je ne sais pas quoi dire de plus. Est-ce que je suis supposée lui raconter ma vie ?

— Je vous fais goûter mon miel, à toi et ton... ami ?

Asher s'avance alors.

— Je ne dis jamais non, sourit-il.

En effet... même si ça aurait pu être avisé de tenter une première avec Lily la chapardeuse.

— Et pour info, je suis bien plus qu'un ami, ajoute-t-il avec un sourire forcé.

Je manque de m'étrangler.

— Asher ! Capucine !

Nous pivotons vers la source de l'appel et voyons monsieur Clayton qui tapote sur les assises des chaises qu'il nous a réservées près de lui, à quelques rangs de la scène montée dans les jardins de la mairie. Je rêve ou il a appelé Asher en premier ? Ça y est, le bellâtre me vole l'affection de mes petits vieux !

— On dirait que le devoir nous appelle, dit-il après avoir exagérément félicité Tyler pour la qualité « époustouflante » de son miel de fleurs sauvages.

Nous nous éclipsons alors et slalomons entre les groupes de badauds et les producteurs locaux qui essaient de placer leur marchandise.

— Comme ça, le vendeur de miel ne sera pas lourd avec toi à la prochaine occasion, me souffle-t-il. De rien, Boss.

Bien sûr…

— Et s'il me plaisait ? m'offusqué-je.

Mon employé me sert un regard moqueur. Je suis incapable de retenir un rire.

— Je vais m'arrêter à un stand d'eau, dit-il. Je crois que ton pote devrait retitrer sa production pour « miel de goudron sauvage ». Je n'ai jamais goûté un truc aussi épais et fort ! On dirait bien que la moitié de mes papilles sont mortes.

Je pouffe et patiente alors qu'il s'insère dans une file d'attente. Pendant cet interlude, un frisson gravit mon dos, comme si un spectre avait fait glisser sa main glaciale le long de mes vertèbres. Je m'agite, et mes gestes convulsifs orientent mon regard sur un détail étrange. Je me fige. À quelques tentes de là, dans l'ombre d'un stand d'huiles essentielles, Beatrix Simmons, la propriétaire de la supérette, se tient en retrait. Je me demande bien pourquoi elle se cache ainsi, puis la vois verser quelques gouttes de je ne sais quoi dans un godet de plastique. Elle replace ensuite le bouchon sur le contenant personnalisé de fleurs roses, avant de se pencher contre les tentures pour guetter quelque chose. Comme personne ne la regarde, dans le stand voisin, elle glisse son bras à l'intérieur et pose le gobelet sur le bord de la longue table. Puis, elle file rejoindre la foule près de la scène de la mairie.

Je reste interdite un instant. Si les fantômes m'ont guidée vers cette scène, est-ce que ça peut vouloir dire que ce qui se trouve dans le verre pourrait être dangereux ?

Je sens mon rythme cardiaque battre des records.

— C'est bon ! m'annonce Asher. On y va ?

Quand sa main se pose dans mon dos, je tressaille.

— Ça va ?

Mon corps voudrait se mettre en branle pour rejoindre monsieur Clayton, mais mon cerveau se voit incapable de quitter le mug fleuri des yeux. À qui appartient-il ?

— Boss ?

— Oui. Oui, pardon.

Je prends appui sur son avant-bras pour me hisser jusqu'à son oreille.

— Je viens de voir quelqu'un verser quelque chose dans le verre de quelqu'un d'autre, murmuré-je.

Quand mes talons retrouvent le sol, le regard tracassé de mon collègue avive mes propres craintes.

— Tu crois que ça pourrait être quelque chose de super glauque, comme du GHB[10], ou un truc comme ça ? marmonne-t-il.

Je fronce les sourcils.

— Non, je crois...

Qu'est-ce que je crois, au juste ? Que quelqu'un va tomber aussi raide mort que Lily en plein milieu du festival ? Aucune idée.

— Oh, mon Dieu ! Quoi que ce soit, on ne peut pas permettre que quelqu'un boive ça, réalisé-je.

— C'est où ? On n'a qu'à le renverser par inadvertance.

— Ou le récupérer pour que Prescott le fasse analyser, dis-je tout en trouvant ça grotesque.

— Asher ! s'agace le grand-père.

— On arrive ! fait-on en chœur.

Autour de nous, tout le monde nous dévisage. Pour la discrétion, on repassera. Je soupire et lance l'impulsion du départ vers le stand d'huiles essentielles. Toutefois, je me fige après le premier pas.

— Oh, bordel !

---

[10] L'acide GammaHydroxyButyrique est aussi appelé « la drogue du viol » à cause de ses effets : chaleur, ivresse, étourdissement, somnolence, confusion et amnésie si consommé avec de l'alcool.

Mon employé suit mon regard épouvanté et se met à courir. Il bouscule deux passants, contourne une poussette de justesse, et arrive en trombe sur la coiffeuse aux cheveux de la même couleur que son mug en plastique épais. Sans réfléchir, il éjecte l'objet d'une pichenette.

— Hé ! Mais ça va pas, non ?!

Ramenée à la réalité par le cri de putois de mon amie, je trottine dans sa direction.

— Je vous demande pardon, lance Asher à toute vitesse, j'ai trébuché et comme un imbécile, je me suis rattrapé comme j'ai pu... Quel maladroit !

Je sens déjà qu'il n'aura pas à ajouter grand-chose pour se faire pardonner, puisque June scanne son corps d'Apollon avec des yeux pleins d'étoiles. Je parierais qu'elle a oublié son mug qui gît dans l'herbe, à l'heure qu'il est.

— June ! arrivé-je enfin.

Elle ne m'entend pas.

— June !

— Capucine ?

— Tu connais Asher, mon saisonnier ? Vous vous êtes vus hier, au Cap, pas vrai ? Je suis désolée, on dirait qu'il ne maîtrise pas aussi bien ses pieds que ses mains...

12. Camomille

La camomille est connue pour faciliter la digestion, lutter contre l'anxiété et les troubles du sommeil. Elle est également symbole de paix, sagesse et patience.

Quand nous franchissons la porte de mon cottage, à vingt et une heures passées, Asher et moi sommes d'accord sur un point : plus de festival des fleurs pour nous. C'est bon pour les touristes et les malades mentaux. Nous, nous avons déjà assez à faire au café pour ne pas nous ajouter le stress des bains de foule en environnement hostile.

Ce soir, nous jetons tous les deux nos chaussures dans l'entrée et nous traînons ensemble en direction de mon canapé, sans même penser à nous nourrir ou nous laver. Dans le salon à la peinture neutre et aux cadres hétéroclites, pendant un temps considérable, seuls nos gémissements meublent le silence.

— Cette journée était plus longue que la normale, non ? dit-il.

— Arghhh.

Après notre petite intervention de héros débutants, June s'est vite sentie mal et nous sommes passés par tous les stades du ridicule… Nous avons proposé de l'emmener à l'hôpital, ce qu'elle a trouvé très exagéré, et un peu suspect. Nous avons voulu l'escorter où qu'elle aille, ce qui l'a énervée puisqu'elle comptait aller aux toilettes en toute discrétion et qu'elle a dû le révéler dans l'espoir de se débarrasser de nous. Nous avons tout de même insisté pour rester avec elle, pensant que son état pourrait empirer. Après ça, elle a vrillé et s'est mise à nous insulter en plein milieu de la rue.

En fin de compte, nous n'avons rien vu de la cérémonie, et n'avons pas eu la moindre révélation côté enquête non plus, puisqu'après nous avoir invités à aller nous faire soigner, June a eu la coulante de sa vie, dont elle nous a envoyé une photo pour nous prouver qu'elle était toujours en vie et que nous étions deux barges.

Pour couronner le tout, le Cap ou pas cap s'est fait prendre d'assaut dans l'après-midi, quand les stands de produits locaux ont plié bagage face à la mairie et que les touristes enivrés de bonheur ont eu envie de continuer la fête.

— T'en as, ici, du vin de pêche ? me réveille Asher.

— Bonne idée, soufflé-je dans un bâillement sonore. J'en ai, mais il n'est pas fait maison, celui-là.

— Ça ira quand même.

Je m'étire tel un matou flemmard, et entreprends de me lever au ralenti.

— Je peux aller le chercher, dit-il.

— Bah ! J'ai des jambes.

Alors que je n'ai pas terminé mon geste, le poste radio de la cuisine s'allume. Son grésillement me fait sauter sur mes quilles, en même temps que Kentucky.

— Putain de merde ! fait-il.

Nous nous dirigeons tous les deux vers la cuisine, et là, assise sur le meuble où est posé le vieux transistor qui peine encore à trouver une fréquence lisible, je frémis en découvrant une femme d'âge mûr.

— Quoi ? me demande l'étalon prêt à partir au galop.

Avant que je ne puisse répondre, les lèvres de la femme aux joues creusées s'animent, et c'est dans le poste que nous entendons sa voix rauque.

— *Vous avez manqué la fête,* accuse-t-elle.

— Oh, bon sang ! s'exclame Asher, alors qu'il attrape ma main. Qu'est-ce que c'est que ce délire ?

— *Je vous avais dit d'aller à la cérémonie, pas sur les stands. Vous avez raté le plus important.*

J'aimerais pouvoir questionner le spectre dont le visage ne me dit rien, mais ça reviendrait à dévoiler ma tare à mon employé.

— *Ne sois pas idiote. Tu vois bien qu'il sait déjà.*

Balbutiante, je ne parviens pas à former des mots intelligibles. Mes lèvres tremblent trop.

— Tu la vois, pas vrai ? souffle mon apprenti. Elle ressemble à quoi ?

Mon pouls bat des records qui ne sont, à coup sûr, pas recommandés pour ma santé. C'est la pire angoisse de ma vie, que quelqu'un mette à nu mon secret honteux. C'est un cauchemar. Peut-être que je me suis assoupie dans le canapé et que rien n'est réel ? Je ferme les yeux avec une ardeur venue du fin fond de ma détresse.

— *Il a su dès le premier soir ici,* maugrée le spectre. *Il a déjà vu la mort.*

Bouffée par la curiosité, je scrute le visage de Kentucky. Décidément, il est plein de surprises. Aussi mal à l'aise que moi, ses épaules, ses yeux et ses lèvres se font tombants.

— Je…

— *Il est mort, spoile* le spectre.

J'ai le sentiment que mes fonctions cérébrales ne sont pas toutes au rendez-vous, tout à coup. Sa main est fermement arrimée à la mienne. Je ne suis pas la seule à le voir, puisqu'il a passé la journée à discuter avec des gens. Je…

— *Il est mort… et il est revenu !* s'agace la morte.

La lumière se fait dans mon esprit et je me sens idiote. J'ai le sentiment d'être l'Oracio de cette femme, et ce n'est pas plaisant.

— Depuis cet accident, m'informe Asher, je sens les entités. J'ai su tout de suite que cette maison était hantée. Quand tu m'as dit qu'il y avait un fantôme derrière moi, je l'avais déjà senti, alors...

Je me taperais bien encore le front, mais j'ai eu ma dose de douleur inutile.

— Je me suis vendue toute seule... conclus-je.

— Bon. Maintenant que tout le monde se comprend plus ou moins, il va falloir rattraper votre retard, gronde le spectre. *Il y a déjà trois victimes. Il est temps que ça s'arrête.*

— Vous voulez parler d'Oracio et de la gigasse ? demandé-je.

— Qui ça ?

— Je ne sais pas, moi ! Tout ce que je sais, c'est que la mort est venue deux fois depuis que je suis engourdie, et que j'ai entendu le rire de Madame, à chaque fois. Quand elle rit, c'est toujours mauvais. Elle est mauvaise. Elle a dit qu'il n'y avait que deux choses importantes : la révélation des chars, et le notaire.

— Qui ? C'est qui madame ? C'est elle qui vous a tuée ? Comment ? Pourquoi ? m'emballé-je.

L'inconnue souffle, puis s'enlise dans une quinte de toux. Personnellement, j'aurais parié sur un cancer des poumons. Elle descend de mon meuble et se gratte l'oreille, comme si un insecte y avait élu domicile contre son gré. J'ai le cœur bien accroché, mais quand même, la scène me donne envie de reculer un peu, au cas où quelque chose de dégoûtant sortirait du conduit auditif. Le froissement émis par le poste radio s'altère alors une seconde, puis revient.

— Je suis morte, comment je pourrais répondre ? En plus, je n'ai plus toute ma tête.

Quand elle tourne les talons avant de disparaître dans la cloison à laquelle elle tournait le dos jusque-là, je pousse un cri en découvrant le trou béant qui laisse apparaître la partie encore en place de son cerveau.

La seconde suivante, c'est de nouveau le silence seul, qui hante le cottage.

— Ben ça ! finit par lâcher Asher. C'était quelque chose !

Je devrais lui poser mille questions, lui faire promettre sur sa vie de ne jamais divulguer mon secret, me mettre à pleurer, peut-être ? Au lieu de ça, j'ouvre le frigo et sors le vin de pêche.

— Oh oui ! fait-il.

Nous tirons des chaises et prenons place à la table. J'extrais tant bien que mal un tire-bouchon ainsi que deux verres rangés sous l'îlot central. Mes mains tremblent. Après le « pop » qui indique que la discussion peut commencer, je nous sers, et sirote en fermant les yeux. Mon cœur bat toujours beaucoup trop vite. Ce qu'il me faudrait, c'est une liqueur à base de camomille. Ça existe, ça ? Ça pourrait être une idée à creuser. J'accueille le silence tel un vieil ami et me vautre en son sein dans l'espoir de faire taire mes angoisses nouvelles.

Nous restons ainsi pendant de longues minutes.

— Mon beau-père me tabassait, petit, révèle soudain mon voisin.

Je rouvre les yeux, mais je ne mets pas un frein aux petites gorgées qui me réchauffent de l'intérieur.

— Un jour, il y est allé un peu trop fort. Le temps que l'ambulance atteigne l'hôpital, j'étais sorti de mon corps… et je me regardais mourir.

Il ne vacille pas. Sa voix est calme. Il me raconte son histoire comme si c'était celle d'un autre.

— Après ça, quand je suis revenu, et crois-moi que j'avais bien les boules de ne pas être resté là où j'étais, j'ai commencé à sentir le froid. Que ce soit celui qui précède les gens malades partout où ils vont, ou celui qui signale les morts, je le sens, sur ma peau et dans mes os. Ça ne me fait pas vraiment peur, en général. Ça me rappelle juste ce jour où je volais au-dessus des gyrophares tout en me voyant à travers l'ambulance.

J'ai une furieuse envie de sangloter, mais je parviens, je ne sais par quel miracle, à tout garder.

— Je n'en parle jamais à personne, dit-il. Parce que ça ne regarde personne.

Ses yeux clairs s'infiltrent dans les miens un moment, puis il ajoute :

— J'ai encore moins de raisons de parler de ce qui ne me regarde pas.

Au fond de moi, je sens une digue lâcher, et en une seconde, l'effet du vin s'émancipe pour devenir une euphorie bouillonnante. Mes joues chauffent de soulagement. Je suis infoutue de parler pour le moment, alors je lui souris pour lui exprimer ma reconnaissance.

Au bout de quelques minutes, il remplit de nouveau nos verres.

— D'habitude, le froid n'arrive pas à me foutre les chocottes, mais j'avoue que cette fois, j'ai bien failli me faire dessus.

J'éclate de rire, et il me suit.

— Je n'avais encore jamais rien entendu, faut dire. Le coup de la radio… c'est vraiment bâtard. Ça m'a fait trembler les intestins, bordel !

— Et encore, tu ne sais pas tout.

Il lève un sourcil, mi-curieux, mi-effrayé.

— Elle ne fonctionne pas.

D'abord, il ne comprend pas ce que je veux dire, puis tout à coup, ses yeux s'allument d'une stupéfaction inquiète, et il se lève d'un geste brusque. Il s'avance vers l'appareil et l'observe. Quand il s'aperçoit qu'il a l'air un peu benêt, à ne pas oser le toucher, il le soulève. Alors, le vieux câble coupé pendouille sous le transistor.

— Oh, putain ! souffle-t-il en le reposant.

Je ris à nouveau, et finis mon verre.

— Tu le savais, hier… marmonne-t-il en revenant à sa place. Tu le savais, et tu es restée parfaitement maître de toi.

— Je ne voulais pas t'effrayer.

Il me fixe toujours, les yeux hallucinés.

— Je trouvais que le froid était déjà une bizarrerie assez encombrante, je n'imagine même pas ce que ça doit être, d'avoir l'image...

Je soupire.

— Ce n'est pas si terrible, une fois qu'on s'y est habitué.

— Je pense que je ne pourrais jamais m'y faire.

J'opine un instant en remontant le fil de mes souvenirs.

— C'est sûr qu'au début, c'était dur. Surtout quand t'es une gamine et que tout le monde pense que tu as un pète au casque.

J'ai un hoquet en repensant au jour où j'ai compris.

— En primaire, il y avait un élève bizarre qui venait me parler à chaque fois que je m'isolais, dans la cour. Les premières fois, j'ai fait comme si de rien n'était malgré son *look* improbable. Il faut dire que les gosses ne se bousculaient pas pour jouer avec moi, alors... À sa quatrième visite, cela dit, je lui ai demandé pourquoi ses vêtements étaient toujours mouillés et ses yeux creusés. Il m'a dit qu'il était tombé dans la rivière, et qu'il avait souvent froid. C'était impossible, puisqu'il y avait une clôture depuis qu'un gamin s'était noyé, des années plus tôt...

— Brrrr, commente-t-il. C'était le petit en question ?

J'esquisse un signe de tête pour confirmer.

— Ce jour-là, j'ai réalisé que les choses que je semblais être la seule à capter n'avaient rien à voir avec l'imagination fertile dont parlait ma mère. J'étais terrifiée, mais les gens à qui j'en ai parlé indirectement ne m'ont pas crue. Alors j'ai appris à avoir peur en silence. Surtout qu'à cette époque, je ne savais pas me protéger.

— Les fantômes peuvent te toucher ? s'étonne-t-il.

— Ils peuvent toucher tout le monde, d'une manière ou d'une autre. Mais il est certain que c'est plus facile avec les gens comme moi, qui sont sensibles à leur fréquence. Quand j'étais

ado, j'étais souvent attaquée par des spectres en colère. J'avais des bleus qui fleurissaient sur ma peau pendant la nuit. J'ai eu beaucoup de mal à convaincre le médecin du village que ma mère ne me tabassait pas.

— Ça a dû être...

Il est catastrophé.

— J'ai survécu, relativisé-je.

Et voilà, mon cœur se serre encore. Si j'ai pu passer l'adolescence sans me jeter d'un pont, c'est grâce à Timothy Prescott, mon ennemi juré aux yeux de tous, mon faux frère, mon meilleur ami dans le secret, et ma seule motivation à me lever le matin, même fourbue.

— Comment tu t'en protèges ?

— Il existe des techniques de cloisonnement mental, expliqué-je, bien qu'elles soient limitées. Et sinon, des talismans, ajouté-je en levant le pendentif d'obsidienne pendu à mon cou. Ou encore, les langages anciens. Le monde des morts a toujours été là, et dans le passé, les gens étaient plus attentifs à ce genre de croyances. Si on cherche bien, il existe pas mal de rituels, runes et symboles très efficaces pour repousser les attaques.

Je prends une profonde inspiration et me lève. Je tourne le dos à mon colocataire temporaire et attrape le bas de mon chemisier de pyjama pour le soulever aussi haut que possible tout en gardant ma poitrine cachée. Le geste découvre le tatouage qui colore ma peau depuis la base de mon cou jusqu'au bas de mes reins.

— C'est un mélange de plusieurs cultures. Il y a des runes vikings, des protections chamaniques, des symboles chrétiens. J'ai mis longtemps à le composer pour qu'il n'ait l'air de rien, un arbre de vie classique, mais ce tatouage est ma meilleure armure.

Derrière moi, Asher reste muet un moment, si bien que je dois me tourner pour vérifier qu'il est toujours là.

— C'est magnifique, finit-il par articuler.

Il tend la main dans l'intention d'effleurer ma peau, mais je fais redescendre le tissu de flanelle à carreaux roses dans un mouvement brusque.

— Je crois qu'on ferait mieux d'aller dormir, préconisé-je. On aura une grosse journée, demain, avec le *Paint & Sip*.

Il ne parle toujours pas. Il reste prostré, son regard bloqué sur mon pyjama.

— Kentucky ?

Sa tête s'incline dans une mimique incrédule.

— Kentucky ? répète-t-il.

Oups. Je souris, comme si ça pouvait remonter le temps et effacer l'offense.

— Tu m'as filé un petit surnom... s'enthousiasme-t-il en se levant à son tour.

Il prend nos verres et va les rincer face à l'évier en fonte pendant que je me morigène d'être aussi maladroite.

— J'adore ! conclut-il en se retournant vers moi.

Pardon ?

— J'aime l'endroit où j'ai grandi, alors je ne peux qu'aimer ce surnom. Mais du coup, ça me donne le droit de t'en trouver un...

Ô pauvre de moi !

— J'ai déjà un prénom ridicule, ça suffit, tu ne crois pas ? Ce serait comme essayer de trouver un diminutif à quelqu'un qui s'appelle Kit.

— Kiki ?

Je grimace.

— Merci, tu viens de prouver que j'ai raison.

Il rit et nous nous avançons dans le couloir au bout duquel nos chambres se trouvent.

— Je prends la salle de bain en premier ! fais-je en m'y enfermant déjà.

Oui, c'est puéril. Et j'assume tout à fait. Je suis fatiguée et je n'ai pas envie de poireauter quand je pourrais aller me glisser entre mes draps.

— Tu as déjà pris ta douche... fait-il mine de grommeler.

— Mais je dois me brosser les dents, dis-je en procédant aussitôt.

Au moment où je sors de la pièce, les dents propres et l'humeur revigorée, je sursaute en trouvant Asher juste derrière la porte. Il a les yeux baissés et n'en mène pas large.

— Tu as cassé quelque chose ? tenté-je.

— On va avoir un problème...

J'attends un instant, puis perds patience :

— Quoi ?!

— Je peux plus dormir. J'ai une pétoche d'enfer. Dès qu'il n'y a plus de bruit, j'ai l'impression d'entendre la voix de la radio.

Je l'observe, interdite.

— C'est une blague ?

— Je t'assure que rien que le prononcer à haute voix me donne envie de me foutre un coup ! J'y peux rien, c'est physique, regarde !

Il tend la main, et celle-ci tremble.

— Qu'est-ce que tu veux que j'y fasse ?

— Tu pourrais me laisser dormir avec toi...

Mon cerveau ne répond plus.

Un bruit incongru tente de m'arracher à mon sommeil bienheureux. J'ai beau négocier avec mes tympans pour que ceux-ci ignorent le désagrément, ils persistent à me signaler que quelque chose cloche.

Excédée, je finis par me tourner avec humeur et repousse mes draps dans le même mouvement. Quand je parviens à me dresser en position assise sur mon matelas dans un râle, mon environnement se fait plus clair et je prends conscience de plusieurs choses. Un : Asher n'est plus à côté de moi, là où il a ronflé la moitié de la nuit. Deux : une fraîcheur bienvenue m'indique qu'une porte est ouverte, quelque part. Trois : des voix masculines me parviennent depuis l'entrée.

Je tends l'oreille, puis vise mon réveil. Six heures quarante. Cinq minutes avant la sonnerie stridente. Je grogne. S'il y a bien une chose que je déteste, c'est me réveiller juste avant que mon alarme ne fasse son boulot. Cinq minutes de gâchées ! Qui peut bien se pointer au cottage à cette heure ?

Je saute du lit en grommelant et calcule qu'il n'y a pas trente-six possibilités... Malheureusement, au moment précis où je reconnais la voix de Prescott – confirmant mon hypothèse – je suis à découvert. J'ai fait le pas de trop qui m'a fait apparaître dans le champ de vision de ces messieurs.

Mon instinct de survie s'affole alors, tandis que les yeux bruns scannent mes cheveux en bataille, le vieux pyjama à carreaux ressorti pour remplacer mon habituel ensemble sexy, et mon air hagard.

— Boss, salut ! Le preux chevalier de *Flowers* a tellement aimé le café d'hier qu'il est venu le prendre directement à la source, plaisante-t-il.

Je réalise alors qu'Asher, contrairement à moi, est presque nu. Un boxer de travers : c'est tout ce qu'il porte, en dehors de sa barbe, de sa rangée d'abdominaux mieux organisés que mon salon, et de ses cicatrices si nombreuses qu'elles font loucher l'agent de police.

— Bonjour, lance ce dernier, déjà en uniforme.

Il dort avec, ou quoi ?

— Je voulais te parler de quelque chose, et je me suis dit qu'il serait plus simple de passer te voir avant le boulot. Il y a trop d'oreilles indiscrètes, au café. Je pensais que tu serais déjà debout, désolé.

— Me parler de quelque chose ? douté-je, les bras serrés sur ma poitrine.

Est-ce que je vais avoir des problèmes à cause de mon comportement étrange de la veille, devant la mairie ? Asher revient vers moi. Je panique une seconde. Je prie très fort pour qu'il ait la présence d'esprit de tourner du côté de la chambre d'amis... Il s'arrête devant moi. Je suis en apnée.

— Au sujet d'Oracio Martin.

Soudain, je ne sais même plus à quoi je pensais la seconde précédente. Je me tourne vers Prescott, les yeux grand ouverts, et constate qu'en miroir, il fait la même tête. Je me reconcentre alors sur Kentucky, qui franchit la porte de ma chambre comme s'il était en terrain conquis. Je pâlis, puis opte pour le déni. Je parcours le couloir jusqu'au policier en quelques pas et propose gaiement :

— Un café, donc ?

Une fois arrivée dans la cuisine, je m'aperçois qu'il ne m'a pas suivie. Je fais demi-tour. Il est toujours dans l'entrée, hébété, le regard scotché à la porte de ma chambre.

— Tu viens ?

— Oui ! Oui...

Il s'approche tout en furetant du regard un peu partout. C'est vrai qu'en trois ans, je ne l'ai jamais invité au cottage.

Avant que je ne l'achète, la vieille maison était à l'abandon depuis un moment. J'ai fait retaper le plus gros par une entreprise qui n'a pas terminé sous prétexte que ses employés refusaient de mettre les pieds sur le chantier à mesure des incidents survenus. Somme toute, j'ai pu obtenir un intérieur propret, presque moderne : parquet clair, portes neuves, peinture fraîche. Mon mobilier, lui, est le fruit de mes pérégrinations. Quelques trouvailles issues de ma chasse au trésor en France, des pièces chinées çà et là, deux trois souvenirs de mes contrats successifs au service de divers ambassadeurs étrangers, à Washington. En

effet, après ma quête d'identité en Europe, j'ai enchaîné les postes de chef de cuisine, dans les maisons les plus huppées de la capitale. Au départ, c'était un peu un hasard, et puis, c'est devenu un moyen de réaliser mon rêve, en me permettant de mettre assez d'argent de côté pour acheter le local du Cap ou pas cap.

— Café allongé avec du sucre ? deviné-je.

— Tu sais, pour le café, ton... gars a dit n'importe quoi. Je n'ai rien demandé.

— C'est moi, qui te demande ce que tu veux.

Il inspire par à-coups, puis obtempère d'un signe de tête plus ou moins approbateur.

— Assieds-toi, proposé-je en me laissant tomber sur une chaise pour donner l'exemple. Alors comme ça, tu as vérifié le dossier d'Oracio ?

Du coup, je me demande où il est passé, celui-là. Pas qu'il me manque, mais s'il est parti vers la lumière, l'enquête n'est plus d'actualité, si ? L'espoir fait vivre.

— Oui. Quand tu l'as cité, ça m'a fait tiquer. Au moment où il est décédé, j'avais fort à faire à cause des frasques de Beatrix Simmons.

J'opine gravement. Je me souviens de la série de scandales qui a animé le village un moment, il y a quelques mois. La propriétaire de la supérette prétendait avoir reçu une lettre de menaces. Elle s'était mise en tête de démasquer le malfaiteur. Pour finir, les plaintes s'étaient mises à pleuvoir de toutes parts : pour intrusion sur propriété privée, agression, propos diffamants, vandalisme... J'avais entendu tellement d'anecdotes ubuesques pendant cette période, que j'avais fini par ne plus y prêter attention. Cela dit, au poste de police, ça avait dû être un épisode éprouvant pour les sept représentants de l'ordre sur le qui-vive.

— La compagnie d'assurance des Price est venue enquêter avant même que je n'aie eu le temps de tout mettre sous scellés. Ils ont conclu à un état vétuste et non conforme des installations qui ne saurait engager leurs fonds. Bien sûr, je suis allé sur place avec Harry, notre seul agent formé pyro. Il n'a rien vu d'anormal,

mais il a admis qu'il n'avait pas assez de pratique pour des conclusions précises. Selon lui, entre les engrais, le réchaud à gaz stocké là et les bidons d'essence pour le rotofile et le tracteur, l'intensité de l'incendie n'avait rien d'étonnant. J'ai appelé le central de Charleston, parce qu'ils ont la plus grosse unité d'expertise criminelle du comté, mais ils ont dit qu'il y aurait de l'attente. J'ai attendu. Je n'avais pas le choix. Malheureusement, ils m'ont rappelé trois jours après la tempête de grêle qui a fini de détruire la grange. On avait ramassé un maximum d'éléments, mais quand j'ai envoyé les photos, le gars m'a dit que sans le contexte du site, il ne pouvait pas être sûr de ses conclusions.

Je manque de m'étrangler avec une gorgée de café quand je vois Asher entrer dans la cuisine et se servir un mug fumant, vêtu de mon peignoir de bain. Prescott s'interrompt une minute, mais avant qu'il ne lise le prénom brodé sur la maille, je le rappelle à la conversation d'un signe de la main.

— Et donc ?

— Euh...

Il semble dérangé par la présence qui farfouille dans le tiroir à couverts.

— Ignore-le, soufflé-je. Asher s'est mis en tête de concourir pour le prix du coloc le plus envahissant du continent américain. Il fout même ses affaires dans ma chambre au lieu de la sienne, c'est dire !

Pourquoi je me sens obligée de préciser ça ? C'est grotesque. Je me fous que Prescott nous pense ensemble.

À ce moment-là, Kentucky laisse échapper sa cuillère, et un juron. Il le fait exprès, ou quoi ? Quand il se relève, il me fusille du regard, comme si j'avais fait quelque chose de mal. Je retiens ma respiration.

— Je vous laisse, grogne-t-il en partant vers les chambres avec son café.

S'il en renverse sur quelque chose ou laisse le mug là-bas, je lui trouve un emplacement au camping.

— Est-ce que tu penses que ça aurait pu être intentionnel ? recentré-je. L'incendie de la grange.

— Je n'en ai pas la moindre idée, mais ce qui me dérange, c'est que je n'ai pas la possibilité de le vérifier. Depuis, ça reste comme une épine dans mon pied. Je n'aime pas ça.

Un ange passe – beaucoup plus discrètement que Kentucky. Est-ce que quelqu'un aurait vraiment fracturé la grange des Price pour y faire cramer les quelques bidons d'essence du vieux tracteur et la réserve d'engrais ? Si oui, pourquoi ? Ça n'a aucun sens. Même si on suppose que la cible n'était pas Oracio, mais Debra, quel serait le lien avec Lily ? Ou avec la drôle de femme au crâne ouvert aux quatre vents ?

— Capucine ?

— Hum ?

— Je peux te demander pourquoi tu m'as posé cette question, sur Oracio Martin ?

Ah oui, mince. Je savais bien qu'à un moment, il faudrait que je m'explique. Qu'est-ce que je pourrais bien raconter ? Tout à coup, je me rappelle le bobard sorti dans l'urgence, au commissariat.

— Je te l'ai dit ! J'ai entendu des gens dire que sa mort ne serait peut-être pas si accidentelle que ça...

— Quels gens ?

Ça sent le roussi.

— Je ne sais plus.

— Tu es sûre ?

Je fais mine de réfléchir alors qu'en fait, tout ce que font mes yeux, c'est sonder le regard suspicieux de mon ex meilleur ami.

— Je suis sûre. Je suis désolée.

— Mais pourquoi tu as posé la question ?

— Je ne sais pas, j'étais nerveuse. Tu m'accusais d'avoir tué Lily, alors...

— Je ne t'ai jamais accusée, se défend-il de son éternel ton égal.

— Oui, enfin, c'était bien parti pour...

— Tu ne peux pas m'en vouloir pour quelque chose que tu as pensé que je ferais.

— Mais, je ne t'en veux pas. Du moins, pas pour ça.

Là, son expression change, elle se fait presque défiante.

— Pour ton information, Boss, je suis prêt, fait Asher, interrompant sans le savoir une joute visuelle qui commençait à me donner envie de battre en retraite.

Je me lève.

— Parfait ! Je vais m'habiller, dans ce cas. Prescott ? Il y avait autre chose dont tu voulais me parler ?

Quand je relève le nez vers lui, je tressaute en constatant qu'il n'a pas encore détourné le regard.

— Pas pour le moment, finit-il par dire.

Il prolonge encore ma gêne pendant quelques secondes – certainement pour le plaisir – puis fait enfin volte-face.

— Bon, je te laisse te préparer alors. Bonne journée, Chevalier.

— Bonne journée ! claironne Kentucky.

13. Cosmos

Le cosmos sulfureux produit différentes teintes de colorants naturels allant de l'orange vif au rouge orangé. La fleur symbolise l'harmonie et l'équilibre.

Si la journée a commencé un peu bizarrement, je suis soulagée de constater qu'elle est réglée comme du papier à musique. Aucune fausse note à déplorer depuis que mon employé chipeur de peignoirs et moi avons débarqué au Cap ou pas cap. Nous avons envoyé les petites douceurs du matin, reçu les lève-tôt, géré les sandwichs du déjeuner, mis la toute dernière réception de romans sur les étagères, et je viens de verrouiller la porte du café.

Tandis que je pose la pancarte annonçant la fermeture temporaire en prévision de la soirée spéciale *Paint & Sip*, je me contorsionne face à la baie vitrée pour apercevoir une partie plus importante du ciel, au-dessus de l'avenue principale.

— Les nuages sont de plus en plus noirs, jugé-je.

— Tant mieux ! On aura plus de monde. Personne n'aura envie d'aller aux ateliers de tressage de couronnes de fleurs et d'empoisonnement de femmes acariâtres sous les tentes chétives de la mairie, plaisante Asher.

Après le comptoir, dans le fond de la salle, là où les gens lisent d'ordinaire, il a vidé l'espace afin d'y installer la longue table pliante sur laquelle nous allons dresser notre stand de peinture. Toutes les petites tables rondes de la zone ont été transférées vers la surface principale, qui ressemble maintenant à une salle de classe tenue par une maîtresse amoureuse de la nature.

— Il faut décaler le stand sur la droite, dis-je, sinon les gens qui seront assis de ce côté ne pourront pas voir le modèle.

— L'employé, tu veux dire ? minaude-t-il en faisant gonfler ses biceps.

Il me fait rire. C'est magique, quoi que cet homme fasse, ça me détend. Comme le font les endroits qui nous sont chers, ou les vieux amis en qui on a toute confiance.

— De toute façon, on n'a pas assez de réservations pour occuper toutes les tables, recentre-t-il très vite. Donc on pourrait laisser celles-ci pour les clients qui viendraient seulement consommer, qu'est-ce que tu en dis ?

L'idée n'est pas mauvaise.

— OK.

— C'est trop facile de travailler avec toi.

— J'avoue. Je pense que je suis un cadeau.

— Ouais, ben ne t'emballe pas trop quand même.

— Ha. Ha. Ha.

Nous poursuivons notre décoration dans la bonne humeur pendant que le ciel continue de s'assombrir, jusqu'à nous obliger à allumer davantage de lumières.

— Eh ben ! s'exclame Kentucky après un tour rapide du côté de la vitrine contre laquelle une pluie drue tape depuis quelques minutes. C'est l'apocalypse, ou quoi ? Je te préviens, je ne retourne pas dans la chambre d'amis ce soir.

— Ne me dis pas que tu as AUSSI peur des orages ?!

— Non. En fait, j'adore les orages. Et c'est exactement pour ça que je veux rester dormir avec toi. On pourra papoter en mangeant des restes de tarte et en profitant des coups de tonnerre.

J'ouvre la bouche en grand, dans une mimique que je sais grotesque, mais contre laquelle je ne peux pas lutter. Cet homme pourrait presque être mon jumeau, si j'avais de la barbe, et des muscles.

Alors que l'atmosphère du café commence à coller au thème de la soirée, je vois Asher se dresser, à l'affût.

— Qu'est-ce qu'il y a ?

La seconde d'après, Oracio apparaît, debout au travers de l'étal où s'alignent les bouteilles de peinture, les pinceaux, les palettes et les éponges.

— Ah, fais-je.

— Tu le vois ? comprend mon employé.

— Tu étais passé où ? grondé-je. Il me semble qu'on avait dit que tu reviendrais faire ton rapport en fin de journée, hier, je me trompe ? Heureusement que je ne peux plus me faire de souci...

L'étudiant avait adopté jusque-là une moue coupable qu'il remballe aussi sec :

— Ben oui ! Puisque je suis déjà mort ! s'irrite-t-il.

— C'est bien ce que je voulais dire.

Mon impassibilité le fait siffler de rage. Il tape du pied par terre avant de s'apercevoir qu'il est au beau milieu d'une table. Il se décale alors, gêné en dépit du fait qu'il n'ait rien déplacé.

— C'est tellement bizarre... souffle Asher.

— Oui, désolée, si tu préfères que j'aille dans la cuisine pour lui remonter les bretelles, je peux, j'ai l'habitude.

— Remonter les bretelles de qui ?

— Je l'avais senti, hier, mais je pensais que personne n'avait remarqué, dit-il.

— Crois-moi, c'est difficile de passer à côté.

— Mais, vous parlez de quoi ? ronchonne Oracio.

— De toi ! Et donc ? Ton enquête ? Ça a donné quoi ?

Il se dandine quelques secondes.

— Rien, je me suis un peu laissé distraire par la fête. Vous lui avez dit ?

— Pardon ?

Si ce n'est pas la meilleure, celle-là ! Monsieur la victime d'injustice qui profite de sa mort au lieu de chercher son assassin !

— Son « enquête » ? Tu es hantée par un fantôme détective ? se moque Kentucky.

— Oh non... fais-je, dépitée. S'il y a bien une chose qu'il n'aurait pas fait de sa vie, c'est devenir détective.

L'étudiant croise les bras sur sa poitrine.

— Qu'est-ce que vous en savez ?

Je hausse les épaules en affichant un air innocent.

— Et puis vous êtes mal placée pour parler. Vous, vous êtes médium, et vous ne voulez même pas aider les morts ! Si ça, c'est pas la lose *! Vous avez eu le job sans effort, et vous êtes nulle.*

J'en laisse échapper les tabliers en plastique que j'étais en train de répartir sur les tables pour les artistes peintres du jour.

— Non mais je rêve ? Il est passé où l'Oracio « ma mère m'a bien élevé », mimé-je en m'appliquant à retranscrire sa posture de jeune qui veut la jouer tellement cool qu'il finit par avoir un petit côté léthargique qui fatigue la rétine. « Je sais faire mes lacets », « Et même que je sais comment faire cuire des pâtes trois couleurs en ne lisant les instructions de la boîte que trois fois, dont une après l'avoir récupérée dans la poubelle »...

Face au chevalet où se tient la toile représentant un joli bouquet de cosmos qui servira de modèle, Asher éclate d'un rire tonitruant. Le spectre et moi l'observons, coupés dans l'élan de notre accrochage. La crise d'hilarité se prolonge. Nous attendons. Il semble sur le point de s'arrêter, croise mon regard, et repart de plus belle. Je pose mes mains sur mes hanches et soupire. Puis j'attends, encore.

Quand, enfin, il cesse ses gesticulations, il lance :

— T'es mon idole ! Cap, tu parles aux fantômes comme si c'étaient tes petits neveux bouffeurs de crottes de nez ! Tu sais que

le reste du monde en a une trouille bleue ? Oh, mon dieu, je n'avais jamais rien vu d'aussi marrant. Vraiment, tu ne peux pas imaginer ce que c'est, de voir un petit bout de femme aussi joli qu'un rayon de soleil et gracieux qu'une danseuse étoile se mettre à *troller*[11] un fantôme. Oh…

Il essuie les larmes qui ont perlé aux coins de ses yeux et se remet à plier des fleurs en origami pour le bouquet qu'il compte exposer sur le comptoir. De mon côté, je me sens merdeuse.

— Bon, Oracio, excuse-moi, j'ai dépassé les bornes. Et pour info, de mon côté, j'ai avancé.

Il me regarde sans saisir.

— Sur l'enquête ! précisé-je.

— Ah ! Mais c'est génial ! Qu'est-ce que vous avez découvert ?

— Il y a une troisième victime. Ou une première, plutôt. Disons que tu étais la deuxième, ce sera plus simple.

— Il y avait quelqu'un d'autre dans la grange avec moi ?!

Ah, non, je retire, ce n'est pas plus simple.

— Non, la personne qui t'a tué a d'abord tué une femme, et ensuite Lily.

À quelques pas, Asher fait tomber le vase de fausses fleurs. Au contact du parquet, le cristal explose si bien qu'il se répand dans tout le café.

— Merde ! jure-t-il.

Je vais chercher le balai et la pelle.

— Donne, m'intercepte mon employé. Les gens dont parlait la femme, hier soir, les trois dégommés. Je n'avais pas compris que Lily était l'une d'elles. Ben ça ! Ça veut dire qu'elle a été

---

[11] À l'origine, le verbe *troller* désigne le comportement d'une personne qui poste des messages polémiques ou inappropriés sur Internet dans le but de provoquer les autres. Avec le temps, le sens s'est élargi pour s'employer également dans la vie physique.

assassinée. Tu te rends compte que si la police découvre ça, on va m'accuser ?

J'aimerais lui dire que c'est faux, mais j'avoue que le petit nouveau qui va jusque chez la victime le premier soir, c'est quand même pratique. Tous les flemmards choisiront le raccourci. Surtout que pour le reste du monde, les deux autres n'existent pas.

Il ratisse large avec le balai pendant que je réfléchis derrière le comptoir.

— *C'est qui, la troisième ? Ou la deuxième, ou je sais pas quoi* ? demande Oracio.

— C'est une bonne question, m'étonné-je. Si on pouvait découvrir l'identité de cette autre disparue, on aurait plus de pistes pour essayer de trouver qui aurait pu faire ça. Déjà, c'est forcément quelqu'un qui n'aime pas Debra.

— La femme du héros ?

J'opine.

— Oracio était son apprenti, à La Jardinerie. Il est mort dans l'incendie de la grange où il travaillait. Un départ de feu dont l'origine reste un mystère. À ce que j'ai compris, il n'était même pas censé y être ce matin-là.

— *Mais vous écoutez quand je vous parle, en fait !*

— Une grange où tout le monde pouvait entrer librement ? questionne mon apprenti, visiblement décidé à aider avec l'enquête plutôt que de se retrouver accusé à tort.

J'interroge l'étudiant du regard.

— *Non. La grange était fermée à clé quand je suis arrivé.*

— Et qui d'autre avait les clés ?

— *Madame Price.*

Je souffle.

— J'imagine que ce n'est pas bon signe ? me questionne Asher.

— La proprio et Oracio étaient les seuls à avoir la clé. Je ne vois pas pourquoi Debra ferait sauter sa propre grange.

— Pour toucher l'assurance ? tente Kentucky.

— Non, Prescott m'a dit ce matin que l'assurance a refusé de payer à cause de la vétusté des installations.

— Mais peut-être qu'elle pensait qu'ils paieraient ?

— Et elle aurait tué son propre apprenti pour un résultat incertain ? J'en doute. Je l'ai vue pleurer pendant des jours, après ça.

— *C'est vrai ?* s'émeut le spectre qui bat des cils.

— Elle habite ici depuis des années. Elle a encaissé toutes les injures depuis son arrivée sans jamais perdre son calme. C'est une sainte, à mon humble avis.

— Ou alors, elle garde tout à l'intérieur, comme une cocotte-minute. C'est le profil parfait pour une série de meurtres en mode relâchement de pression de l'extrême.

Je souris.

— Non, vraiment. Je ne la vois pas faire du mal à qui que ce soit. Le plus probable, c'est que quelqu'un ait essayé de lui en faire. Oh mais j'y pense ! Pour les clés, peut-être que Ed en avait un double ?

Le fantôme hausse les épaules.

— *De toute façon, il n'était pas là.*

— Je sais, mais quelqu'un a volé son trousseau de clés dans sa voiture...

Prise d'une excitation sortie tout droit de mon amour immodéré pour les devoirs bien construits, je vais chercher une feuille de papier pour y noter les noms des victimes. J'ajoute les dates des décès que je connais, ainsi que les différents contextes.

— Lily revenait de la fête de retour d'Ed Price. Peut-être qu'elle a été ciblée par erreur ? proposé-je.

Le visage d'Asher s'illumine.

— Mais oui ! Elle a piqué la moitié des cadeaux de la table. Peut-être que l'un d'eux était… piégé ?

Nous produisons la même moue dubitative. Piégé avec quoi ?

— On pourrait peut-être demander à Robocop de nous donner la liste des cadeaux retrouvés chez elle ? suggère mon employé. Je suis presque sûr qu'il ne peut rien te refuser.

L'idée même de revoir Prescott me provoque un haut-le-cœur. Je ne sais pas pourquoi, mais ces derniers jours, sa proximité m'est de plus en plus pénible. À tel point que je me suis ridiculisée, ce matin. À chaque fois que je le vois, j'ai le sentiment d'être sur le point de faire une énorme bêtise.

— J'ai une idée ! tressaillé-je. On pourrait envoyer Oracio fouiner.

L'intéressé regarde le plafond.

— Oracio !

Il sursaute. Au bout d'un moment, il faudrait qu'il réalise que c'est lui, le fantôme flippant.

— Tu peux aller au poste de police et lire par-dessus les épaules des agents sur l'affaire, s'il te plaît ?

— Mais…

— Arrête un peu. Tu veux trouver ta meurtrière, oui ou non ?

— Comment vous savez que c'est une femme ?

— Ta copine morte me l'a dit.

— Lily ?

— Non, l'autre. Celle de la radio.

— Ah mais c'est elle ! Elle est bien trop terrifiante pour qu'on soit copains. Et si personne n'est en train de lire les rapports ? Je ne peux pas lire à travers les pages…

Probablement que si, s'il fournissait un petit effort, mais je ne compte pas le *coacher*, j'ai déjà bien assez de boulot comme ça.

— Eh ben, tu attends que quelqu'un ouvre un rapport. Ça me paraît simple.

— *En gros, c'est moi qui fais tout ?*

— En gros, c'est toi qui veux savoir qui t'a buté, non ? Et puis, même pas, parce que nous ce soir, on reçoit Debra Price, Beatrix Simmons, June... quasiment toutes les candidates au concours de chars.

Asher fait oui de la tête. Il voit où je veux en venir.

— *Su-per*... râle l'étudiant.

— Ce sont des suspectes potentielles, d'après la première victi... Bon ! Laisse tomber. Va fouiner.

— *Maintenant ?!*

— Oui, maintenant ! Pourquoi pas ? T'as d'autres trucs à faire ? Ils ne risquent pas d'ouvrir les rapports pendant la nuit...

Le fantôme disparaît en maugréant, et mon employé va vider la pelle remplie de verre. Il se lave ensuite les mains, puis revient vers moi.

— On était déjà prêts pour la meilleure soirée d'art de tous les temps, maintenant, on l'est aussi pour une petite partie de Cluedo privée. Qu'est-ce que tu penses de Beatrix ? Elle n'a pas hésité à bousiller les intestins de sa copine pour l'évincer de la cérémonie de révélation...

— Hum.

— Je vais charger un peu le pichet de Cosmos, ça déliera les langues.

— Je ne suis pas certaine qu'on fasse bien de jouer ce jeu, tu sais. L'une de ces femmes est peut-être vraiment une meurtrière...

Il hausse les épaules.

À dix-neuf heures, comme prévu par les *flyers* que j'ai distribués pour faire la publicité de l'évènement, nous ouvrons la porte. Asher a lancé la *playlist* musicale que j'ai préparée il y a plusieurs semaines pour l'occasion. Les plafonniers ne sont pas au maximum de leur capacité malgré le mauvais temps, afin de créer une ambiance cosy tout en assurant une visibilité suffisante aux artistes. La déco champêtre chic est parfaite, avec ses nappes neutres, ses vases remplis de coton et de LED, ses fleurs en papier de toutes les couleurs. Chaque table ronde réservée pour l'activité artistique est pourvue de tabliers jetables, de pinceaux, de palettes, d'une bougie électrique, et d'adorables ardoises indiquant la place de chacun.

— Ben mes aïeux ! s'exclame la mairesse après s'être engouffrée à l'intérieur pour fuir la pluie toujours drue. C'est magnifique ! On se croirait à un vernissage new-yorkais !

Quand j'avise l'ensemble tailleur-pantalon jaune poussin qu'elle porte sous son manteau, je me dis que la déco vient de recevoir sa touche finale.

— J'avoue que je ne pensais pas vous voir ici ce soir...

— J'ai pensé rester chez moi, mais je me suis dit que je ne pouvais pas abandonner la ville.

Mouais. Le moins qu'on puisse dire, c'est que la mort de sa fille unique ne l'a pas anéantie.

— Et puis, pour être tout à fait franche, avec ce temps exécrable, je ne me sentais pas de rester seule.

Je préfère cette version.

Avant que je n'aie eu à trouver quelque chose de réconfortant à dire, June fait son entrée. Fidèle à elle-même, elle ne salue pas l'élue.

— Capucine...

Je vois qu'elle me tient toujours rigueur de mon insistance pendant sa petite crise intestinale… Je peux la comprendre.

— Nous avons inscrit vos noms sur vos tables, mesdames, et puisque c'est l'heure légale pour passer en configuration bar, nous pouvons vous proposer le cocktail spécial de la soirée.

— Un Cosmos ? propose un Asher déjà armé de deux verres aux dégradés de rouge et d'orange et d'un sourire ravageur. Inspiré du célèbre *Cosmopolitan*, modifié à la sauce *Flowers* pour coller à notre atelier du jour et à l'esprit du festival. Vodka, liqueur d'orange, cranberry, citron vert, le tout garni de fleurs cristallisées dans du sucre.

— Avec plaisir ! roucoule la mairesse.

— Sympa la déco, commente froidement June.

— Bonsoir ! lancent Debra et Ed Price, qui s'ébrouent déjà dans l'entrée.

— Donnez-moi vos pardessus, dis-je, nous avons prévu des portemanteaux pour l'occasion, avec ce temps…

— Merci ma petite Capucine, sourit l'ex-docteur.

— J'ignorais que vous veniez peindre avec votre épouse, lancé-je.

— Je la retrouve après des mois d'absence. Si je pouvais aller aux toilettes avec elle, je le ferais !

Tout le monde rit alors que Debra le rabroue gentiment.

— Cosmos ? revient mon employé sur tous les fronts.

— Voilà quelqu'un qui sait me parler ! déclare monsieur Price. C'est parfait, puisque c'est jour de fête.

— Ah oui ? demandé-je.

D'un geste de la main sur son avant-bras, son épouse l'invite au silence. Je n'insiste pas.

— Asseyez-vous, je vous en prie.

Dans les minutes qui suivent, des touristes viennent se greffer à l'évènement et rapidement, toutes les tables encore

libres sont prises d'assaut. Avant même le début de l'atelier, le Cap ou pas cap est quasiment plein à craquer.

— J'ai une réservation, adresse une jeune femme à un Kentucky soudain renfrogné.

Le ton de la demoiselle est un peu sec, et j'ai l'impression que c'est là le talon d'Achille de mon saisonnier. Il a du mal à gérer les personnes agressives, tout simplement parce qu'il est en permanence sur la défensive.

— Bonsoir, interviens-je, mademoiselle ?

— Medlin. Sara Medlin.

La ressemblance avec son père me frappe alors, et je remarque par la même occasion que la mine de celui-ci est moins enjouée, tout à coup. Sara Medlin s'appelait autrefois Sara Price. C'est la fille d'Ed Price, l'ancien médecin déchu devenu chevalier blanc, et de sa première épouse, Susan. Quelques années après le remariage de cette dernière, les enfants de sa première union ont choisi de changer de nom. Ça a dû être un coup dur pour le pauvre docteur, un de plus. À l'époque, j'avais trouvé ça d'une cruauté sans pareille, et maintenant que je vois la façon dont la jeune femme ignore sciemment son propre père, je me dis que les années ne l'ont pas arrangée.

— Bien sûr, fais-je. J'ai en effet une table pour les Medlin. Bêtement, je m'attendais à voir ta mère.

L'attitude de la jeune femme change, et elle affiche un sourire charmant.

— La confusion était facile, avec mon frère, nous ne venons que rarement à *Flowers* à cause de nos études supérieures. Mais bon, ça n'aurait pas pu être notre mère, elle déteste l'art.

Derrière elle, les anciennes du village n'ont rien perdu de notre ébauche de conversation.

— On s'en doutait, vu la tête de ses chars fleuris ! ricane Beatrix, la patronne de la supérette, qui est maintenant assise à la même table que June, la coiffeuse.

En raison de l'affluence de dernière minute, j'ai en effet proposé le partage des tables, suite à quoi ces deux-là se sont

portées aussitôt volontaires. Il faut dire que leurs boutiques sont proches, et qu'elles passent le plus clair de leur temps à s'échanger des ragots comme les enfants collectionnent les cartes à jouer. Si June savait que la diarrhée carabinée qui l'a empêchée de présenter son char la veille était un coup de sa copine...

— Vous n'étiez pas à la cérémonie de la révélation ? rétorque Sara. Cette année, l'agence Medlin a embauché un artiste de *Georgetown* pour aider maman à la réalisation du char. Il est vraiment magnifique, croyez-moi. Ce sera le gagnant. Après tout ce qu'elle a enduré et tous ses efforts, ma mère mérite bien ça.

— On verra... répond Beatrix, dont le regard se fait carnassier.

— Je t'emmene à ta table, si tu veux, reprends-je la main. Je vois que vous êtes deux ?

— Mon frère est à la traîne.

— Tu veux qu'on l'attende ?

— Oh, non, merci, il saura me trouver, je pense. Mais c'est gentil.

— Suis moi.

Bon, le café n'a rien d'un labyrinthe. En réalité, elle ne devrait pas avoir besoin de moi pour trouver la seule table encore vide. Je l'installe cependant sans le faire remarquer et retourne au bar. Dans quelques minutes, l'atelier va débuter, et mon rôle est de m'assurer que les peintres en herbe comme les clients spectateurs obtiennent tout ce qu'ils veulent consommer.

Quand la longue aiguille des minutes indique dix-neuf heures trente, Asher entre dans son rôle d'animateur avec un talent indéniable. Je parierais que cet homme est capable de vendre n'importe quoi. Après trois phrases, même moi, j'ai le sentiment qu'il sort d'un cursus de dix ans aux Beaux-Arts. C'est fou ! Il explique le procédé selon lequel il va réaliser chaque étape de la peinture devant les clients, et passer les aider à les reproduire de leur côté. Il les invite à laisser parler leur créativité, suggère l'utilisation de couleurs différentes des siennes, selon les inspirations de chacun. Tout le monde se montre enthousiaste.

Avant qu'il ne trace les premiers traits sur le canevas immaculé, j'ai presque envie de demander si je peux essayer aussi. Je suis contente d'avoir prévu trois éditions de l'activité pendant le festival, tous les vendredis soir. Je ne doute pas que chacune d'elles sera un franc succès.

Ne perdant pas de vue ma mission, je m'évertue à multiplier mes passages en salle dans le but d'y laisser traîner mes oreilles. C'est ainsi que j'apprends que la cérémonie de révélation des thématiques des chars fleuris a fait de Debra la grande favorite du concours en dépit de l'annonce sensationnelle des Medlin. Rien d'étonnant à cela quand on sait que depuis son arrivée dans la vallée, la nouvelle madame Price fait des merveilles grâce à sa main verte. En fait, avant son installation, le pauvre Ed vivait seul dans le cabanon de guingois situé sur la parcelle de terrain la plus insignifiante de la ville trop proche de mon cottage lugubre et du cimetière, jamais entretenue. Et voilà qu'en quelques années, Debra en a fait un petit Eden qui fournit dorénavant presque tout l'État en fleurs et plantes.

Dans une autre discussion chuchotée par June – du moins c'est ce qu'elle pense, puisqu'en réalité, elle est incapable de la moindre discrétion – la coiffeuse m'apprend que Beatrix a perdu son sang-froid lors de la première réunion du jury chargé de délibérer sur l'attribution du macaron du plus beau jardin de *Flowers*. Là encore, Debra semble avoir pris la tête de la compétition, ce qui n'est pas du goût de la marchande.

Je ne suis pas surprise d'entendre parler principalement des titres en jeu et des tensions entre les candidates. Tous les ans, c'est le même pugilat. Mais de là à penser que peut-être, l'une de ces femmes a perdu la raison et commencé à essayer d'éliminer la grande favorite, il y a quand même un monde, non ? Il y a des limites à l'esprit de compétition. Je ne sais pas moi, la morale ? Ou bien encore, le code pénal ?

Très vite, je perds de vue mes réflexions, trop occupée à servir, encaisser, faire couler les tisanes et le reste.

— Mais regardez-moi ce travail ! fanfaronne la mairesse. C'est incroyable ! Moi qui n'ai jamais eu ne serait-ce qu'un B en art, à l'école, voilà que je me prends pour le nouveau Van Gogh !

— Ce serait plutôt nous, les Van Gogh ! Si vous continuez de parler si fort, on va devoir s'arracher les oreilles, rétorque Beatrix.

— Moi je dis que vous êtes un génie, mon petit, adresse l'élue à mon employé.

Il est vrai que si les premiers coups de pinceau des artistes amateurs ressemblaient davantage à ceux d'un cours de peinture de centre aéré niveau « tout-petits », les conseils et la patience du saisonnier ont payé presque partout. Il reste bien une table de touristes dont les toiles pourraient être classés dans la catégorie cubisme, mais après tout, il a demandé à chacun d'ouvrir la porte à l'improvisation. Bon, là, les deux femmes ont ouvert toutes les portes, et peut-être même les fenêtres, clairement.

— C'était génial ! s'emballe Curtis Medlin, l'autre enfant de Susan et Ed.

Je me penche vers sa toile et m'extasie sur la finesse des fleurs qu'il a produites. Elles sont encore plus belles que celles du modèle.

— On peut s'inscrire tout de suite pour la séance de la semaine prochaine ? demande Debra.

— Tu sais qu'il n'y a rien à gagner ? raille June.

— Oh ! Tes cosmos sont très fins, j'aime beaucoup, lui répond l'intéressée avec une amabilité encore plus marquée que de coutume.

— Mesdames et Messieurs, lance l'animateur, je vous propose de laisser sécher vos toiles quelques minutes. Je passerai un coup de vernis en spray sur les tableaux de ceux qui le désirent tout à l'heure. Qu'est-ce que vous diriez d'un cocktail offert, en récompense de vos efforts ? Ou toute autre boisson de votre choix : tisane, soda, jus de fruit ?

En réalité, c'est compris dans les frais d'inscription des participants, mais nous avons choisi d'utiliser l'effet de surprise afin de ravir les clients.

— Oh oui !

— Comme c'est gentil !

— Génial !

Je souris à Kentucky, mon employé au sens du commerce si supérieur au mien. Quand il se rapproche du bar afin de troquer son tablier de peintre pour celui de serveur, je lui glisse :

— Comme t'as bien travaillé, tu peux en avoir un aussi.

Je lui tends un mug de café sous le couvercle duquel il n'y a évidemment pas une goutte de café. Il me gratifie d'un sourire éclatant.

— Définitivement ma Boss préférée.

Tandis que les clients ravis comparent leurs œuvres et échangent sur leur expérience, des curieux viennent renforcer l'effervescence générale et me voilà de nouveau au four et au moulin.

— Vous n'avez pas servi d'alcool à mes enfants, j'espère ? m'agresse-t-on soudain.

Quand je relève la tête du tiroir-caisse, où je viens de prélever la monnaie à rendre à un autre client, Susan Medlin et sa mine revêche me gâchent la vue. Comme à chaque fois que cette femme se trouve dans les parages, mes tripes frissonnent.

— Voilà, adressé-je au monsieur qui était là le premier.

— Merci.

— Avec plaisir, bonne soirée.

— Au revoir !

— Je n'en ai pas servi à Curtis, puisqu'il n'a pas l'âge pour ça, mais votre fille a présenté sa carte d'identité.

— C'est de l'incitation à la consommation.

Je papillonne une seconde. Dans mon café, il n'y a pas la moindre publicité pour des boissons alcoolisées. Nous n'avons proposé qu'un cocktail unique pour la soirée à thème et avons vérifié l'âge de chaque consommateur.

— En aucune façon, réponds-je d'un ton neutre.

Comme je me doute que ça la ferait sortir de ses gonds, je ne lui propose rien à boire. Elle s'éloigne alors pour aller rejoindre sa progéniture. J'observe le trio quelques secondes. Entre les jeunes gens souriants et la vieille carne, le contraste est saisissant. Surtout que malgré une entrée en matière un peu froide, les enfants se sont montrés charmants. Ils ont papoté avec affabilité par-ci par-là, chose dont je n'ai encore jamais été témoin en ce qui concerne la matriarche.

Au comptoir, Ed m'arrache à ma rêverie.

— C'était très bien organisé, ma petite Capucine. Un évènement comme il en faudrait davantage. Tu sais, je me disais que c'est dommage de limiter ce genre de bon moment au festival.

— C'est que le reste de l'année, il y a beaucoup moins de monde… Je pense que je ne remplirais même pas la moitié des tables.

— Je sais. C'est bien triste.

Il jette un regard à ses enfants au même moment, et je ne peux m'empêcher de me dire qu'il ne parle plus de la fréquentation limitée des petits commerces du bourg. Je remarque que le jeune homme adresse un sourire à son père, avant d'être rabroué par sa mère.

Je m'extrais de derrière le comptoir pour venir donner une accolade au docteur pendant qu'en fond de salle, les gens commencent à se saluer dans l'intention de rentrer chez eux. Je dois retourner encaisser les partants, et Ed va s'asseoir aux côtés de son épouse, qui ne semble pas pressée de se lever. Elle fixe sa toile, fascinée.

Chacun me félicite avant de quitter le café, et je répète à la chaîne que mon saisonnier a fait tout le travail. Je ne suis pas très à l'aise avec les compliments, même si en réalité, nous avons choisi la toile et préparé l'activité ensemble bien avant son arrivée. De toute façon, c'est bien lui qui l'a animée.

Bientôt, il ne reste plus que quelques bavards et le couple Price. Voir le pauvre docteur supporter stoïquement le mépris de ses enfants m'a soulevé l'estomac la moitié de la soirée, si bien que je m'incruste un peu avec eux.

— Vos cosmos sont magnifiques, Debra.

Elle penche la tête mais ne quitte pas le canevas des yeux. La petite femme est souvent dans les nuages, alors je ne me formalise pas de son mutisme.

— Chérie ? Tu te sens bien ? s'inquiète le docteur.

— Vous voulez que je le vernisse ? propose Asher après nous avoir rejoints.

Comme il s'apprête à saisir le tableau, madame Price se met à geindre. Nous tressaillons à l'unisson en la voyant pousser l'animateur et poser sa toile à peine sèche sur son cœur.

— Debbie ? souffle Ed. Qu'est-ce qui se passe ?

Pour toute réponse, elle cligne des yeux au ralenti. Elle semble sur le point de pleurer, ou de s'endormir pour la nuit. Ou peut-être de hurler. Je ne suis pas certaine. Ses lèvres esquissent un sourire, puis un rictus de douleur. Elle est blanche comme un linge et je remarque que la main au bout de son bras lâche frappe sa cuisse dans des gestes désordonnés.

— On dirait qu'elle plane, s'étonne Asher. Ça ne peut pas être à cause des vapeurs d'acrylique, si ?

— Debbie ? répète le docteur en prenant son pouls. Elle est en légère bradycardie. C'est étrange.

Il écoute ses poumons, par réflexe.

— Sa respiration est ralentie… C'est…

Soudain, mon sang ne fait qu'un tour. Et si c'était un autre meurtre ? Là, juste sous mes yeux, dans mon café ! Après tout, depuis le début, chacune des pistes ramène à Debra.

Comme Lily a probablement été empoisonnée, puisque son corps ne présentait aucune marque pouvant indiquer l'origine de sa mort, je ne réfléchis pas plus longtemps. Toute substance ingérée doit pouvoir être vomie. Quelle qu'elle soit, même si son effet a déjà commencé à faire des ravages, en retirant ce qui n'a pas encore fait son office, on doit pouvoir limiter la casse.

Sans rien demander à personne, je dépossède madame Price de sa toile, l'attrape par le bras et la chavire en avant avec force pendant que j'enfonce mes doigts dans sa bouche pour aller titiller sa glotte.

— Capucine ! s'affole le docteur.

Heureusement pour moi, l'effet est immédiat. Un gargouillis de tuyauterie prête à cracher ses entrailles remonte le long de l'œsophage de ma cliente, et l'instant d'après, les cocktails ressortent avec une couleur et une odeur bien moins attrayantes que dans leur version originale.

— Mais enfin, Capucine ! Qu'est-ce qui te prend ? s'alarme monsieur Price.

À son bras, Debra perd connaissance.

14. Cigüe

La ciguë est une plante mortelle qui affecte le système nerveux. Elle pousse spontanément dans les friches et le long des fossés. Pas besoin d'être un as du langage des fleurs pour deviner sa signification : perfidie, poison, trahison.

Après mon intervention musclée jugée violente et inutile par un ex-docteur Price peiné de mon comportement, Asher et moi acceptons à regret de ne pas suivre le couple jusqu'à l'hôpital Saint-Joseph, à *Buckhannon.* Relégués au rang de spectateurs lointains et indésirables, nous reconditionnons le café sans le moindre entrain, dans un silence empesé par nos inquiétudes respectives.

La soirée avait si bien commencé. Elle se termine pourtant dans une ambiance funèbre.

Quand nous arrivons au cottage sous une pluie diluvienne, même la fureur de l'orage qui fait craquer le ciel et la terre ne parvient pas à nous redonner le sourire. Nous nous activons au ralenti, tels des automates accomplissant leurs besognes routinières alors que leurs batteries sont quasiment à plat. Brossage de dents, douche, passage en pyjama... puis quoi ? Malgré l'heure avancée, aucun de nous n'a le cœur à dormir. Nous nous échouons sur le canapé du salon, des tisanes en main.

— Quelle drôle de journée... finis-je par rompre le calme devenu étouffant.

Le grand blond aux cheveux humides laissés libres de leurs mouvements fixe le vide, face à lui. Dans cette position, je parviens à voir son ancien lui : un garçon des rues qui s'est trop battu et qui rêve d'une vie plus conventionnelle. Un CDI, un appartement sans prétention, une voiture assurée...

— Tu crois qu'on va avoir des ennuis ? demande-t-il soudain.

Dans sa voix, l'amertume que j'ai perçue me pince le cœur. En effet, il a saisi l'opportunité que je lui offrais en la voyant comme un nouveau départ, et voilà qu'il se retrouve piégé dans une histoire sordide. Je comprends son abattement.

— Je ne sais pas, avoué-je.

Pour la centième fois au moins, je vérifie mon téléphone portable en espérant y trouver des nouvelles de madame Price. J'ai bien compris que son époux était fâché contre moi pour mon initiative, toutefois je crève d'envie apprendre qu'elle va s'en sortir. J'ai besoin de savoir que je n'ai pas fait une énorme bêtise. En effet, après mon geste guidé par la panique, le médecin m'a expliqué avec fracas que les procédures hospitalières en cas d'ingestion de produits dangereux écartent le vomissement car celui-ci brûle une seconde fois – au retour – les voies digestives et parfois même aériennes. La marche à suivre officielle étant la prise de charbon pour l'absorption des produits et l'appel d'un centre antipoison. Je lui ai dit que le temps qu'on confirme qu'elle avait avalé quelque chose de toxique, ça aurait peut-être été trop tard... Malgré mon argument, il n'a pas desserré les dents jusqu'à leur départ, même après qu'Asher l'ait aidé à charger Debra dans leur voiture. Il est parti sans se retourner. Depuis, j'ai mal au ventre.

Malgré tout, quand je me repasse la soirée, je ne vois pas comment j'aurais pu réagir différemment. Si ça arrivait encore, je ferais sûrement la même chose. Qui aurait pris le risque de laisser mourir une innocente en sachant ce que je savais ?

— Je suis sûr qu'elle va s'en sortir, me glisse Asher en voyant ma mine exsangue, face à mon téléphone muet.

— Si c'est le cas, il faudrait vraiment qu'on trouve qui est derrière tout ça parce que je ne compte plus jamais mettre mes doigts dans la bouche de qui que ce soit.

Il se met à rire tout bas, comme on le fait lorsque l'on est trop fatigué. Alors que je m'apprête à proposer que nous essayions de dormir malgré notre état nerveux problématique, des coups à la porte nous font si bien sursauter que j'en renverse ma tisane.

— Qui peut bien passer à cette heure ? grogne Kentucky dont je note que les poings se forment déjà, prêts à la bagarre.

Il est presque une heure du matin. Vu les circonstances, j'espère juste qu'on ne vient pas m'arrêter... Avant que nous n'atteignions l'entrée, je vois les épaules de mon employé, en passe de devenir un ami, tressauter : le froid.

Quand j'entrouvre la porte, le cœur battant à tout rompre, la silhouette qui se dessine dans l'obscurité entrecoupée d'éclairs me rassure aussitôt. Elle a beau être sombre et vêtue d'un uniforme de police, elle ne m'effraie pas.

— Tim ?

— Je peux entrer ?

J'opine en me dégageant du passage. Sur le paillasson, Oracio grelotte.

— Je l'ai suivi toute la journée... C'était épuisant !

Comme il prend un peu trop son temps à mon goût, je lui claque le battant sur le nez.

— Hé !

Dans le couloir, je fais signe au flic de se diriger vers la cuisine ou le salon, au choix. Il hésite une seconde, puis opte pour la pièce à vivre, où s'étalent les clichés retraçant ma vie.

— Je suis étonné de vous trouver encore debout, dit-il en guise d'entrée en matière.

— Honnêtement, je suis étonné qu'on tienne encore debout ! rétorque Asher. Après une journée comme celle-là...

— Tu es au courant, pour Debra ?

Il prend une inspiration et j'en conclus que oui.

— Est-ce qu'elle s'en est sortie ?

Je suis tellement fébrile que je dois probablement ressembler à une biche prise dans des phares. J'ai beau savoir que je risque gros à insister, je suis incapable de modifier ma trajectoire.

— Elle se remettra, dit-il enfin.

— Oh ! exulté-je, les mains jointes pour remercier le Ciel, la vie, la bonne fortune, la providence, mes doigts, sa glotte, n'importe quoi !

À ma droite, je vois Asher fermer les yeux de soulagement. Il passe une main dans mon dos et je souris.

— Et c'est à toi qu'elle le doit, ajoute le policier. Si elle n'avait pas été délestée de la drogue contenue dans son estomac, elle serait probablement morte d'une *overdose*.

Je retiens ma respiration. Quelles vont être les conséquences de tout ça ? J'ai du mal à les évaluer.

— Capucine, d'après le docteur Price, tu es intervenue dès les premiers symptômes de Debra, qui étaient pourtant mineurs. D'après lui, elle aurait très bien pu avoir un simple malaise. Il a dit qu'en y repensant après coup, il est logique de conclure que tu savais qu'elle avait été droguée...

Le sous-entendu est clair comme de l'eau de roche : c'est suspect.

— Elle lui a sauvé la vie ! s'insurge Asher.

Prescott ignore l'intervention, il me scrute sans détour.

— Est-ce qu'il a raison, Caps ? Est-ce que tu savais ?

Je me sens acculée. J'ai l'impression que quoi que je dise, ce sera forcément une mauvaise réponse.

— J'ai paniqué ! craqué-je.

Le policier ferme les yeux, comme si je venais de confesser un crime foiré.

— Non mais je ne savais pas, hein ! précisé-je.

Ses yeux bruns reprennent espoir.

— Quand je dis que j'ai paniqué, je veux dire qu'avec l'histoire de Lily, je me suis fait un film en quelques secondes. C'est vrai, quoi. Quelques jours plus tôt, tu me dis qu'elle pourrait avoir été empoisonnée. Tu me suspectes, et tout…

Il fait non de la tête mais je ne le laisse pas en placer une :

— Je me suis dit, mince ! Et si c'était un autre empoisonnement ?

Prescott ouvre une bouche ronde, perplexe.

— Je n'ai pas voulu attendre de voir, je n'ai pas réfléchi, j'ai agi. Et crois-moi qu'à la réaction du docteur, je me suis demandé ce qui ne tournait pas rond chez moi. Je me suis sentie ridicule, après tout, on ne sait même pas de quoi est vraiment morte la Dunham.

Quelques minutes d'hébétude générale s'égrènent, pendant lesquelles mon angoisse retombe si bas que je commence à trembler de fatigue. Quand je sens que je suis à deux doigts de me laisser envahir par mes émotions, je souffle un bon coup.

— Je suis désolée, je voulais bien faire. Je ne voulais pas qu'elle meure, c'est tout.

Comme ma voix a déraillé sur la fin, les deux hommes font un pas vers moi, puis se figent pour se jauger mutuellement. J'en profite pour m'asseoir le plus loin possible, à l'abri d'éventuels élans d'affection embarrassants.

— Tu as bien fait, marmonne le policier. J'ai reçu les analyses aujourd'hui, Lily Dunham est bien morte d'une intoxication.

Il y avait peu de chances que ce ne soit pas le cas, mais la confirmation me rassure quand même.

— Écoute, Tim, il faut que je te dise un truc. Je sais que ça va te paraître un peu crétin, mais j'ai réfléchi à tout ça et je ne peux pas garder mes réflexions pour moi.

Il s'assoit à son tour, sur le rebord de mon unique fauteuil, au bout du canapé duveteux.

— Deux morts en quelques semaines, à *Flowers*... Si on admet que l'étudiant, Oracio, est mort dans un incendie criminel et que Lily a été empoisonnée...

Je vois qu'il voudrait m'interrompre, mais je poursuis :

— Je sais ! Rien ne le prouve, mais admettons. Dans ce cas, le dénominateur commun, c'est Debra. Oracio travaillait pour elle et aurait pu être tué par erreur. Lily a piqué les cadeaux destinés aux Price, à la soirée... Je ne sais pas ce qu'il y avait dans ces paquets, mais le fait qu'elle...

— Des chocolats truffés d'une dose faramineuse de drogue, dit-il en même temps qu'Oracio marmonne quelque chose de similaire.

— Des chocolats... répété-je, abasourdie.

Mon esprit s'évade alors dans mon passé et plusieurs scènes de mon enfance me reviennent avec une netteté propre à ces flashs qui nous envahissent parfois, à l'évocation d'un souvenir. Telle la madeleine de Proust, j'ai l'impression de sentir à nouveau le froid du stéthoscope du docteur Price, sur ma peau, et l'amertume de la liqueur de cerise découverte par erreur, sur ma langue.

— C'est du génie, soufflé-je.

— Quoi ? demande Asher, confus.

De son côté, Prescott fait oui de la tête tout en croisant les bras sur son torse. Son manteau de pluie dégorge alors sur les accoudoirs du fauteuil, ce qui l'incite à se relever.

— Monsieur Price est allergique au chocolat, dis-je. Quand on était gosses, il nous laissait manger tous ceux que les patients lui offraient pendant les fêtes de fin d'année.

— Même ceux à la liqueur dont Capucine raffole, ajoute Prescott, moqueur.

Ma déconvenue de l'époque l'avait beaucoup fait rire.

— Et Lily était allergique aussi ? demande Oracio, toujours à côté de la plaque.

— Celui qui a offert les chocolats savait que le docteur ne les mangerait pas, éclaircit Prescott.

— Alors c'est vrai, hoqueté-je, quelqu'un essaie bel et bien de tuer Debra Price...

— Je ne sais pas comment tu en es arrivée à cette conclusion, mais je n'aime pas l'idée que tu te sois mis en tête d'enquêter, grommelle le policier.

Je ne me suis jamais mis cette aberration en tête, que les choses soient bien claires. Si je pouvais faire autre chose de ma nuit, je le ferais.

— Parce que tu détestes ne pas trouver les réponses en premier ? supputé-je.

— Parce que ce n'est pas ton boulot. Et parce que c'est dangereux. Si la personne derrière tout ça se rend compte que tu as fait ces rapprochements, qu'est-ce qu'elle fera, à ton avis ?

Je déglutis avec peine.

— Elle m'offrira une dose de... c'est quoi exactement, le poison utilisé ?

Il grimace.

— Je viens de te dire de ne pas jouer aux flics.

— Gna gna gna.

Il éclate d'un rire qui semble l'avoir pris par surprise.

— De toute façon, tu as d'autres chats à fouetter, non ? se reprend-il. La personne qui a essayé de tuer madame Price ce soir l'a fait dans ton café...

Je me raidis.

— Après qu'une autre victime a été vue pour la dernière fois en compagnie de ton apprenti… poursuit-il.

— Waouh ! s'affole l'intéressé, les mains en l'air. Minute ! Je n'ai rien à voir là-dedans, moi ! La semaine dernière, je ne connaissais personne, ici. Je ne savais même pas qu'il y aurait une fête pour ce type le premier soir, je n'aurais pas pu organiser un emp…

— Je sais, le coupe Prescott. Vous ne savez même pas organiser le renouvellement de votre permis de conduire, je ne risque pas de vous soupçonner de comploter contre qui que ce soit.

Ouch ! Asher fait la moue.

— Ah OK… Je vois, bougonne-t-il en croisant les bras.

— Le fait est qu'il y a beaucoup d'éléments qui pointent dans votre direction à tous les deux.

Je me prends la tête entre les mains et gémis.

— Tim, je te jure que tout ça relève du pur hasard. Je ne ferais jamais de mal à Debra. Je l'apprécie beaucoup.

Il esquisse un geste ample comme s'il balayait les poussières invisibles en suspension dans l'air.

— Je sais.

Nos regards se lovent l'un dans l'autre, et une fois encore, le passé me rappelle à lui. Je nous revois, à seize ans, pendant un de ces concours scolaires ridicules où nous devions mémoriser le plus possible de chiffres après la virgule de Pi. Chacun de nous représentait une équipe différente, comme toujours, et pendant que tout le monde hurlait afin de nous encourager à ne faire preuve d'aucune pitié, nous vivions le duel comme l'un de nos moments intimes. Une de ces fois où, seuls au milieu de la foule qui nous croyait ennemis jurés, nous nous comprenions sans avoir besoin de mots. À l'époque, j'attribuais cette connexion puissante à nos ressemblances qui nous poussaient à nous croire frère et sœur. Aujourd'hui, cette même alchimie me fait un effet bien différent. Un effet qui me terrorise, subitement.

— Du coup, pourquoi tu as fait tout le chemin jusqu'au cottage en pleine nuit ? l'agressé-je, mal à l'aise.

Il esquisse un sourire qui me titille la cornée. Qu'est-ce qui l'amuse ?

— Je voulais te donner des nouvelles de madame Price.

Je me radoucis.

— Et m'assurer que tu comprennes bien la délicatesse de la situation. Demain, les rumeurs vont se répandre.

— Je sais.

— Tu ne pourras pas empêcher les gens de tirer leurs propres conclusions, ajoute-t-il en jetant un coup d'œil rapide à mon saisonnier.

— J'ai bien compris.

— Il reste encore deux semaines de festival, dit-il.

— Je ne vais pas virer Asher.

Les deux hommes se toisent de nouveau, puis Prescott soupire.

— Comme tu le sens.

Je brûle tellement de le voir partir que j'en tourne en rond d'impatience.

— Je vais avoir besoin de la liste des participants à ta soirée, aussi.

— Bien sûr, je vais te préparer ça, mais il y a eu pas mal de touristes de passage, aussi...

— Je ne pense pas qu'ils soient intéressants pour la liste de suspects.

Certes.

— Dans ce cas, ça va aller vite...

Il dresse un index pour m'inviter à attendre pendant qu'il sort un calepin de l'intérieur de son manteau. Quand il est prêt à noter, il envoie un coup de menton en l'air.

— Monsieur et madame Price, bien sûr. Linda Dunham. June Kendrick. Beatrix Simmons. Pia Haussman. Jeremy Newer. Sara Medlin et ses enfants. Laura MacArthur…

Mon cerveau bouillonne une seconde, il revoit la fille MacArthur assise à la table des enfants Medlin, sur la fin.

— C'est tout ?

— Euh… Donnie et Eddie Williams, aussi. Et Jessica Lewis, elle en pince pour Asher. Je crois que c'est tout pour les locaux.

— Merci.

J'opine en me disant que je viens de passer à côté d'une information cruciale en m'éparpillant. C'est un peu idiot, surtout maintenant que je suis rassurée côté répercussions à la suite de mes actes irréfléchis, mais la présence de Prescott me rend nerveuse.

— C'est tout ? lancé-je.

Le policier pince les lèvres. Il laisse passer encore quelques minutes insoutenables durant lesquelles il semble nous jauger tour à tour, puis se dirige enfin vers la sortie avec une nonchalance qui me donne envie de le pousser.

Face à la porte, il s'arrête, et se tourne vers moi. Je me tends.

— Il y avait longtemps que tu ne m'avais plus appelé Tim.

J'ai fait ça ? Quand ? Son regard sombre se plante dans le mien. Ma peau frissonne tandis que je me tétanise.

— Je ne sais pas si ça veut dire que ma punition touche à sa fin, mais je l'espère, Caps.

Et enfin, il relâche la pression qu'il exerçait sur mon cœur douloureux, puis s'éloigne sous la pluie avant de rejoindre son *pick-up* sombre. J'écoute le moteur vrombir comme si c'était une mélodie et regarde les feux de sa voiture s'éloigner sans prêter attention aux gouttes rasantes qui parviennent à m'atteindre malgré l'auvent.

— Eh ben ! me fait bondir Asher.

— Quoi ?! grogné-je tout en refermant la porte d'une main pendant que j'essuie mon visage détrempé de l'autre.

— Après ça, comment tu veux que je rivalise ? C'est déloyal.

Mais de quoi il parle ?

— De quoi tu parles ?

Ses sourcils s'élèvent pour former un chapeau pointu sur son front.

— Le niveau de déni...

— J'ai sommeil, déclaré-je en tentant de m'éclipser.

— Euh... et moi ?

Je me fige.

— Quoi, toi ?

— Je croyais que je devais faire un rapport, tout ça...

— Parce que tu as appris des choses qu'on ne sait pas déjà ?

Alors qu'il allait se lancer dans une diatribe, il reste bloqué la bouche ouverte et les yeux absents. Il réfléchit... je crois. Soudain, ses sourcils et son nez se plissent.

— Ben non ! Le flic vous a raconté tout ce que j'ai découvert !

Je souffle lentement. Ce garçon m'épuise.

— C'est injuste !

— La vie est injuste...

— Mais, je suis mort !

— Ah ben la mort aussi, fais-je en m'éloignant, bien décidée à dormir quelques heures.

— Ah si ! Je sais ! Je connais le nom du poison.

Je reviens sur mes pas avec une énergie si bien renouvelée qu'il recule, comme si je pouvais lui faire mal.

— C'est quoi ?

— Qu'est-ce qu'il dit ? s'enquiert Asher. C'est Oracio ? Le mec qui sait cuisiner des pâtes tricolores ?

— Ouaip.

— Je ne vois pas ce qu'il y a de mal à manger des pâtes tricolores, ronchonne l'étudiant.

Je le savais...

— C'est quoi, le nom du poison ? recentré-je.

Kentucky ressort de MA chambre et s'appuie contre le mur du couloir, curieux.

— C'est pas vraiment un poison, c'est une drogue de synthèse qui affecte le système nerveux. La désomorphine, ou Krokodil.

— Crocodile ? douté-je.

— C'est ce qui était écrit dans le rapport de police...

— Du Krokodil ?! répète Kentucky.

Nous virons de bord pour le dévisager ensemble.

— Tu ne connais pas ? m'adresse le saisonnier. C'est une vraie merde. L'héroïne du pauvre. Une drogue à l'arrache faite avec des médocs, du pétrole, des solvants, c'est connu pour détruire la peau en même temps que le cerveau. Elle a fait des ravages en Arizona.

Je reste bête. S'il y a bien un domaine dans lequel je ne connais rien, c'est celui des opioïdes. Quand on voit des choses bizarres tous les jours, on n'éprouve pas le besoin d'ajouter du loufoque à son existence.

— T'as jamais vu ces vidéos sur les réseaux sociaux, où des gens se comportent comme des zombies ?

Je repense à la pauvre Debra et sens un hoquet aigre remonter dans ma gorge.

— C'est ce que Lily et la cliente de l'atelier ont pris ? s'étonne-t-il. Mais ce n'est pas vraiment du poison.

Je laisse échapper un rire acide.

— Ah ? Excuse-moi de ne pas être d'accord, les drogues dures détruisent les fonctions cellulaires, ce qui est un peu la définition du poison...

— Oui, enfin, ce n'est pas ce que je voulais dire...

— *Le rapport de police concernant Lily disait qu'elle avait ingéré presque trois fois la dose mortelle,* m'indique Oracio.

— Mais elle a mangé combien de chocolats ?! m'étranglé-je.

Le fantôme hausse les épaules.

— Ce qui est sûr, c'est qu'il ne doit pas y avoir beaucoup de fournisseurs de ce type de drogue dans le coin, réfléchit Asher tout haut. Avec un indice pareil et la liste des présents, ton copain devrait vite mettre la main sur le tueur. Voilà qui va améliorer grandement la qualité de mon sommeil. Allez, zou, au lit, femme !

Il faut que je pense à appeler le camping à la première heure.

15. Tournesol

Les fleurs de tournesol suivent le trajet du soleil tout au long de la journée afin d'être toujours orientées face à la lumière. Le tournesol est symbole de rayonnement et de bonheur, mais aussi d'orgueil.

En dépit de mon épuisement, j'ai très peu dormi. À chaque fois que je pensais enfin sombrer, le sentiment collant d'avoir laissé filer quelque chose refaisait son apparition. Alors, toute l'histoire se remettait à défiler dans ma tête, telle une vieille bobine de film. Pas le film de l'année, soyons honnêtes. Alors, quand le bruit de sirène de mon téléphone filaire me réveille en fanfare à six heures, je me dis que le meurtre n'est peut-être pas une mauvaise réponse à tous les problèmes.

— C'est quoi, ce raffut ? grommelle Asher après la dixième sonnerie, alors que la seconde m'a fait fourrer ma tête sous mon oreiller.

— Le téléphone.

— Et tu ne comptes pas le décrocher ?

— Non.

— Pourquoi ?

— C'est ma mère.

— Comment tu le sais ?

— C'est la dernière personne au monde à utiliser les lignes fixes.

— Qu'est-ce qu'elle a contre les mobiles ?

— Leurs ondes pourrissent sa « réception karmique »...

— Ah.

— Comme tu dis.

— Du coup, pourquoi tu as une ligne fixe ?

Je hoquette. Ce n'est pas bête, ça ! Le tapage s'arrête enfin, et nous gémissons de plaisir à l'unisson.

— Tu crois qu'elle a lâché l'affaire ? me souffle mon squatteur, plein d'espoir.

— Aucune chance.

Et comme pour me donner raison, le tintamarre reprend de plus belle.

— Grrrrr, fait l'étalon devenu ours.

Il se lève d'un bond qui provoque une onde de choc à travers le matelas. L'effet est agréable, tel un micro-massage. J'en profite pour reprendre mon territoire et m'étaler comme il se doit. Quand en plus, les sonneries s'arrêtent, je souris à la vie.

Ce n'est qu'environ cinq minutes plus tard, en percevant le rire de Kentucky, que je réalise ce qui vient de se passer.

— Mais non ! grogné-je. Pourquoi ?

Il revient déjà.

— C'est l'heure de te retransformer en princesse, dit-il. Il faut qu'on parte plus tôt, on doit passer chercher ta mère.

— Mais pourquoi tu as pris l'appel ? me lamenté-je.

— C'est ce qui se fait, quand un téléphone sonne.

— Mais pas quand c'est ma mère ! L'instinct de survie, ça ne te parle pas ?

Il rit. Qu'est-ce qu'il y a de drôle dans la perspective de traîner un boulet le reste de la journée ?

— Allez, lève-toi. Elle ne peut pas être si horrible.

— On voit bien que tu n'as aucune idée de ce dont tu parles… pauvre fou.

Il pouffe et me balance mon propre oreiller en travers de la figure avant de fuir comme un lâche.

— C'est ça ! Va te cacher dans la chambre du fantôme !

Au moment où, comme prévu, il revient, indécis, je l'assomme presque à l'aide de mon traversin beaucoup plus compact. Je crains une seconde d'y être allée trop fort, mais il éclate enfin d'un rire enfantin avant de se jeter sur moi pour me repousser sur le lit. S'ensuit alors une joute épique de laquelle je prétendrai à vie être sortie victorieuse, et pas du tout sur les fesses, échevelée, à bas de mon matelas.

— T'es barge, Boss.

Ce matin, le soleil a repris ses droits. Il chasse les derniers nuages, les repoussant de ses longs rayons qui fendent le ciel. Les trombes d'eau de la nuit exacerbent les odeurs de la nature. Les chants d'oiseaux sont encore timides, mais pas moins mélodieux que d'ordinaire. Sur les bords de la route qui remonte le vallon, on dirait que la forêt entière s'ébroue lascivement pour se débarrasser des restes de l'orage. Partout, les gouttes rondelettes tombent des hautes branches pour venir gorger les sols mousseux qui seront secs avant la fin d'après-midi.

Quand la maison de ma mère apparaît, au bout du chemin de gravier, je vois bien que le gamin des rues du Kentucky est admiratif. Ça ne devrait pas durer très longtemps.

Avant que nous ne soyons descendus de ma Coccinelle, la grande femme maigrichonne aux cheveux blonds et à la peau

diaphane qui m'a donné la vie sort de son antre, tel un coucou surgi d'une horloge démodée trop colorée.

— Ah ! Enfin ! piaille-t-elle comme si elle avait attendu notre venue pendant des siècles.

Je vérifie l'heure sur mon portable : il s'est écoulé exactement trente-sept minutes depuis son premier appel.

— J'ai cru que vous vous étiez rendormis !

Les yeux absents de ma mère se focalisent sur l'homme au physique *instagrammable*, et soudain, l'urgence qui les agitait encore une seconde plus tôt disparaît. Comme le moment s'étire, je soupire.

— Où est ta table ?

Hortense Chevalier, médium. Et pas organisatrice, de toute évidence. Elle cligne des yeux à répétition, ce qui ne l'aide pas à trouver une réponse à ma question.

— Il te faut une table, pour ton stand, non ? m'agacé-je.

— Mais tu dois bien avoir ça, au café.

Je note un début de reflux gastrique, au bout de mon œsophage. Elle s'avance et tend une caisse en plastique à mon saisonnier.

— Bonjour ! Ravie de faire ta connaissance, Asher ! Il va falloir qu'on parle sérieusement, tous les deux... De ma fille, bien sûr.

Le beau gosse m'adresse un regard amusé.

— Mes tables sont lourdes, reviens-je à la seule conversation importante. Je ne vais pas en trimballer une jusqu'en bas de l'avenue. Tu as appelé la mairie, au moins ? Tu es sûre d'avoir une place ?

D'un geste de la main, elle m'indique que mes futilités l'ennuient. Je me masse les tempes. Ma mère attrape le bras de Kentucky pour le guider jusqu'au coffre de la voiture, qu'elle ne lui ouvre pas bien qu'il soit maintenant chargé de ses affaires à elle.

— Tu es de quel signe astrologique, Asher ?

Avant qu'il n'ait pu répondre, elle l'interrompt :

— Non ! Ne me dis pas ! Capucine est Scorpion, donc si tu as réussi à la débloquer, c'est que tu dois être Cancer !

Je me demande combien c'est, la dose mortelle de Krokodil… par pure curiosité.

— Gagné ! fait mon escroc d'employé alors qu'il ouvre le coffre d'une main et y dépose les affaires de madame la marquise de l'autre. Débloquer Capucine… le bonheur…

Je lui adresse un regard assassin qui le fait pouffer et remonte derrière le volant en faisant claquer ma portière avec humeur.

— Grouillez-vous ! Le taxi n'attendra pas longtemps ! beuglé-je.

Dans le rétroviseur, je vois Asher ouvrir l'arrière à ma mère avant de l'inviter à prendre place. Elle est tout heureuse, et mon traversin me manque.

Pendant le trajet du retour vers le village fleuri que je vais devoir contourner en intégralité pour pouvoir rejoindre le Cap ou pas cap à cause du marché, ma mère raconte sa vie. J'aurais pu craindre qu'elle n'étale les détails de la mienne, mais je la connais trop pour me faire ce genre de souci. Dans le petit monde merveilleux d'Hortense Chevalier, il n'y a de place que pour Hortense Chevalier. On pourrait penser le concept un peu étroit, mais pas elle. De fait, elle n'a pas assez de recul pour voir le problème.

— Je vais te déposer à l'entrée du village, lui annoncé-je, comme ça tu seras proche de la tente d'orientation montée par l'équipe municipale. Il y a toujours quelqu'un pendant le festival, Dunham fait travailler tout le monde H24.

— Mais, comment je vais faire avec mon fatras ?

— Comme tout le monde, réponds-je. Heureusement que tu n'as pas prévu de table, finalement.

À ma droite, je fais de mon mieux pour ignorer les gros yeux de Kentucky. Il peut me juger autant qu'il veut, j'ai assez donné à ma mère pour savoir quand il ne convient pas de fournir des efforts. Si je répondais à toutes ses lubies, je n'aurais pas de vie, et plus de santé mentale.

Quelques mètres après le panneau présentant le bourg en grandes pompes, je me range sur le bas-côté. Bien sûr, ma mère ne bouge pas. Elle pense sans doute que je vais sortir lui ouvrir la portière et lui donner sa cagette de grigris.

— Tu dors ?! grondé-je.

— Non !

— Bon, alors dépêche-toi. On doit aller ouvrir le café, nous.

Deux ou trois regards infanticides plus tard, elle libère enfin ma banquette arrière. Comme elle s'éloigne à pas lents, je la hèle par la fenêtre.

— Tu comptes tirer les cartes sans cartes ?

Elle hoquette, puis fait le tour de la voiture afin d'aller chercher ses affaires. Elle bataille un moment avec le coffre, et finit par y arriver.

— Je te jure… marmonné-je.

— Tu es une vraie peste, en fait ! s'étonne mon apprenti.

— Tu n'as pas idée.

Les touches de caramel que j'ai ajoutées à mon café roulent sur ma langue, adoucissant par petites doses l'amertume qui commence à m'envahir. Le Cap ou pas cap est ouvert depuis plus d'une heure, et nous n'avons servi que trois cafés, en comptant le mien.

— C'est bien calme, aujourd'hui… fait remarquer monsieur Clayton.

On se demande pourquoi, songé-je, caustique. Appuyé contre le meuble où trône la cafetière, Asher m'adresse un long soupir. Encore une fois, la vitesse de propagation des rumeurs est stratosphérique. Après l'incident d'hier soir, on dirait que tout le monde s'est passé le mot pour fuir le café qui empoisonne ses clients.

La première semaine avait pourtant si bien marqué le début du festival. Pourquoi a-t-il fallu que cette satanée meurtrière vienne officier chez moi ? Si jusqu'à présent, je ne la chassais qu'avec une motivation limitée, et principalement guidée par mon amour pour ma tranquillité, là, ça devient personnel. Qui que soit cette « madame » assez folle pour ôter la vie de ses voisins, je dois la débusquer, et la dégager du paysage. De MON paysage.

Alors que mes nerfs sont si bien noués que j'ai l'impression d'être en plein atelier de macramé, mon humeur s'enfonce encore quand ma mère apparaît dans mon entrée. Elle pousse la porte avec maladresse et commence à râler avant même d'avoir terminé son geste.

— Eh bien ! Tu ne vas pas m'aider ?

Non.

— Laissez-moi faire, intervient Kentucky, déjà presque auprès d'elle.

— Laisse-moi deviner, il n'y avait plus de place, ronchonné-je.

— Un détail qui ne saurait me faire renoncer à ma mission ! s'exclame-t-elle. Oh ! Tu as des muffins au chocolat !

— Hum.

Bien sûr, le traître s'empresse d'aller lui en chercher un.

— Vous voulez un café ?

— Avec plaisir ! Heureusement que tu es là… parce que ce n'est pas ma fille qui réagirait.

Je retourne à mon observation de l'avenue, indifférente aux pépiements de ma mère. En bas de la rue, le grouillement provoqué par le marché est contenu derrière les barrières qui coupent la circulation motorisée. Aux visages qui se tournent de temps à autre vers ma vitrine, je devine être au centre des conversations du jour. Ce n'est pas un sentiment agréable, loin de là.

— ...Elle a toujours été dans son monde, tête de linotte, poursuit Hortense comme si je ne me trouvais pas à quelques pas. Elle a de la chance que je ne sois pas une mère comme les autres, que je sois portée sur la liberté et le respect de l'individualité...

La liberté ? C'est sûr que quand on en arrive à ne pas remarquer que sa fille de dix ans n'est pas rentrée de l'école depuis deux jours, on peut se targuer d'être un expert en « respect de l'individualité »...

— Il n'y a pas foule, ici, dites donc ! s'interrompt-elle toute seule – comme tout ce qu'elle fait.

— C'est jour de marché, dit monsieur Clayton, peut-être que les gens viendront après.

Ma mère semble seulement remarquer le vieil homme. Elle l'observe un instant, puis revient à Asher.

— Je me suis toujours douté que ça ne marcherait pas, cette affaire, lui souffle-t-elle. Les gens du coin sont casaniers, ils restent chez eux la plupart du temps.

Je me mords la langue pour ne pas faire de commentaire. Typique de ma mère. Elle sait tout, mais ne fait rien. Je ne suis bonne à rien, mais suis en charge de tout : les comptes, l'entretien, les déclarations d'impôt, les rendez-vous médicaux. Puisque je n'ai pas la chance d'être une grande médium, comme elle, je peux bien me dépatouiller des basses besognes humaines.

— En fait, grâce au sens de l'organisation inné de votre fille, cette affaire marche très bien, lui répond mon saisonnier. Tellement bien que je nourris l'espoir presque secret de m'y faire embaucher à l'année.

Là, je lève un œil vers le comptoir, où Kentucky me sourit.

— Je peux me contenter d'un tout petit salaire... précise-t-il à mon attention.

— Mais enfin ! éructe ma mère. Ce n'est pas déjà décidé ? Capucine ? Tu ne m'as pas écoutée ? Je t'ai dit que les cartes te prédisent une histoire solide. Ne me dis pas que tu vas passer à côté parce que tu n'es pas capable d'accepter la guidance ?

Je devrais peut-être fermer le café pour la journée ? Ça règlerait plusieurs de mes problèmes du moment : je pourrais aller me réachalander en prenant mon temps, pour une fois. Je n'aurais pas à regarder les rumeurs laver le cerveau des passants. Et surtout, je n'aurais plus à supporter les jacassements d'Hortense.

— Vous les avez avec vous, vos cartes ? tente monsieur Clayton.

Aussitôt, la médium prend la question pour un signe du destin l'incitant à faire parler son « art » et installe son barda à la table la plus proche de la vitrine.

— Puisque vous êtes mon premier client de la journée, je vous fais un tirage gratuit ! propose-t-elle.

Mon petit papy préféré abandonne alors son roman policier et vient prendre place face à la cartomancienne qui déplie sa nappe imprimée de lunes et de soleils dorés. Très vite, ces deux-là s'abîment dans une conversation aussi existentielle qu'incohérente.

— Un sacré numéro, ta mère... me souffle Asher.

J'opine en poussant un long soupir.

— Ne la laisse pas te manipuler, lui dis-je par réflexe.

Il sourit.

— Si tu parles de notre destin amoureux, il me tentait déjà avant qu'elle le suggère.

Je manque de m'étrangler.

— Mais je suis un grand garçon, je sais qu'on n'a pas toujours ce qu'on veut dans la vie... ajoute-t-il en retournant

briquer le comptoir pour la quatrième fois alors que personne ne l'a sali entre-temps.

Je ne le suis pas des yeux pour qu'il ne soit pas témoin de ma confusion. Pourquoi je ne rougis pas en me trémoussant d'excitation ? Pourquoi tout ce que je ressens, c'est de la gêne ? Une impression désagréable de ne pas être à la hauteur de ses attentes ?

Alors que je regarde la rue sans la voir depuis un moment, mon attention est bousculée par l'arrivée d'une voiture de police qui se gare juste devant l'entrée du poste. Mes viscères se contractent, et l'instant d'après, Susan Medlin est extraite du véhicule par un Prescott à la mine fermée. Quand il lui ouvre la porte pour la faire pénétrer dans le commissariat pendant qu'un collègue surveille la rue et qu'un autre se poste à quelques pas, je remarque qu'elle est menottée.

— Ben ça !

Asher me rejoint. Monsieur Clayton et Hortense se lèvent pour assister aux dernières secondes de la scène alors que je remarque l'étudiant près de moi.

— C'est Susan Medlin, constate la grande médium...

— Alors, c'était elle ? souffle mon saisonnier.

— On dirait. Je ne vois pas pour quelle autre raison Prescott l'arrêterait.

— Parce que c'est une sale vipère ? propose ma mère.

— C'était elle qui a fait quoi ? questionne monsieur Clayton.

— Qui a tué Lily, soufflé-je en pensant également à l'étudiant et à la femme à la robe sombre.

— Cette petite femme-là ? s'indigne Oracio, comme si elle n'était pas assez impressionnante pour pouvoir prétendre au poste de meurtrière.

Nous restons hébétés un temps interminable pendant lequel je revois le schéma de l'enquête que j'ai laissé au cottage. Si Susan est derrière tout ça, peut-être que le mobile n'est pas la

course aux titres du festival, mais seulement la vieille rancune qu'elle nourrit pour son premier mari.

Ça pourrait être un soulagement, mais sans savoir pourquoi, je trouve ça encore plus triste. Des décennies se sont écoulées depuis le scandale à l'origine de leur séparation sulfureuse. De l'eau a coulé sous les ponts. Surtout que pendant les dix premières années au moins, Susan avait le beau rôle. Elle était la victime innocente, la pauvre femme qui avait prétendument vécu avec un monstre et qui tentait de se reconstruire. Elle a récupéré quasiment tous leurs biens, a fait un remariage clinquant. Et voilà que, maintenant qu'il a enfin remonté la pente, elle lui retombe dessus. Pourquoi ?

Le carillon de l'entrée me sort de mes pensées maussades et je réalise qu'une grappe de clients pénètre dans le café.

— Bonjour, bonjour ! lance Asher, un torchon sur l'épaule.

Les gens s'installent sans attendre, aux tables les plus proches des fenêtres...

Incroyable. J'en suis pantoise.

Il y a dix minutes, le Cap ou pas cap était l'endroit à éviter si on ne voulait pas finir empoisonné, et tout à coup, il devient la première loge de l'arrestation du siècle. J'en ai la nausée.

— Oh ! Vous êtes médium ?

— Oui, évidemment ! Et j'officierai ici toute la journée. Si vous voulez un tarot, faites la queue. C'est quarante dollars pour le tirage général, et dix dollars par question particulière.

— Il faut s'inscrire où ?

— Adressez-vous à ma fille, elle s'occupe de l'intendance.

Je file me barricader derrière le bar.

16. Myosotis

Appelées « forget-me-nots » en anglais, les fleurs de myosotis expriment l'amitié sincère ou l'amour véritable.

Le dimanche est un jour sacré, celui de ma grasse matinée hebdomadaire. Comme la plupart des habitants du bourg sont à l'Église, je ne prends pas la peine d'ouvrir le café. En revanche, je prends celui de me reposer comme il se doit : c'est-à-dire en bavant sur mon oreiller.

Quand j'étais enfant, c'était encore l'une de mes tares par rapport aux autres écoliers de *Flowers* : je n'allais pas à la messe, ni au catéchisme. Ma mère n'avait pas le temps pour ça. Je ne m'en plains pas, ne pas savoir ce que je manque me permet de dormir en toute sérénité. En plus, c'est l'endroit où les rumeurs enflent avec le plus d'efficacité, si bien qu'il ne m'attire pas du tout.

— *Il faut vous réveiller !* me souffle-t-on à l'oreille.

La voix n'a rien d'agréable. Elle est très loin du timbre suave que mon colocataire temporaire s'emploie à adopter à chaque fois qu'il prend plaisir à m'embêter. Le ton est râpeux, ici, et l'haleine a quelque chose de putride. Pas le meilleur moment de mon dimanche.

— *Debout !*

Je bondis sur mes fesses, les cheveux dans les yeux. Dans les maigres filets de soleil qui filtrent à travers mes rideaux, une silhouette sombre me glace le sang. Droite, immobile, on dirait qu'elle s'entraîne à jouer les cadavres pour son enterrement. Pendant quelques secondes qui me sont une véritable torture, elle reste là, absente mais bien visible. Un spectacle des plus dérangeants. La petite femme jadis tirée à quatre épingles, dont la robe austère est rendue rigide par endroits à cause des traînées de sang qui ont séché le long de son cou et sur tout le côté droit de son jupon, ne bouge pas.

— *Il faut faire quelque chose !* s'agite-t-elle, comme si elle se souvenait soudain pourquoi elle était dans ma chambre. *Madame est en colère... Elle va faire quelque chose de mal, c'est certain.*

Je me laisse retomber dans le confort de mon matelas. Je constate en passant que mes draps sont imprégnés des fragrances viriles de la peau d'Asher : des notes musquées qui effacent au moins en partie les relents du fantôme. Où est Asher ?

— *Vous ne m'écoutez pas du tout...* se désole le fantôme. *Personne ne m'écoute jamais, de toute façon. Je suis là pour tout faire briller et ne pas me faire remarquer...*

Je reviens à elle, curieuse.

— Vous travaillez pour « madame » ? À l'entretien de la maison ?

Elle ne prend pas la peine de répondre, ma question lui est farfelue, de toute évidence. Il faut savoir que la plupart du temps, il est fort compliqué d'avoir des échanges avec des spectres, en particulier quand ils sont traumatisés par leur mort. Accepter leur décès est difficile. Souvent, ils restent bloqués sur leur vie passée et tournent en boucle comme s'ils avaient toujours à mener leurs tâches à bien. Cette femme, par exemple, ne m'a jamais dit son nom et n'a répondu à aucune question qui aurait pu m'aider à l'identifier. Pourquoi ? Parce que ses préoccupations sont différentes des miennes et qu'elle « vit » avec des œillères. Elle est verrouillée sur une problématique unique, celle qui la retient dans la fréquence des vivants alors qu'elle devrait partir. Son esprit est focalisé sur ce qui l'empêche d'avancer.

Si Susan Medlin est l'assassin, et donc cette fameuse « madame », je ne vois pas comment elle pourrait encore nuire, puisqu'elle est en cellule.

— Ce doit être beaucoup de travail, tenté-je une approche plus subtile. La villa fait quoi ? Au moins deux-cents mètres carrés ?

Cette fois, elle répond au stimulus, mais je ne suis qu'à moitié satisfaite de ma victoire, car les yeux exorbités avec lesquels elle me cible me provoquent une chair de poule carabinée.

— *Vous plaisantez, j'espère ! Le manoir fait trois fois ça, et en plus, il y a les dépendances à astiquer alors que personne n'y met jamais les pieds, puisque personne n'a d'amis, dans cette famille de malades. D'ailleurs, monsieur l'a bien compris, lui, puisqu'il ne reste que rarement.*

Je reste sidérée quelques secondes. Le manoir ? Ça ne correspond pas à Susan. Elle vit dans l'ancienne villa du docteur Price, celle dont elle l'a dépossédé pendant leur divorce. Je tente tout de même :

— Madame est en prison, vous savez ?

La vieille femme émet un rire plein d'acidité qui s'élève dans l'atmosphère de plus en plus froide, à la manière d'un coassement de volatile en colère.

— *Madame va tuer encore, c'est certain. Je le sens...* dit-elle en tapant son ventre du poing.

— Elle ne peut tuer personne, là où elle se trouve, insisté-je.

La femme m'inspire un mouvement de recul tandis que son corps maigre se plie en deux et qu'elle émet un long cri perçant qui me pilonne les tympans. L'instant d'après, elle disparaît. Puis, la porte de ma chambre s'ouvre à la volée, laissant apparaître un Kentucky dans toute sa splendeur : vêtu d'un boxer et de mon peignoir de bain.

— Qu'est-ce que c'était ? J'ai senti un froid... polaire.

— Ce n'était pas la Reine des neiges... bafouillé-je, encore secouée de frissons.

Il note le trémolo dans ma voix et vient s'asseoir sur le bord du lit avant de me ramasser pour me serrer contre lui. Ce n'est pas la première fois, et l'effet est le même que précédemment : apaisant. C'est comme si nous avions toujours été destinés à être proches. Nos âmes parlent le même langage, en d'autres termes. Un peu comme des enfants d'une même fratrie qui auraient grandi ensemble et acquis le même vocabulaire, vécu les mêmes schémas, embrassé les mêmes valeurs.

Je me dégage à contrecœur. Je ne veux pas lui envoyer de signaux qui ne correspondent pas à mon état d'esprit.

— J'ai un mauvais pressentiment, confessé-je. C'était la femme de la radio, encore... Elle était en panique. Elle a dit que « madame » allait encore tuer.

Il fronce les sourcils.

— Mais... « madame » est en taule. Elle va tuer qui ?

Je fais claquer ma langue, pensive.

— Ce fantôme est le seul qui n'apparaît qu'au cottage, réfléchis-je. Je pense qu'elle est morte dans une autre ville et que si elle peut venir ici, c'est seulement à cause de l'énergie particulière du lieu. Elle a dû être attirée par les jérémiades d'Oracio, ou peut-être que...

Je me raidis. Peut-être que « madame » est en ville pour le festival, et que le fantôme qu'elle a laissé derrière elle l'a suivie sans le vouloir. Mais alors, ça voudrait dire que ce n'est pas Susan...

La main du grand blond, dont les muscles étirent les manches de mon peignoir, passe dans mon dos comme si j'étais une ardoise magique et qu'il effaçait mes gribouillages.

— Et si on se concentrait sur des choses plus gaies, aujourd'hui ? Après tout, l'affaire est réglée. On pourrait discuter

un peu autour d'un café et des délicieux toasts à la française[12] que ta super recrue triée sur le volet t'a préparés.

Je tressaille. Il vient de me remémorer l'air de rien les circonstances de son recrutement, celles dans lesquelles il était question que l'on partage mon lit autrement que comme de vieux amis. Mes joues s'échauffent. Pas que je n'aime plus les pratiques auxquelles on pensait s'adonner à ce moment-là, mais depuis, tout a changé. Asher Lewton n'est plus le beau gosse un peu vide dont j'avais imaginé pouvoir jouir pendant trois semaines avant de le biffer de ma vie. Il n'est plus question de plan plaisir, si je franchissais le pas avec lui, ce serait… sérieux.

Je saute du matelas pour m'éloigner de son charisme envahissant. Parce que si, au départ, je trouvais la beauté de cet homme divertissante, maintenant que je n'en ignore plus les dessous, il s'avère bien trop intéressant pour être limité à un titre d'Apollon.

— Voyons voir ces toasts ! lancé-je dans le but de me carapater.

Dans la cuisine, l'îlot central est assiégé par un petit déjeuner digne d'une revue d'hôtel.

— Ben ça ! Tu as prévu des invités, ou quoi ? plaisanté-je.

Il sourit.

— Non, j'ai prévu bien mieux…

J'avale de travers alors que je n'ai même pas encore commencé à manger, et évite consciencieusement de croiser son regard. J'ouvre le placard pour me chercher une tasse histoire de m'occuper, mais Asher m'arrête dans mes gestes, ses mains sur mes hanches, et me guide jusqu'à une chaise.

— Tout est déjà prêt, souffle-t-il à mon oreille. Arrête de stresser, je ne vais pas te manger.

— Ce serait abusé, vu tout ce qu'il y a déjà sur la table, plaisanté-je pour exorciser ma nervosité.

---

[12] C'est de cette façon que les américains appellent le pain perdu, « *French toast* ».

Il penche la tête, moqueur, puis me sert un café.

— Crème ?

J'opine.

— S'il te plaît.

Il prend son temps pour me servir, ce qui m'offre une occasion de respirer calmement, et de me détendre.

— Je ne t'ai pas dit, entame-t-il. Hier, pendant la pause courses, j'ai sympathisé avec un gars, au rayon des bonbons. Tu étais occupée aux farines.

Je goûte le pain perdu et gémis de plaisir. Pas trop humide, parfumé de vanille fraîche, pas trop sucré, et agrémenté de fruits frais.

— Dix sur dix, jugé-je.

Il sourit et continue :

— Le mec est le proprio de l'un des campings à la sortie de la ville. On a discuté vite fait et il m'a parlé de son projet de développer des ateliers sur les fleurs pour chaque saison. Il veut arriver à attirer des touristes toute l'année mais il a du mal à leur proposer des activités en dehors des siennes. J'ai eu plein d'idées, du coup. On pourrait organiser des cours de cuisine avec des produits de saison et s'associer avec lui en proposant des réductions pour ses clients. Des soirées art. Pas seulement de la peinture. J'ai trouvé plein de tutos collages, confection d'herbiers, tout ça. À deux, on pourrait organiser des activités toute l'année, puisqu'il y aurait toujours l'un de nous au comptoir. Et il y aurait plus de temps pour les courses, les...

J'ai si bien pâli qu'il s'arrête subitement.

— Cap ?

Il descend une partie de son café d'un trait.

— Trop rapide ? sourit-il de travers.

Il se frotte la tempe.

— Je suis désolé.

Nous nous concentrons tous les deux sur la nourriture pendant un long moment, puis il soupire.

— Excuse-moi. Je crois que j'ai paniqué. Je t'avoue que je me sens bien, ici, avec toi.

Comme je pose la main sur ma bouche, en passe de m'étouffer, il précise :

— Je me sens bien à *Flowers*. J'aime l'ambiance, j'aime travailler au café, j'aime la facilité avec laquelle on se comprend. J'ai galéré toute ma vie, je suis habitué aux relations conflictuelles, et là, pour la première fois, j'arrive dans l'inconnu, et tout se passe bien. Pas de jugement, pas de toxicité. Je ne vais pas te mentir, j'ai du mal à m'imaginer retourner en arrière.

Il s'ouvre à moi sans ambages. Ça devrait me faire paniquer, mais au contraire, je me tranquillise enfin. Il a raison. Je le comprends.

— Et si on oubliait cette conversation pour le moment ? suggère-t-il. J'ai brûlé les étapes. Je suis un peu trop à fond. Pardon.

— Non, c'est bon.

Il se fige, la bouche ouverte sur le morceau de banane qu'il vient d'enfourner.

— Je me sens bien aussi, avec toi, admets-je tout en me rendant compte que la phrase peut faire l'objet de plusieurs interprétations. Je veux dire… on travaille bien ensemble.

Il glapit et baisse les yeux sur son assiette. J'aimerais pouvoir lui redonner le sourire, mais je crains qu'il n'attende un peu trop de moi. Je pensais être libérée de mes démons, cependant on dirait qu'en fait, non.

C'est le moment que choisit Oracio pour faire son grand retour. Entre Asher et moi, à côté des victuailles étalées sur la table, les bras ballants, la mine sombre.

— L'étudiant ? suppose mon colocataire.

— Hum, confirmé-je.

— C'est quoi, cette tête ? adressé-je au fantôme. Tu es triste de me dire au revoir ? Tu n'étais pas obligé de repasser par ici avant d'aller vers la lumière…

Ses yeux creux s'attardent sur la nourriture face à eux.

— Oracio ? m'impatienté-je.

— *J'en ai marre,* annonce-t-il.

Je pose ma tête dans ma main, puis je souffle.

— Marre de quoi ?

— *Quand j'étais en vie, je n'avais pas de bol. Tellement pas de bol que je me suis fait descendre par accident ! Et maintenant que je suis mort, c'est pareil. Il y a quelque chose qui ne marche pas. Je dois être maudit, je ne vois que ça.*

Mes nerfs se froissent. Pour un dimanche matin censé être reposant, je trouve que ça commence à faire un peu trop d'états d'âme spectraux à gérer.

— Va vers la lumière, au lieu de ronchonner, m'agacé-je.

— *Mais je viens de vous dire que ça ne marche pas ! Il n'y a pas de lumière ! Enfin, si, mais elle est toujours distante, bizarre. À chaque fois que j'essaie de l'approcher, j'ai mal au ventre.*

Je me tends tandis que mon intuition de plus tôt refait surface : et si Susan n'était pas la tueuse ?

— Mais, tu ne te sens pas mieux, d'avoir fait arrêter ton assassin ? tenté-je.

L'étudiant hausse les épaules et traîne les pieds jusqu'à une chaise vide, où il se laisse tomber.

— *Bof.*

De l'autre côté de l'îlot, je vois Asher se mordre la lèvre.

— On pourrait peut-être passer voir le flic, en ouvrant le café ? dit-il. Il doit sûrement avoir plus d'éléments, maintenant.

En effet, tous les dimanches, j'ouvre le Cap ou pas cap quelques heures, en fin de journée. Principalement pour

accueillir la traditionnelle partie de belote de l'amicale des pêcheurs du bourg – qui ne compte qu'un lac minuscule que la mairie doit repeupler régulièrement pour occuper ses ouailles.

— Bon sang ! J'espère qu'il a arrêté la bonne personne, ajoute-t-il. Qu'on puisse se concentrer sur le festival et arrêter de se les geler.

Par chance, Oracio ne saisit pas que mon employé fait référence à la présence encombrante des fantômes dans le cottage. Toutefois, ça ne l'empêche pas de poursuivre sur sa lancée déprimante :

— Si je n'étais pas mort, je crois que je songerais à mettre fin à mes jours...

Je me lève.

— Allez, puisque cette journée ne veut pas faire ce qu'on attend d'elle, autant en tirer parti. Et si on s'habillait et qu'on allait profiter du beau temps sur les sentiers d'Audra[13] ? Ça te donnera un nouveau sujet de discussion avec les touristes, et ça occupera Oracio.

Asher s'illumine d'un immense sourire qui me fait plaisir.

Quand en milieu d'après-midi, nous ouvrons enfin le Cap ou pas cap avec une grosse demi-heure de retard sur l'horaire habituel, les petits vieux de l'amicale des pêcheurs s'y engouffrent en nous bousculant sans complexes.

Asher rit de bon cœur. Il a déjà compris que dans la vallée, les habitudes prévalent sur la politesse. Notre petite randonnée improvisée, qui s'est finie en bagarre gentillette dans l'un des bras

[13] Le parc national d'Audra se situe entre *Buckhannon* et *Belington*, en Virginie Occidentale. Il se caractérise par une forêt dense et des rivières qui y ont attiré un grand nombre de clubs de sports nautiques.

de rivière, nous a mis de bonne humeur tous les deux. J'ai mal partout et un coup de soleil sur le nez, mais je me sens beaucoup plus sereine que ce matin. Mes appréhensions sont passées au second plan.

— Tarte au chocolat ? lancé-je pour la longue tablée de clients que Kentucky est en train d'installer tandis que les chefs d'équipe sortent déjà leurs tapis de jeu.

— Et tarte au citron !

— Euh... on n'en a pas, aujourd'hui.

Ben non, puisqu'on a baroudé dans la nature au lieu de bosser. On ne peut pas tout faire, non plus. Je glousse.

— Mais j'ai du cake au citron et graines de pavot.

— Va pour le cake.

— Et du café spécial !

Ils savent que je n'ai pas le droit de vendre de l'alcool en journée, alors on a un petit arrangement, eux et moi. Au lieu d'un café classique, je leur sers la version française de ma grand-mère : cognac, sucre, café, et crème pour ceux qui en veulent. Ce n'est pas comme si la police risquait de faire une descente... Enfin, jusqu'à maintenant, il y avait peu de chance.

Je jette un coup d'œil du côté du commissariat et m'aperçois que le *pick-up* de Prescott est garé plus haut, dans la rue. Il est encore au boulot. Un dimanche. Il a toujours été comme ça : un obsédé du travail bien fait. Je grince, mais chasse vite la pensée parasite qui tente de s'incruster pour me rappeler qu'il est possible que la personne derrière les barreaux ne soit pas la bonne.

— *Je me sens vide,* partage Oracio.

Peut-être que j'ai raté quelque chose, avec lui ? Peut-être qu'en fin de compte, son désir de justice n'est pas la seule chose qui le retient chez les vivants. Parfois, les morts n'arrivent pas à s'éloigner parce qu'ils gardent des messages qu'ils n'ont pas pu délivrer à leurs proches.

Je vais en cuisine avant de l'appeler.

— Oracio !

Il réapparaît face à moi.

— Est-ce qu'il y a quelque chose que tu voudrais dire à ta mère ? À ta famille ? Est-ce que c'est ça, qui ne va pas ?

Il se gratte la tête, incertain. Je déteste devoir appeler les familles et leur dire que je suis médium et que leur proche m'a demandé de leur faire passer un message. Quand j'y suis contrainte, ça me met sur les nerfs pour la journée. Toutefois, si c'est le seul moyen de permettre à l'étudiant de passer au palier suivant – et de débarrasser mon plancher par la même occasion –, je suis prête à fournir l'effort. De toute façon, je cache toujours mon numéro et mon identité.

— *Oui !* dit-il enfin. *Il y a bien une chose que je voudrais dire à ma mère.*

Il semble si déterminé que je me gonfle d'un espoir nouveau.

— Tu penses que ça peut être ce qui t'a retenu ici jusqu'à présent ? demandé-je.

Son regard se pare d'incompréhension. Je laisse tomber et vais chercher mon téléphone portable sur le comptoir.

— Qu'est-ce que vous faites ? demande Asher en nous rejoignant.

Ça me surprend à chaque fois qu'il puisse détecter la présence du spectre.

— Je vais appeler la famille d'Oracio pour leur faire passer un ultime message. Après ça, on espère qu'il pourra partir en paix.

— Un ultime message ? m'adresse un Kentucky hilare. Sa recette des pâtes ?

Je pouffe mais lui fais les gros yeux en même temps. Je suis si proche de m'affranchir de la présence du boulet, il ne faudrait pas tout faire foirer en titillant sa susceptibilité.

— Le numéro ? demandé-je.

— *Je ne le connais pas par cœur.*

Je ferme les yeux une seconde.

— *Les répertoires téléphoniques enregistrés dans les portables, ce n'est pas fait pour les chiens.*

— Le prénom de ta mère ?

— *Magdalena.*

Je cherche sur internet et trouve vite une liste de Magdalena Martin plus longue que celle des romans que j'ai achetés et pas encore lus – ce qui est conséquent.

— Dans quelle ville ?

— *Westminster, Maryland.*

L'inventaire se réduit à un nom. Je compose le numéro et m'apprête à lancer l'appel. Je fais une pause, d'abord.

— C'est quoi, ton message ?

L'étudiant croise les bras sur sa poitrine et se renfrogne.

— Écoute, d'expérience, c'est un moment difficile à vivre pour les proches, alors je ne vais pas les faire mariner pendant l'appel parce que les informations que tu me donnes ne sont pas claires. Aie pitié de ta mère et fais-moi un topo maintenant, pour que je tourne ça le plus simplement possible.

Il souffle, et à son changement de posture soudain, je devine que quelque chose cloche.

— Tu n'as rien à leur dire, deviné-je.

— *Si. J'aimerais bien qu'elle ne fourgue pas ma collection de cartes Pokémon à mon cousin. Je suis presque sûr que ce rapace a dû la lui demander dès le jour de mon enterrement. Sauf qu'il a neuf ans, et qu'il ne comprend pas que ce n'est pas un jouet, mais une collection sérieuse, amassée sur des années de recherches...*

— Des cartes Pokémon ? répété-je, ahurie.

À ma droite, Asher étouffe ses rires dans l'une de ses grandes mains.

— *Elles sont à moi !* s'agace Oracio. *Elles ont marqué mon enfance. J'ai grandi sans père et sans frères et sœurs. Elles ont remplacé tout ça. Elles ont une valeur sentimentale. Elles sont à moi !*

Avec l'enfance qui a été la mienne, j'ai tendance à prendre ce genre de chose au sérieux, même si ça sonne ridicule, comme dans le cas présent. Alors que je cherche mes mots afin d'expliquer à l'étudiant qu'un tel message de l'au-delà flinguerait ma crédibilité de médium en une seconde, mon téléphone sonne dans ma main. Comme mon pouce était prêt à activer un appel, je décroche sans le faire exprès.

— *Allô ?* entends-je au bout de la ligne.

— Allô ?

— *Capucine ? Bonjour, c'est Edward Price.*

— Bonjour… docteur.

— *J'espère que je ne te dérange pas ? Timothy a eu la gentillesse de bien vouloir me donner ton numéro quand il est passé à l'hôpital, ce matin et… Et je voulais te parler.*

Je me raidis. Timothy a mon numéro sur lui, mais ne m'appelle jamais. Bon, en même temps, d'une : il n'a aucune raison de le faire. De deux : s'il le faisait, ça m'énerverait. J'ai vraiment un grain ! Je me reconcentre.

— Comment va Debra ? Je suis vraiment désolée de vous avoir fait peur et d'avoir agi sans…

— *Non, Capucine !* m'interrompt-il. *C'est justement pour cette raison que je voulais te parler. Je… J'ai réagi comme je l'aurais fait à mon cabinet. Je me suis montré buté et procédurier alors que la vie de ma femme était en jeu. Tout ce que tu as fait, c'est sauver Debbie.*

— …

— *D'après la description du composé qu'elle a ingéré à son insu, elle devait l'avoir dans son organisme depuis un moment. Ou alors, elle a fait une réaction rapide du fait qu'elle n'ait jamais pris ce genre de drogue. D'après les spécialistes, sans intervention, elle se serait montrée incohérente ou groggy jusqu'au coucher, sans plus, et ne se serait pas réveillée au matin.*

J'en ai un frisson.

— Je suis contente que ça ait été évité.

— Et moi donc ! Capucine, je suis vraiment désolé d'avoir mis si longtemps à t'appeler, j'étais un peu désorienté, avec tout ça...

Il pensait que j'avais tenté de tuer son épouse et que, dans un moment de lucidité ou de culpabilité, j'avais changé d'avis, soyons clairs. Je ne peux pas lui en vouloir, de l'extérieur, ça y ressemblait.

— J'avais bu un peu trop des excellents cocktails de ton ami, s'excuse-t-il. *C'est que je fêtais les nouvelles du notaire et je me suis emballé. Je n'avais pas les idées claires. C'est de ma faute. J'aurais dû réagir différemment.*

Je tressaille.

— Du notaire ? répété-je.

Je l'entends sourire, et soupirer.

— Oui... Tant de chamboulements en si peu de temps... C'est quand même fou.

Il marque une pause, perdu dans ses pensées, puis choisit d'éclairer ma lanterne :

— L'année dernière, Susan a entrepris des démarches pour essayer de me reprendre le cabanon.

Ça alors ! Quel culot !

— Elle a fait valoir qu'elle avait été trompée sur la valeur des terres associées pendant le divorce et a demandé à faire réévaluer sa part. Elle voulait même faire fermer La Jardinerie sous prétexte que nous exploitions les terres sans son autorisation. Ça n'avait pas de sens, mais nous avons tout de même dû passer par des mois de démarches juridiques.

Il se rembrunit.

— Je suppose que c'est cette nouvelle, qui lui a fait perdre la tête...

Et qui me fait perdre la mienne par la même occasion. Si j'en crois les révélations du docteur, tout est cohérent. Susan aurait perdu tout espoir de récupérer le cabanon, elle aurait volé les clés d'Ed dans sa voiture par je ne sais quel moyen, piégé la grange, empoisonné les chocolats censés être mangés par Debra, puis versé de la drogue dans l'un des cocktails pendant la soirée *Paint & Sip*...

C'est possible, mais tellement lunaire. Je n'en reviens pas.

— Elle a toujours été enragée contre moi parce qu'elle estimait que je n'étais pas assez. Pas assez ambitieux, pas assez bien attifé, pas assez grand... Mais quand même, je ne l'aurais jamais crue capable de faire du mal à Debra.

Mon estomac fait une cabriole. Je me sens mal à l'aise tout à coup, au milieu de leurs histoires personnelles.

— Tout ça est derrière vous, maintenant, dis-je comme on fait un vœu.

— Oui ! Tu as raison ! Bon, je vais te laisser. Je voulais seulement m'excuser et te remercier.

— Ce n'était pas la peine...

— Bien sûr que si. Grâce à toi, on a évité le pire. Debra va rester en observation cette nuit, mais dès demain, nous pourrons rentrer à la maison, après les contrôles de sortie, sûrement dans l'après-midi. Ses plantes lui manquent déjà.

— J'imagine. Vous voulez bien lui passer mon bonjour, s'il vous plaît ?

— Bien évidemment.

— Merci. Reposez-vous bien, tous les deux.

— Merci, Capucine.

— Au revoir.

— Au revoir.

Dans la cuisine, je suis à présent seule. En effet, Asher est retourné en salle il y a un moment, alors qu'Oracio s'est évaporé pour aller ronchonner Dieu sait où. Je reste abêtie par la conversation qui me laisse un goût de scepticisme sur la langue.

Quand je m'arrache enfin à ma torpeur, c'est à l'appel de la voix tonitruante de June, la coiffeuse exaltée. Soucieuse de la voir tourmenter mon pauvre employé, je me précipite derrière le comptoir. Quand je déboule au cœur du café, je suis surprise de le trouver envahi de clients.

— Les corbacs sont de sortie... me murmure Kentucky alors qu'il passe derrière moi pour faire couler un expresso.

De l'autre côté de la rue, je remarque une grosse voiture de luxe garée juste devant un coupé sport. Aucun des deux véhicules n'était là plus tôt.

— Le mari Medlin se pointe seulement maintenant ! m'éclaire June. Il n'a pas l'air pressé de récupérer sa femme...

— Je les ai toujours trouvés louches, ces deux-là, ajoute Beatrix, que je repère un peu tard. Quel couple normal vit dans deux maisons séparées ? C'est malsain.

J'esquisse un sourire en coin en songeant qu'elle vit avec son époux, alors que les deux affichent une animosité perpétuelle quand ils se trouvent au même endroit au même moment, ce qui arrive beaucoup plus souvent par obligation que par choix. Quelle hypocrisie.

— Ça dépend ! ricane la coiffeuse. Avec une femme comme ça, il ne doit pas rigoler tous les jours... Je le comprends, moi.

Je me mords la langue.

— Dis, Capucine, je peux avoir un morceau de moelleux au chocolat, s'il te plaît ? passe-t-elle du coq à l'âne.

— Bien sûr.

C'est le dernier. Il ne nous reste presque plus rien puisque nous n'avons pas cuisiné, aujourd'hui. Je me jette sur cette bonne raison de m'éloigner :

— Asher, je vais aller lancer quelques préparations en cuisine, si c'est bon pour toi ?

Il m'adresse un sourire entendu, bien conscient que je le laisse en première ligne tandis que je me planque à l'abri des tirs.

— Je gagne quoi, en échange ? me susurre-t-il.

— Ton salaire, à la fin de la quinzaine, souris-je à mon tour.

Il rit.

— Dis donc ! m'agresse June. On dirait bien que ta mère n'est pas si folle que ça, finalement...

Je serre les dents par réflexe. Quand les gens du coin me parlent de ma mère, l'effet est toujours le même : un mélange de honte, de ressentiment, et d'orgueil bafoué. J'ai envie de la descendre autant que de la défendre, de rire autant que de hurler. En vérité, personne ne s'est jamais vraiment intéressé à son cas, ni au mien, mais tous se permettent tout de même de nous juger l'une l'autre sans la moindre gêne.

— Josie, mon apprentie, est passée au Cap, hier, poursuit-elle. Ta mère lui a dit qu'elle avait prédit ta rencontre avec le beau Asher...

Comme souvent, je reste placide. Je refuse de laisser voir aux clients combien ma vie familiale est un chantier sans architecte.

— Elle était dégoûtée, elle avait des vues sur lui, à mon avis...

June a dit ça comme si c'était aberrant, alors que je me rappelle très bien son comportement de groupie, avant que Kentucky ne débarque.

— Ma mère croit ce qu'elle veut, dis-je poliment.

— Ben j'espère qu'elle fait un peu mieux que ça ! Elle a prédit ma victoire au concours des chars, à la suite de forfaits.

Comme Beatrix revient dans la conversation, je me retire discrètement dans la cuisine.

17. Chrysanthème

Le chrysanthème est la fleur des défunts, en Europe. Cependant elle est aussi symbole de positivité, de constance des sentiments et de vérité.

Lundi matin. Seulement un tiers du festival des fleurs s'est écoulé et pourtant, je pense pouvoir dire sans trop m'avancer que c'est de loin le plus insolite que j'aie vécu. Des fantômes butés – dans tous les sens du terme. Des clients incontrôlables. Ma mère soudainement reconnue par la communauté pour ses talents toujours à prouver. Un homme décidé à s'incruster dans ma vie. Le retour de vieux sentiments qui s'avèrent de moins en moins douloureux, mais de plus en plus vivaces.

En ce qui concerne le premier problème, en dépit de mes espoirs, il demeure inchangé. Dans la nuit, le spectre au crâne fracassé a fait trembler les murs de ma chambre autant que mes parois intestinales, promettant la mort et la désolation si personne n'arrêtait « madame ». J'ai eu beau tenter de calmer la femme et de la faire parler, rien n'y a fait. À part ruiner mon sommeil et celui de mon colocataire de matelas, son apparition n'a rien donné de probant.

Niveau clientèle, je commence à me faire une raison. Le Cap ou pas cap est désormais le point de rendez-vous de tous les curieux qui aiment épier l'évolution de l'enquête criminelle qui fait déjà sensation dans toute la région.

Pour ce qui est d'Hortense Chevalier, je ne sais plus quoi penser. J'ai d'abord cru qu'un fantôme me jouait un tour pendable en lui dictant ses consignes à mon attention, mais voilà que ses dernières divinations semblent n'avoir aucun lien avec mon affaire à démêler. Les témoins de la justesse de ses prédictions ont défilé toute la soirée d'hier.

En repensant à la soirée d'hier, d'ailleurs, je rougis. Asher s'est montré encore plus charmant et prévenant qu'il ne l'a fait depuis son arrivée. Son intérêt pour moi me paraît aussi évident que sincère, et je ne sais pas quoi en faire. J'apprécie beaucoup cet homme aux couches multiples si captivantes, mais voilà, reste le dernier problème, pas des moindres.

Timothy Prescott.

— Il est beau, ce flic ! s'extasie une jeune touriste fourrée à la table la plus proche de la vitrine.

Je lève la tête pour constater que le lieutenant en charge du poste de police est fatigué. Le connaissant, il n'a pas dû s'accorder beaucoup de sommeil au cours des dernières soixante-douze heures. Période pendant laquelle je n'ai pas eu la plus infime nouvelle.

— C'est un gamin du cru, commente une dame âgée assise plus loin.

C'est l'un des effets les plus notables de l'actualité sur ma clientèle : depuis que tout le monde se passionne pour l'histoire glaçante de Susan Medlin, les gens agissent comme s'ils étaient tous venus ici ensemble. La grande pièce ressemble à une salle de conférence de presse, au lieu d'un café.

— Il a quitté le bourg quand sa daronne est partie d'un cancer, poursuit-elle. Il avait quoi ? Il était tout jeune, il venait d'avoir son bac. Il était sec comme un coup de trique et bigleux comme une taupe. Il est allé vivre à la ville, chez son oncle, à ce qui se disait. Il est rentré dans la police avec les meilleures notes de son école. C'était une tête. Et quand il a été assez gradé pour devenir chef, il a demandé à prendre le commissariat de *Flowers*. C'est sûr qu'il a bien poussé depuis l'époque !

Je pince les lèvres à l'évocation de ces souvenirs qui n'ont l'air de rien, mais qui correspondent à une partie bien sombre de ma vie. Du coin de l'œil, je repère Kentucky en train d'épier mes réactions.

— Il est marié ? demande la jeune femme.

Je m'applique à exprimer une indifférence totale, mais mon plan tombe à l'eau quand j'entends :

— Il paraît qu'il fréquente la rouquine qui tient le pub irlandais, Hannah.

Si je n'étais pas certaine que ce soit impossible, je penserais que ma mâchoire vient de m'abandonner pour aller voir du côté du plancher si la vie y est plus belle. Pendant un moment que je serais bien incapable de quantifier, mon cerveau est indisponible. Je n'entends plus rien, et ne vois plus rien d'autre que les mouvements lents des lèvres du policier qui s'entretient avec un homme, sur le trottoir d'en face. Est-ce qu'Hannah les a embrassées ? Est-ce qu'elle, il ne l'a pas repoussée ?

— Cap ?

Le bond que je fais envoie valdinguer le torchon jusque-là tendu entre mes mains crispées. Asher ne recule pas malgré mon air hagard qui ne doit pas être très engageant.

— Ça va ? m'interroge-t-il.

— Oui !

Non, ça ne va pas du tout. Je dois vite me reprendre. La vie de Prescott ne me concerne pas. Il pourrait épouser la mairesse que ça ne devrait même pas me faire lever un sourcil.

— Tu es sûre ? insiste-t-il.

Son ton s'est fait suspicieux et un brin défaitiste. Je hausse les épaules.

— Je viens de me rappeler que j'avais mis de la pâte feuilletée au frais pour faire des roulés, et que j'ai oublié de les préparer, ce matin.

Il s'étonne de mon virage à cent quatre-vingts degrés, mais il accepte mon mensonge d'un sourire sans joie.

Comme le *rush* du déjeuner arrive bien vite après ça, nous travaillons jusqu'au milieu de l'après-midi sans pouvoir discuter d'autre chose que des stocks, des commandes, ou des encaissements.

Pendant l'accalmie à peine perceptible avant la reprise habituelle du flux qui arrivera à dix-sept heures, Asher se fait accoster par un duo de jeunes femmes. Rien d'inhabituel, depuis qu'il est arrivé, il est le centre de l'attention de tous les êtres vivants portés sur ce qui finit en « eps » : biceps, triceps, *fesseps* – mes préférés. Même la suspicion de meurtre dont il a été la cible un moment n'a pas su ébranler le phénomène. Il n'y a pas moyen de nier sa beauté virile. Quoi qu'il en pense, cela dit, je suis persuadée que cette dernière ne serait rien sans le charisme charpenté par sa force brute qu'il cache avec tant de hargne.

En une semaine, j'ai appris à ne plus faire non de la tête en levant les yeux au ciel face au spectacle embarrassant des femmes zombifiées à son contact, mais voilà qu'aujourd'hui, la scène m'interpelle. Autour de la dernière table avant les canapés du côté librairie, j'identifie l'une des demoiselles dans la seconde, puisqu'il s'agit de Laura MacArthur, la fille de Travis, le mécanicien. Comme me l'a confié son père, elle semble subjuguée par le physique appétissant du serveur bien trop vieux pour elle, et dont les manches de tee-shirt paraissent sur le point de craquer sous la pression. La jeune fille maigrichonne sourit timidement, ce qui me fait balbutier de surprise.

D'ordinaire, quand je croise Laura, elle traîne avec la petite bande constituée des jeunes qui n'ont pas quitté le bourg après leur baccalauréat. Ils sont tous restés, soit parce qu'ils n'ont pas eu leur examen et n'ont pas voulu le repasser, soit parce qu'ils n'ont pas tenu à poursuivre leur cursus, à l'université ou ailleurs. Tous ces jeunes travaillent dans les boîtes de leurs parents, ou vivotent aux crochets de ces derniers. En temps normal, la jeune fille joue donc les rebelles pleines d'assurance, ce qui contraste avec son attitude charmante du jour. Je m'attarde une seconde sur sa version midinette et me souviens l'avoir déjà vue, le soir du *Paint & Sip*. Cette fois-là cependant, elle n'avait pas approché le serveur car elle était restée bien sagement dans les jupons des enfants Medlin. Je me raidis. Quelque chose me pousse à aller lui

poser des questions, mais je ne saurais pas par où commencer. Et surtout, ça paraîtrait suspect, un brin inquisiteur.

Alors que je me décide enfin à retourner vaquer à mes occupations en attendant les prochains clients au lieu de me torturer avec des questions qui n'ont plus lieu d'être, une silhouette se dessine dans le dos de la fille MacArthur. Je me fige. Aux côtés des demoiselles, je vois la nuque d'Asher se raidir. Il la sent aussi.

Lily Dunham.

Les cheveux hirsutes, la mine assombrie de cernes, les gestes rendus gourds par une colère sourde. La morte est agitée comme jamais. Après seulement deux secondes à regarder la pauvre Laura, elle se jette à son visage pour tenter de le lui écorcher de ses ongles. Même si elle n'y parvient pas vraiment, la jeune fille ciblée pâlit.

Je m'approche de la table.

— Lily ?

Les jeunes filles m'adressent des regards interloqués.

— Laura, pardon, je me trompe tout le temps... fais-je en espérant avoir attiré l'attention du spectre.

Peine perdue. Même si elle m'a vue, la morte ne s'intéresse pas à ma présence, elle continue de s'acharner sur la pauvre fille qui se met à tousser.

— C'est pas malin, quand on sait que la dernière Lily du coin a fini canée, maugrée la copine de Laura. Glauque !

— *La faute à qui, hein ? Grognasse !* gronde la revenante qui continue de martyriser sa victime.

J'aimerais pouvoir interroger Lily, mais cette écervelée ne réagit à aucun de mes signes plus ou moins discrets. Entre Oracio, la tête creuse – littéralement – et elle, je suis servie ! Ce n'est plus un festival des fleurs, mais des légumes, ma parole !

— *Pourquoi t'as fait ça, hein ? Tu crois que je ne sais pas que ton copain débile de* Belington *deale ? Combien de fois je t'ai aidée à te procurer de l'alcool avant l'âge ? C'est comme ça que tu dis merci ? Sale ingrate !*

Comme tout le monde me fixe en se disant clairement que je suis dérangée, à rester là, en plein milieu, je vais m'isoler en cuisine.

— Oracio ! appelé-je.

— Qu'est-ce que c'était que ce bordel ? me questionne Asher.

— Lily est à la table de tes fans, elle essaie d'arracher la tête de la petite MacArthur. Oracio, ramène ta barbe à perles ici, tout de suite !

Enfin, l'étudiant apparaît dans l'angle de la cuisine, presque dans l'un des fours.

— *OK... ça va, ne criez pas. C'est bon, elle peut lui donner mes cartes Pokémon*... marmonne-t-il.

Je bafouille un instant, décontenancée.

— On s'en fout, de ça ! Dans la salle, il y a ta copine Lily. Tu peux aller me la chercher, s'il te plaît ?

Il écarquille les yeux sans rien bouger d'autre sur son visage, ce qui donne une mimique de poupée de cire tout ce qu'il y a de plus terrifiant.

— Par pitié, Oracio, ne cherche pas à comprendre, soufflé-je. Va juste me la chercher.

Il disparaît.

— Qu'est-ce qu'elle lui veut, à cette gosse ? s'inquiète Kentucky.

— Je n'en sais rien, je ne comprends rien. Mais elle est remontée...

Il passe la tête côté salle et revient vers moi en soufflant.

— Elles m'appellent...

— Évidemment.

Avant de partir, il penche la tête, ravi :

— Ne sois pas jalouse, c'est dans ton lit que je passe mes nuits.

— Ha, ha, grimacé-je.

Quand les deux spectres reprennent forme devant moi, ils sont en pleine dispute.

— Qu'est-ce que tu veux que j'aie à lui dire, à l'autre tarée ? Elle est plus inutile que sa vieille !

— Tu pourrais parler correctement !

— Et puis quoi, encore ?!

— Lily, tranché-je. Arrête de te comporter comme une gamine et ferme-la deux secondes.

La blondinette aux lèvres repulpées par un chirurgien aussi généreux qu'un coffre de banque ouvre une bouche en cul-de-poule.

— Non mais tu te prends pour qui, Chevalier ?

— Qu'est-ce que tu lui veux, à la fille MacArthur ?

— Qu'est-ce que ça peut te faire ?

Je n'aurais jamais cru penser ça, mais elle marque un point. Qu'est-ce que ça peut me faire ? Je me passe une main sur le visage dans le but d'en lisser les plis formés par mon dépit. Pourquoi j'essaie d'aider ces satanés ectoplasmes ? Qu'ils errent pour l'éternité, après tout...

Contre toute attente, Lily se lance soudain :

— Cette espèce de petite raclure est cul et chemise avec la fille Medlin. Elle lui mange dans la main depuis qu'elles ont été internées pour comportement suicidaire la même semaine, à Saint Joseph. Je le sais, je les ai vues ensemble, là-bas. Sauf que l'autre, la brunette, Sara, c'est une psychopathe. Elle n'a pas fait qu'une semaine, à l'hosto ; elle y va depuis des années. La Susan ne veut tellement pas que ça se sache qu'elle me fournit mes drogues en échange de mon silence. Tout le village pense que JE suis la dépravée ? Mais pas du tout ! Je suis juste la fille maline qui tire son épingle du jeu. La racaille, c'est pas moi !

Un gros sanglot me laisse penser que la fille de la mairesse a passé une mauvaise semaine. On dirait que jusqu'à sa mort, elle n'avait pas conscience de l'opinion déplorable des riverains à son sujet.

— Oracio m'a dit, pour le rapport de police, ajoute-t-elle. *Du Krokodil, la mère Medlin, elle en a pas. Elle ne se procure que des drogues « propres », comme elle dit. Que des trucs qui viennent de l'hôpital. L'ancienne infirmière qui veut bien faire son taf, tu parles ! Si quelqu'un lui a fourni un truc pareil, ça peut être que Kieffer, le pote attardé de cette idiote de Laura !*

Un affreux doute me prend à la gorge, tout à coup.

— Qu'est-ce qui te fait dire que Sara est une psychopathe ?

Lily fait rouler ses yeux avec la grâce d'une rabatteuse.

— Pitié ! Tout le monde sait que c'est elle qui a buté le chien des Williams et le chat de Nielson. Tout ça parce qu'elle était trop saoulée que tout le monde ne parle que de ses parents qui se bouffaient le nez pendant qu'eux, les gosses, étaient la moitié du temps en internat, ou à l'abandon au manoir, avec un beau-père qui les détestait.

Je manque de m'étrangler. L'histoire des disparitions suspectes d'animaux domestiques au sein du village avait fait grand bruit, juste avant que je ne quitte la région pour me lancer à la recherche de mon père à l'autre bout du monde. Certains parlaient à l'époque de culte sataniste, d'autres de trafic pour les laboratoires...

— Tu as des preuves, ou c'est une autre rumeur à la mode *Flowers* ?

— Les rumeurs ne naissent jamais sans raison... Mais oui, il y a des preuves ! Les ossements sont dans sa chambre, au manoir Medlin, à Excelsior[14]*. Elle les a tous gardés, cette folle !*

Ça, j'avoue que c'est inquiétant.

— C'est Fay, qui me l'a dit.

---

[14] Lieu-dit huppé, proche de *Buckhannon*.

— Fay ?

— *Leur bonne !* gronde-t-elle comme si c'était évident. *Elle travaillait pour ma mère avant d'avoir le job chez eux. Mais je peux te dire qu'elle ne va pas y rester longtemps, elle a une pétoche de tous les diables de cette tarée. Elle est tout le temps sur son dos.*

Mon ventre se tord d'inconfort. Leur bonne ? À *Excelsior* ? En dehors de la ville, donc.

— Tu lui as parlé, récemment, à cette Fay ? m'inquiété-je.

Lily me toise un instant, sidérée.

— *Si c'est une blague, elle est à chier. Non parce qu'au cas où tu ne l'aurais pas remarqué, je suis surtout morte, récemment...*

— Oui ! Pardon...

— *Elle fait tout le temps ça...* balance Oracio.

Ils se mettent tous les deux à faire non de la tête, en me jugeant comme si je venais de déclarer que mon hobby préféré consistait à noyer des chatons. J'inspire un bon coup, et tâche de mettre toutes ces nouvelles informations à plat, dans ma tête. J'ai beau me dire que je vais un peu vite en besogne, je mettrais ma main à couper que la morte du cottage est cette Fay un peu trop fouineuse pour sa survie.

Mais alors, si « madame » est toujours active, se pourrait-il qu'il n'ait jamais été question de Susan Medlin, qui vit à *Flowers* en permanence, contrairement à ses enfants ?

Je dois en avoir le cœur net. Je ressors alors de la cuisine et file tout droit vers la table de Laura MacArthur malgré la file d'attente alignée face à la caisse où Asher s'active. Quand je tire une chaise pour m'asseoir entre les deux jeunes femmes, celle dont j'ignore le prénom tire la langue en fronçant le nez.

— Qu'est-ce qu'elle veut ? grince-t-elle.

— Laura, je vais te poser une question, et j'aimerais que tu y répondes le plus honnêtement possible. Elle n'a rien à voir avec toi. Je me fous comme de l'an quarante de ce que tu as fait, tu

comprends ? Ce qui m'intéresse, c'est la vérité, parce que des vies sont en jeu.

— Mais de quoi elle parle ? Elle est pas tranquille, celle-là...

À la mine inquiète de mon interlocutrice, je parie qu'elle se doute du sujet que je vais aborder. D'une manière ou d'une autre, elle aussi, a des doutes.

— Il y a deux mois environ, la voiture d'Ed Price a été vidée alors qu'elle se trouvait dans le garage de ton père.

Je n'ai aucune idée du moment où la voiture a été pillée, je bluffe en reliant l'affaire à la mort d'Oracio. Qui ne tente rien... La jeune fille opère un tour d'horizon, nerveuse. Je pose ma main sur la sienne dans un geste qui se veut rassurant.

— Quelqu'un t'a demandé les clés, pas vrai ? La voiture n'a pas été forcée. Ça veut soit dire qu'elle était restée ouverte par inadvertance, soit qu'elle a été visitée par quelqu'un qui avait accès aux panneaux de clés, dans le bureau.

Je sens sa jambe trembler, sous la table.

— Je ne le dirai à personne, Laura, mais j'ai des raisons de penser que la personne qui a volé les affaires dans la voiture a fait des choses terribles. Et si tu sais qui c'est et que tu ne dis rien, elle pourrait recommencer...

Là, la jeune fille éclate en sanglots.

— Elle est complètement folle ! Vous ne comprenez pas. Elle me fait peur. Je n'ai jamais voulu l'aider, moi. J'ai fait tout ce qu'elle a demandé parce que j'avais peur, mais elle continue de me menacer. Je ne sais pas ce qu'elle a fait, ou ce qu'elle va faire avec tout ça, et je ne veux pas savoir. Je n'ai jamais voulu faire de mal à personne, moi...

— Comment ça, ce qu'elle va faire avec tout ça ? Ce qu'elle va faire avec tout quoi ? Elle t'a demandé autre chose que les clés de voiture ? De la drogue, peut-être ?

Laura opine en se mordant les lèvres, comme si elle voulait leur interdire de prononcer la suite.

— Qu'est-ce qu'elle t'a demandé ?

Aux abois, elle peine à respirer. Ses yeux sautent de client en client alors que ses sanglots lui provoquent des hoquets de plus en plus violents.

— Messieurs dames ! lance la voix assurée d'Asher. Il semble que l'on ait une urgence médicale. Je vais devoir vous demander de sortir temporairement, s'il vous plaît…

Les gens rouspètent.

— Allez ! tonne-t-il. Merci de votre civisme et de votre compréhension ! On doit faire de l'air pour la demoiselle…

— Laura, tenté-je d'un ton bien plus calme que je ne le suis en réalité, qu'est-ce qu'elle t'a demandé de lui trouver en dehors des clés de voiture de Price et de la drogue ?

— De vieux jerricans d'essence.

Je me rattrape à la table en songeant au cauchemar déjà vécu par Oracio, enfermé dans une grange en flammes. Sauf que dans son cas, l'essence se trouvait déjà sur place.

— Vides ? espéré-je.

Elle fait non de la tête.

En une seconde, mon cerveau dopé au cortisol fait des liens improbables, et les mots de June me reviennent : « ta mère a prédit ma victoire au concours des chars, à la suite de forfaits », juste avant ceux du docteur Price « demain, nous pourrons rentrer à la maison après les contrôles de sortie, sûrement dans l'après-midi… », et ceux du fantôme du cottage « elle est mauvaise, elle va faire quelque chose de mal ».

— Quand ? demandé-je.

La jeune femme me fixe, désœuvrée.

— Quand est-ce qu'elle t'a demandé les jerricans ?

— Hier.

Je lève la tête sur l'horloge qui rythme ma vie depuis trois ans. Seize heures cinquante-cinq. Mon cœur s'embrouille dans ses gammes et j'en perds mon souffle une seconde.

— Asher ! Il faut qu'on aille à La Jardinerie, tout de suite !

Sans émettre d'objection sous quelque forme que ce soit, il s'agite. Il retire son tablier et file en cuisine vérifier que tout soit éteint.

— Il faut que vous sortiez, dis-je aux deux filles sonnées. On va devoir fermer.

— Qu'est-ce que vous allez faire ? me demande Laura.

— M'assurer qu'il n'y ait pas de problème à La Jardinerie.

Elle hoche la tête et rapidement, je la vois se frayer un chemin entre les badauds pour disparaître au coin de la rue.

— On va faire quoi, en vrai ? me demande Asher.

— Sûrement une grosse connerie.

18. Tulipe blanche

La tulipe blanche est offerte pour demander pardon.

Jamais ma Coccinelle n'avait fait le trajet aussi vite entre le café et la route nationale sur laquelle s'alignent le cimetière de *Flowers*, mon cottage et La Jardinerie. Lorsque nous arrivons en vue des serres ajoutées par le couple sur le terrain agricole qui leur a servi de résidence pendant des années, mes sens sont aux aguets.

— Il y a de la fumée ! s'affole Asher sur le siège passager. J'appelle les pompiers.

J'accélère encore alors même que ma voiture me le déconseille à grands renforts de gargouillements furieux. Les pompiers de *Flowers* sont tous des retraités volontaires et en général, ils mettent du temps à se regrouper, aller chercher leur matériel qui prend la poussière au local communal, et venir.

Une fois dans la cour qui fait face aussi bien au cabanon qu'à la grange flambant neuve, nous évaluons très vite la gravité de la situation. Il n'y a pas un incendie, mais trois.

Celui qui est le plus violent monte de la serre principale, plus loin, où les plantes de Debra forment de longues gerbes de feu semblant danser un tango endiablé. Cependant, ce n'est pas celui qui nous inquiète le plus. Entre le cabanon et la grange, j'hésite.

— Il faut qu'on les trouve ! m'affolé-je. Ed ! Debra !

Je cours jusqu'à la porte du cottage et la trouve ouverte. Quand je fais un pas à l'intérieur, je me heurte à un épais rideau de fumée. Je couvre mon nez de mon coude et appelle de nouveau :

— Debra ! Ed ! Vous êtes là ?

Je tends l'oreille mais n'entends que les craquements du bois au supplice sous la chaleur étouffante. Je rebrousse chemin en direction de la grange.

— Ils sont là ! m'indique Asher. Je les entends ! La porte est condamnée.

En effet, au fur et à mesure que mes pas m'emmènent plus près du bâtiment installé il y a peu, les cris du couple Price me parviennent. Je me presse, puis me fige quand je trouve un cadenas posé sur le loquet de la grande porte à la peinture brune.

— Non...

Derrière moi, je sens quelqu'un s'activer et je me demande si Asher a eu la même idée que celle qui vient de me traverser l'esprit. Quand il arrive à ma droite avec le tuyau d'arrosage du cabanon, j'en ai la confirmation.

— Il faudrait essayer de limiter le feu ici en premier.

Il règle la puissance du jet dans l'espoir d'asperger le plus loin possible et cherche un moyen de bloquer le tuyau dans une position optimale. Très vite, nous comprenons tous les deux que ça ne sera pas suffisant, mais il s'entête. Pendant ce temps, je fouille des caisses au sol dans l'espoir de dégoter un objet lourd capable de forcer le gros cadenas. J'ai beau retourner tout ce qui me tombe sous la main, je ne trouve que des gants, des bèches rachitiques, du terreau, des tiges coupées, des mauvaises herbes...

— Argh !

Les cris d'Ed me crucifient. Je reviens sur mes pas pour regarder le cadenas plus en détail et m'applique une claque mentale en réalisant qu'il se ferme à l'aide d'un code, pas d'une clé. Il est tout neuf. Ils ont dû changer le système. Je me plaque alors contre la porte de bois au cadre de métal.

— Ed ! crié-je. Calmez-vous ! Quel est le code ? Le code du cadenas.

C'est chez eux, après tout. Peut-être que la fille Medlin aura utilisé le matériel sur place, avec un peu de chance.

— Décembre...

— Capucine ! m'appelle Asher. Il y a d'autres tuyaux à chaque serre, je vais aller tous les ouvrir.

Je lui adresse un pouce en l'air, trop focalisée sur ma tâche.

— Décembre ? Décembre de quelle année ? reviens-je aux Price.

Entre le jet d'eau qui crachote à quelques pas, le vent qui n'arrange rien à l'affaire puisqu'il attise le feu, l'épaisseur de la porte et ma panique, j'ai du mal à entendre ce que dit le docteur.

— Non ! Treize ! Treize décembre !

Mon cœur s'emballe et mes doigts s'emmêlent alors que les gestes que je leur commande sont simples : faire tourner quatre petites molettes sur un axe.

— Bordel ! m'écrié-je pour moi-même, furieuse de ma maladresse.

Ceci dit, seulement une paire de secondes plus tard, et malgré les conditions stressantes, le cadenas s'ouvre. Je souffle de soulagement, jette l'objet au loin et tire de toutes mes forces sur l'énorme porte coulissante déjà très chaude. Quand je vois les mains bronzées par les heures de travail au soleil de Debra tâtonner vers la sortie, c'est comme si mes fonctions vitales redémarraient après une pause prolongée. J'ai envie de rire, de pleurer, de sauter de joie... et de dormir.

— *Attention !* entends-je la voix de Lily Dunham.

Je n'ai pas le temps de chercher le fantôme des yeux toutefois, car une main énergique me bouscule en avant. Je lutte, principalement parce que dans mon élan, j'entre en collision avec la pauvre madame Price soutenue par le docteur. J'essaie de ne pas lui faire mal, mais la rage avec laquelle j'ai été balancée me rend la tâche difficile. En fin de course, je me retrouve au sol, entre Debra et Ed, dont les visages sont déjà noirs de suie.

Dans mon dos, la porte de la grange claque. Au creux de mon ventre, mes boyaux tentent une rébellion qui me fait craindre une seconde de vomir sur la robe à fleurs de la pauvre femme que je pensais avoir sauvée.

— Capucine… geint-elle.

— Je…

Non mais ce n'est pas possible ! Qu'est-ce qui ne tourne pas rond dans la tête de cette fille ? Décimer la population du bourg à l'aveuglette ne lui a pas suffi ? Entendre les cris de détresse de son propre père ne l'a pas fait réfléchir ? L'espace d'une seconde, j'ai un doute. Vu la force avec laquelle j'ai été éjectée à l'intérieur du bâtiment de stockage devenu four, je me dis que, peut-être, je suis encore dans l'erreur quant à l'assassin. Décidément, les enquêtes, ce n'est pas mon truc. Pourquoi le destin s'acharne-t-il sur moi ?

— Treize décembre… marmonne le docteur d'une voix si éteinte que je me prends à le toucher pour vérifier que je ne vois pas déjà son fantôme. C'est sa date d'anniversaire.

Il perd la boule ?

— Elle m'a rejetée pour faire plaisir à sa mère qui ne lui a pourtant jamais manifesté la moindre attention, mais pour moi, elle est restée ma première née. Je…

Je comprends alors. Il l'a vue, dans mon dos. Sara, alias le diable en personne. Non parce que s'il l'a aperçue, elle en a sûrement fait de même. Elle a posé ses yeux sur son père aux abois, et a claqué la porte tout de même, pour la deuxième fois !

— Susan m'a dit que Sara me tenait pour responsable de leur malheur à tous, mais j'ai toujours voulu croire qu'elle essayait seulement de me blesser.

— Sara ! crié-je. Ouvre tout de suite cette porte ! J'ai prévenu la police !

Une évidence me percute alors. Je n'ai pas prévenu la police ! Mais pourquoi ?! Quelle idiote ! Qu'est-ce que je croyais ?

Que je pourrais raisonner une fille qui a éliminé sans scrupules trois innocents pour atteindre son père ?

— Ils savent que c'est toi qui as tué Fay, Oracio et Lily !

À côté de moi, Debra pose une main crispée sur son cœur. Je m'affole une seconde. Il ne manquerait plus que JE la tue en lui provoquant un arrêt cardiaque avant que les pompiers ne nous sortent de là.

— Si on y reste aussi, ta peine risque de se rallon...

Je m'enlise dans une quinte de toux si intense que j'ai le sentiment qu'elle ne finira jamais. Vociférer au milieu d'un nuage de fumée n'était pas ma meilleure idée. Une main dans mon dos m'indique que si monsieur Price meurt aujourd'hui, il aura été un médecin dévoué jusqu'à la dernière minute.

— Expire, me souffle-t-il à l'oreille. Et tasse-toi au sol. Les fumées remontent. Ce sont elles qui nous tueront en premier, si on les respire de trop.

Il tousse à son tour un instant, puis ajoute :

— Inutile de perdre ton temps avec Sara. J'ai vu son regard, il n'avait plus rien d'humain.

— Ne vous inquiétez pas, prononcé-je avec lenteur, à cause des irritations dans ma gorge, Asher est dehors. Il essayait d'éteindre les serres. Il va revenir pour nous.

J'espère.

Tout à coup, mes intestins passent un nouveau cap, niveau douleur. Et si cette folle s'en prenait à lui pour s'assurer qu'il ne nous aide pas ? J'en suis malade. Je réalise combien je suis attachée à cet homme que je ne connaissais pas il y a encore une semaine. Il me comprend. C'est même la seule personne au monde qui en soit capable. Et surtout, il est gentil, généreux, à l'écoute, toujours prêt à aider tout le monde, motivé. Il ne peut pas être blessé à cause de moi. Je refuse.

Soudain, une idée s'invite dans mon esprit.

— Lily ! appelé-je. Lily !

Je ne tente pas le coup avec Oracio, je me doute que les flammes seules ont dû l'envoyer se réfugier en boule dans un coin de mon salon.

Au bout d'un moment qui me paraît interminable, les yeux de la blondinette apparaissent juste devant les miens, contre le sol bétonné où je suis étalée. Je sursaute, mais ravale les insultes qui me sont venues par réflexe.

— Lily, marmonné-je, va protéger Asher, s'il te plaît.

Je sens qu'elle crève d'envie de m'envoyer promener, mais puisque je ne lui demande rien pour moi-même, elle ne peut s'y résoudre. Elle se contente alors d'un signe de tête affirmatif, et s'évapore.

À côté de moi, le couple Price n'a pas pu remarquer mon entretien avec un fantôme, puisqu'ils sont allongés l'un contre l'autre et se murmurent des mots doux. Enfin, c'est surtout le docteur, qui tient le crachoir. Il parle de tout et de rien pour rassurer son épouse pétrifiée.

Je voudrais pouvoir faire quelque chose, moi aussi, mais quoi ? À chaque fois que je bouge, les volutes de fumée trouvent un accès à mes poumons. En plus, je manque déjà assez d'oxygène pour sentir mon cerveau passer en mode « économies d'énergie ». En effet, mes pensées se font molles, lentes, distendues.

À l'instant où je me dis que mourir ne sera pas si horrible, puisque je dormirai sûrement, un morceau végétal en feu virevolte jusqu'à mon mollet.

— Ah !

Mes gestes saccadés, guidés par la douleur fulgurante qui me ronge la peau, remuent si bien les fumées que nous nous remettons tous à tousser. Le pire concerto de ma vie. Avant que je ne parvienne à reprendre ma respiration, je remarque que Debra a perdu connaissance. Mon niveau de panique monte d'un cran et je rampe au plus près de la porte.

Je l'atteins presque, lorsque je la vois s'agiter tandis que des coups résonnent dans la grange désormais si en proie aux flammes que leur bruit me semblait assourdissant jusque-là.

— Capucine !

La porte subit de nouveaux assauts furieux.

— Capucine !

Je voudrais pouvoir crier le code du cadenas, comme l'a fait Ed avant moi, mais je sens bien que je n'aurai jamais assez d'air dans les poumons pour être capable de sortir le moindre mot, même murmuré.

— Capucine ! Si tu m'entends, recule un peu de la porte.

Cette voix. Je réalise que ce n'est pas celle d'Asher. Est-ce que je suis si proche de la mort que mon subconscient me fait entendre ce que je voudrais, au fond de moi ?

Sous la porte épaisse, je vois le bout d'une barre à mine, ou d'un outil quelconque se glisser sous les gonds. Mon mental s'active autant qu'il le peut encore, déjà prêt à célébrer la vie. Je me tourne alors vers les Price.

— Tim vient nous sauv...

Ils sont tous les deux inconscients. De là où je me trouve, on dirait qu'ils font une sieste. Ma gorge se fait si douloureuse que je ne peux retenir un sanglot. Ma vue se brouille de larmes, et je reviens à l'image pleine d'espoir de la tige de métal qui torture la structure de la haute porte. De l'autre côté, j'entends plusieurs voix masculines.

— À trois... Un, deux, trois !

Alors, le battant gigantesque se soulève, et la lumière du dehors me fait fermer les yeux.

— Encore ! crie Prescott. Un, deux, trois !

Les hommes se battent quelques secondes pour tirer la porte maintenant sortie de ses gonds vers l'extérieur, puis des bras saisissent mon corps afin de le soulever de terre comme si je ne pesais rien.

— Les Price, soufflé-je sans qu'aucun son ne franchisse mes lèvres asséchées par les fumées brûlantes.

— Qu'est-ce que tu as fait, Caps ? gronde le policier tandis que ses bras me serrent un peu trop fort. Tu vas finir par me tuer, avec tes conneries.

Non seulement je suis vivante, mais je suis lovée contre le torse de Prescott. Ou peut-être que je suis morte, et au paradis ? Ni l'un ni l'autre n'a de sens.

Je me sens posée dans l'herbe avec d'infinies précautions et c'est bien le lieutenant qui se penche sur moi, tout près de mon visage.

— T'es complètement folle, statue-t-il. Tu ne vas pas t'en sortir comme ça, crois-moi !

Je l'entends hoqueter de colère, hésiter, puis il se relève pour retourner vers la grange.

— Lewton, venez m'aider pour Price !

Quelques minutes plus tard, je vois le couple allongé à deux pas, leurs poitrines animées d'un va-et-vient faible, mais bien présent.

Je me sens lasse, tout à coup, mais aussi terriblement heureuse. Je lève le visage à la rencontre des rayons du soleil et de leur douceur de fin d'après-midi, les yeux fermés, et souris.

Je ne suis pas morte, et j'ai trouvé la vraie coupable.

Épilogue

Le fond de tarte était parfait, mais le mélange lait, œufs, lardons, crème fraîche et *tutti quanti* avait une drôle de consistance. Et maintenant, ça se voit au résultat. Si je n'étais pas de si bonne humeur, je dirais bien à ma cliente que faire les choses à moitié n'est pas une philosophie applicable en cuisine. Surtout en ce qui concerne les quiches. Au lieu de ça, j'emballe sa production et l'encaisse pour le cours en affichant mon sourire le plus commercial.

Après quatre jours d'hospitalisation et trois de plus à me faire dorloter par un Asher pire qu'une grand-mère italienne, je peux enfin débuter cette dernière semaine de festival comme si de rien n'était. Ou presque.

— Bonjour, lance le lieutenant qui vient dorénavant boire son café ici tous les matins.

— Salut ! répond celui qui n'est maintenant plus mon saisonnier, mais mon employé à l'année.

Presque mourir, ça craint. Ça vous fait prendre des décisions débiles. Ou pas. Imaginer être privée de son amitié apaisante m'a mis en tête que nous ne nous étions pas rencontrés par hasard. Et puis, grâce à son énergie débordante, nous fourmillons d'idées pour améliorer les prestations du Cap ou pas cap. Il n'a pas encore abandonné l'idée de s'incruster dans mon lit, mais pour l'heure, je gère.

— Vous ne devinerez jamais ce qu'on a trouvé dans le compost de recyclage du manoir Medlin, enchaîne l'agent de police après avoir baissé le ton.

En fait, si, on s'en doute...

— Un autre cadavre. Apparemment, la bonne des Medlin aurait oublié de transmettre un message du notaire à Sara, et ça se serait fini dans un bain de sang. Le frère, Curtis, avait signalé la disparition inquiétante à l'intendant du manoir, mais celui-ci n'a pas transmis à la police. Le gamin est tout retourné, il n'a jamais remarqué que sa sœur était complètement azimutée.

J'écarquille les yeux.

— Ce qui me les met à l'envers, confesse-t-il, c'est que si son profil médical avait été connu des services de police, l'enquête n'aurait pas autant tourné en rond. Elle avait quand même dit à sa psy que Debra ne devait pas pouvoir être heureuse avec son père, puisque normalement, personne ne le pouvait... D'après la doc, la dépression de la mère Medlin l'a si bien éloignée de ses gosses que l'aînée aurait développé un syndrome d'aliénation parentale. Rejet d'un parent estimé coupable du divorce, diabolisation de son père, etc. Ça, couplé au fait qu'elle avait été traitée jeune pour des signes de sociopathie avec observation d'un manque d'empathie qualifié d'inquiétant.

Il fait non de la tête.

— Après les premiers interrogatoires de Susan Medlin, je sentais bien que c'était une fausse piste, pourtant toutes les preuves menaient à elle, même si elles étaient à moitié foireuses. Le type de drogue ne collait pas à son profil, mais elle avait les connaissances nécessaires. L'agenda ne concordait qu'en partie, mais elle était passée sur chaque lieu de crime. Même le mobile était branlant. Elle l'a dit elle-même, elle voulait se venger de son ex, pas le tuer. Mort, il devenait une victime, ce qui ne l'arrangeait pas.

— C'est juste une pauvre femme... soupiré-je.

Asher hausse les épaules.

— C'était un vrai merdier, mais ce qui compte, c'est qu'elle soit en prison. Et pas moi !

— En parlant de ça, malgré tous mes efforts, Ed Price n'a pas voulu porter plainte pour le vol de ses cadeaux...

Kentucky soupire de soulagement. Jusqu'à la veille encore, Prescott promettait de s'assurer que justice soit faite, quitte à entacher le casier judiciaire presque propre de mon apprenti.

— C'est le destin, sourit crânement Asher. On dirait qu'il m'a à la bonne, en ce moment.

Comme il s'est tourné dans ma direction pour dire ça, je m'empresse de réorienter le sujet :

— En tout cas, c'est une enquête rondement menée ! Maintenant qu'elle a aussi avoué le premier incendie, toutes les morts sont élucidées.

— Pourquoi j'ai l'impression que ce n'est pas grâce à moi ? dit le lieutenant tandis que ses yeux bruns s'attardent sur mes lèvres.

— Hum, fait Asher.

— Finalement, elle aura tué tout le monde, sauf ses cibles, fais-je remarquer.

Je repense à l'étudiant avec une pointe de tristesse. Lui et moi avons fini par appeler sa mère. On ne lui a pas parlé des cartes *Pokémon*, mais il a pu lui dire par mon intermédiaire combien il l'aimait. C'était très émouvant. J'ai attribué mes pleurnicheries du moment à mon syndrome *post* « presque morte ». Après ça, il a rejoint la lumière, mais mon soulagement n'a pas été à la hauteur de mes attentes. Je ne l'avouerai jamais à haute voix, cependant je crois qu'il me manque un peu – un tout petit peu, trois fois rien.

— J'ai reçu un message d'Ed Price hier, nous apprend le policier. Lui et Debra sont bien arrivés à Cancun, et profitent de leurs vacances.

Voilà une bonne nouvelle.

— C'est June, qui va être contente, rit Asher. Entre le retrait du sponsor Medlin et la destruction du char de Debra Price, son œuvre en forme de ciseaux géants va probablement remporter le premier prix. Qui l'eût cru ?

Les deux hommes ricanent.

Soudain, la porte du café carillonne, et la silhouette qui s'y présente me fait geindre d'exaspération.

— Capucine ! Tu ne devineras jamais ce que les cartes viennent de m'apprendre !

Asher et Prescott me scrutent tous les deux, entre l'amusement et la crainte de me voir me transformer en dragon, comme souvent en présence de ma mère.

— Il va y avoir un nouvel homme dans ta vie ! Il arrive de Washington ! Dis donc, tu m'avais caché que tu avais fricoté avec le gratin diplomatique…

Mes lèvres forment d'elles-mêmes un rond parfait, alors que mes tripes s'organisent un petit quadrille. Je ne sais pas à quoi jouent les fantômes, mais je déteste vraiment cette nouvelle manie qu'ils ont de renseigner ma mère sur mes affaires personnelles.

Sachant précisément de qui elle parle, je redoute la suite de sa prédiction. Je grimace, me préparant au pire. Autour de moi, les rictus hilares des deux hommes se muent en moues suspicieuses quand ils captent ma nervosité.

— Capucine ? fait traîner mon colocataire soudain boudeur.

Tout le monde prend mon silence pour un aveu et ma mère enfonce le clou, triomphante :

— Il aura une proposition pour toi, du genre qui ne se refuse pas. Je suis désolée, mon petit Asher, mais parfois, il y a des choix qui s'imposent, dans la vie. Qui n'a jamais rêvé d'être une princesse ?

Saperlipopette !

À suivre...

Pas de repos pour Capucine Chevalier,
médium incognito
et enquêtrice malgré elle.

Prochainement :

Strudels et pendu bavard

Ingrédients :

1 pâte brisée (faite maison à l'huile d'olive c'est encore meilleur !) ou feuilletée.

Ail

1 oignon rouge

1 poivron rouge

1 poivron vert

Moutarde à l'ancienne

Des pignons de pin

20 cl de crème fraîche

15 cl de lait

2 œufs

Une boule de mozzarella

Des herbes de Provence

Sel poivre

Percez votre fond de tarte à l'aide d'une fourchette et faites-le précuire à 180 degrés (le temps de cuisson dépend du type de pâte choisi – je mets une assiette à dessert dans la pâte pour qu'elle ne gonfle pas).

Dans une casserole avec de l'huile d'olive, faites revenir l'oignon en lamelles, puis les poivrons en dés avec l'ail haché fin. Tout doit être fondant et assaisonné (sel poivre).

Dans le fond de tarte précuit, étalez un peu de moutarde, puis placez les pignons grillés, les poivrons et la mozzarella coupée en tranches. Parsemez d'herbes de Provence.

Ajoutez par-dessus le mélange œufs, crème, lait. (J'ajoute un peu de gruyère râpé et d'herbes sur le dessus pour la touche finale).

Enfournez entre 25 et 35 minutes selon votre four et vos goûts.

Les romans chez
Plumes & Pétillances

ROMANCE

À travers elles – Audrey Pasthi juin 2025

Série Coup de chaud à Hourtin – Liz H. Richardson

Et pourquoi pas ? mai 2025

Toi depuis toujours juillet 2025

Tout simplement nous décembre 2025

IMAGINAIRE

Saga Les Euménides – Liz H. Richardson

Magie, Crocs & Trahisons	octobre 2025
Sortilèges & Révélations	février 2026
Résistance & Résurrection	février 2026
Vampires, Vices & Vérité	2026

Série Ares Security – Liz H. Richardson

Retrouvailles Indécentes	novembre 2025

POLAR / THRILLER

Série Le café-librairie des rumeurs d'outre-tombe – Liz E. Myers

Quiches et fantômes butés	avril 2026

www.ingramcontent.com/pod-product-compliance
Lightning Source LLC
LaVergne TN
LVHW091038080826
845145LV00002B/544

* 9 7 8 2 4 8 8 7 8 5 0 8 2 *